국어 교과서가 사랑한

중학교
소설 읽기

중 3 둘째 권

**국어 교과서가 사랑한
중학교 소설 읽기 : 중3 둘째 권**

초판 1쇄 • 2019년 11월 15일
초판 5쇄 • 2024년 4월 22일

엮은이 | 전국국어교사모임(강양희, 강현, 김상용, 김언주, 김중수, 김지령, 안용순, 윤기자)
펴낸이 | 송영석

개발 총괄 | 정덕균
기획 및 편집 | 조성진, 김형국, 박수희, 조유진, 이진화
마케팅 | 이원영, 최해리
도서 관리 | 송우석, 박진숙
표지 디자인 | 해냄출판사 디자인실(박윤정, 김현철)
본문 디자인 | 디자인몽클
일러스트 | 양경미

펴낸곳 | (주)해냄에듀
신고번호 | 제406-2005-000107
주소 | 서울특별시 마포구 잔다리로 30 해냄빌딩 3, 4층
전화 | (02)323-9953
팩스 | (02)323-9950
홈페이지 | http://www.hnedu.co.kr

ISBN 978-89-6446-175-4 44810

• 파본은 본사나 구입하신 서점에서 교환하여 드립니다.

국어 교과서가 사랑한

중학교 소설 읽기

중 3 둘째 권

전국국어교사모임 엮음

국어 교과서가 사랑한 소설들을 엮으며

우리말을 다 아는데 국어를 왜 배우느냐고 질문하는 학생들이 있습니다. 우리는 왜 우리말과 우리글을 배울까요? 왜 소설을 읽을까요? 우리는 문학을 통해 말과 글의 아름다움을 느낄 수 있고, 경험하지 못한 또 다른 넓은 세상을 만날 수 있습니다. 소설 속에는 다양한 사람들이 살고 있고 그들을 통해 인간이 겪는 다채로운 갈등과 삶에 대해 이해할 수 있습니다. 소설은 이야기를 담고 있어서 읽기만 해도 저절로 재미를 느낄 수 있고, 작가의 치밀한 계산 아래 등장하는 인물들의 생각과 행동을 통해 지혜로움과 생각하는 힘을 기를 수 있습니다. 기사문이나 실용적인 글에서는 만날 수 없는 아름답고 감성적인 표현을 통해 읽는 이의 감성도 풍요로워지는 것은 덤입니다. 청소년기에 좋은 소설을 읽는 것이 꼭 필요한 것은 이런 이유들 때문입니다.

그렇다면 중학교 국어 교과서에는 어떤 소설들이 실려 있을까요? 이 책에 실린 소설은 '2015 개정 교육과정'에 따른 중학교 3학년 국어 교과서 9종에 실린 작품 가운데 우리가 꼭 읽어야 할 작품을 가려 뽑은 것입니다. 학생들이 어떤 소설에 열광하고 어떤 작품을 지루해하는지 가장 잘 아는 선생님들, 어떻게 하면 학생들이 소설을 즐겁게 만날 수 있을까를 고민하는 중학교 국어 선생님들이 모여서 선정했습니다. '교과서가 사랑한 중학교 소설'이란 여러 번의 교과서 개정이 있었음에도 꾸준히 교과서에 실린 작품, 시대의 변화에 맞추어 새롭게 교과서에 실려 주목을 받고 있는 작품일 것입니다.

그러나 교과서에 실리지 못한 훌륭한 소설들도 많습니다. 중학교 국어 교과서에는 실리지 않았지만 우리가 꼭 읽어야 할 소설에는 어떤 것이 있을까요? 주제와 소재가 참신하고 문학성이 매우 뛰어남에도 교과서 지면의 한계로 인해 교과서에 실리지 못한 작품들이 있습니다. 우리가 중학교 때 꼭 읽어야 할 소설들을 고를 때에는, 이러한 소설까지도 포함시켜야 합니다. 이 책에서는 중학교 국어 교과서에 실린 소설들뿐만 아니라, 교과서에 실리지 않았지만 교과서가 눈여겨보고 있는 소설들까지 다루고 있는 것이 장점입니다.

소설 본문 뒤에는 작품의 내용을 확인하는 활동, 생각을 깊게 할 수 있는 질문, 다르게 생각해 보는 활동들을 마련했습니다. 소설 이해에 도움이 되는 해설을 덧붙여 혼자 힘으로도 소설 공부를 할 수 있도록 했습니다. 제한된 지면 너머로 생각을 넓히기 위해 함께 읽으면 좋을 작품들도 소개하였습니다.

조심스럽게 이 책의 특징으로 내세울 수 있는 또 한 가지는, 우리 민족의 반쪽인 북한 국어 교과서(초급중학교 국어 교과서)의 소설들을 함께 실었다는 것입니다. 북한의 중학생들이 배우는 소설과 활동들을 살펴보는 것은, 미래의 통일 세대가 될 청소년들에게 매우 의미 있는 일이 될 것입니다.

전국국어교사모임은 다양성 시대, 통일 시대를 살아가는 청소년들에게 추천할 만한 소설들을 모아, 나의 삶에서 시작하여 우리 모두의 삶까지 같이 고민하는 자리를 만들고자 『중학교 소설 읽기』 시리즈를 엮었습니다. 소설이 주는 재미, 다양한 삶을 만나는 감동, 스스로 공부하는 즐거움. 이 세 마리 토끼를 모두 잡을 수 있기를 바랍니다.

● 『중학교 소설 읽기』 시리즈 집필자들이 ●

 차례

국어 교과서가 사랑한 소설들을 엮으며 • 4

윤흥길, 「기억 속의 들꽃」 • 9

전광용, 「꺼삐딴 리」 • 37

최일남, 「노새 두 마리」 • 81

이효석, 「메밀꽃 필 무렵」 • 111

작자 미상 / 정출헌 풀이, 「심청전_어두운 눈을 뜨니 온 세상이 장관이라」 • 129

박지원 / 박희병·정길수 옮김, 「허생전」 • 159

\ 김동식, 「무인도의 부자 노인」 • 179

\ 그레이스 A. 오고트 / 송무 옮김, 「강우」 • 195

\ 최낙서, 「느티나무박물관」 • 217

작품 출처 • 233

작품 수록 교과서 • 234

활동 예시 답안

| 일러두기 |

- 이 책에 실린 교과서의 소설들은 2015 개정 교육과정에 따른 중학교 국어 3-1과 3-2 교과서 9종에 실린 작품들입니다. 각 작품이 실린 교과서는 이 책의 맨 뒤에 있는 '작품 수록 교과서'를 참고하시기 바랍니다.

- 이 책에 실린 북한 교과서 소설은 어휘와 띄어쓰기 등 북한 교과서의 표기를 그대로 따랐습니다. 북한 교과서 소설의 활동하기 부분에 제시한 '북한 교과서 활동 보기' 역시 마찬가지입니다.

- 이해하기 어려운 어휘는 풀이를 달았습니다. 특히 북한 소설에 쓰인 어휘 중 남한에서 잘 사용하지 않는 것은 그에 해당하는 남한의 어휘를 같이 보여 주었습니다.

- 본문의 작품에 따른 '활동하기'에 대한 예시 답안은 이 책의 맨 뒤에 분리가 가능하도록 제작하였으며, 해냄에듀 홈페이지(http://www.hnedu.co.kr)를 통해서도 그 내용을 보실 수 있습니다.

기억 속의 들꽃

윤흥길(1942~)

윤흥길 작가는 전라북도 정읍에서 태어났습니다. 1968년 『한국일보』 신춘문예에 「회색 면류관의 계절」이 당선되어 작품 활동을 시작했습니다. 좌우 이데올로기 갈등, 산업화 과정에서 노동 계층의 소외 등 왜곡된 역사 현실과 사회의 모순을 드러내면서도 이를 극복하려는 인간의 노력을 묘사하는 작품을 썼습니다. 주요 작품에 「황혼의 집」, 「장마」, 「아홉 켤레의 구두로 남은 사내」, 「완장」, 「돛대도 아니 달고」 등이 있습니다.

　여러분은 6.25 전쟁에 대해 다들 알고 있겠지요? 그러나 전쟁을 직접 겪은 것이 아니다 보니, 그것이 마치 무척 먼 나라 혹은 아주 옛날의 일인 것처럼 느껴지기도 할 겁니다.
　전쟁이 일어나면 수많은 사람이 고통받습니다. 죽음의 그림자를 피하고자 어떤 이들은 자신들이 그동안 쌓아 올린 모든 것을 버리고 다른 지역으로 가기도 합니다. 죽음의 전쟁터에서, 살아남기 위해 이동하는 사람들이지요. 이런 사람들을 우리는 피란민이라고 부릅니다.
　지금부터 읽을 「기억 속의 들꽃」은 6.25 전쟁 당시 한 피란민 아이의 이야기입니다. 아이의 모습, 그리고 그 주위 사람들이 아이를 대하는 모습을 보면서 전쟁이 사람을 어떻게 변화시키는지, 사람들의 삶에 어떤 영향을 미치는지 생각해 봅시다.

 만약 전쟁이 일어나면 여러분은 집에서 무엇을 챙겨 나올까요?

기억 속의 들꽃

• 윤흥길 •

　한 떼거리의 피란민들이 머물다 떠난 자리에 소녀는 마치 처치하기 곤란한 짐짝처럼 되똑˚하니 남겨져 있었다. 정갈한 청소부가 어쩌다가 실수로 흘린 쓰레기 같기도 했다. 하얀 수염에 붉은 털옷을 입고 주로 굴뚝으로 드나든다는 서양의 어느 뚱뚱보 할아버지가 간밤에 도둑처럼 살그머니 남기고 간 선물 같기도 했다.
　아무튼 소녀는 우리 마을 우리 또래의 아이들에게 어느 날 아침 갑자기 발견되었다. 선물치고는 무척이나 지저분하고 망측스러웠다. 미처 세수도 하지 못한 때꼽재기˚ 우리들 눈에 비친 그 애의 모습은 거의 거지나 다름없을 정도였다. 우리들 역시 그다지 깨끗한 편이 못 되는데도 그랬다.
　먼저 쫓기는 사람들의 무리가 드문드문 마을에 나타나기 시작했다. 그리고 곧이어 포성이 울렸다. 돌산을 뚫느라고 멀리서 터뜨리는 남포˚의 소리처럼 은은한 포성이 울릴 때마다 집 안의 기둥이나 서까래가 울고 흙벽이 떨었다. 포성과 포성의 사이사이를 뚫고 피란

• **되똑** 코 따위가 오똑 솟은 모양.
• **때꼽재기** 더럽게 엉기어 붙은 때의 조각이나 부스러기.
• **남포** 도화선 장치를 하여 폭발시킬 수 있게 만든 다이너마이트.

민의 행렬이 줄지어 밀어닥쳤고, 마을에서 잠시 머물며 노독을 푸는 동안에 그들은 옷가지나 금붙이 따위 물건을 식량하고 바꾸었다. 바꿀 만한 물건이 없는 사람들은 동냥을 하거나 훔치기도 했다. 그러다가 전보다 더 많은 사람들이 꽁무니에 포성을 매단 채 새롭게 밀어닥치면 먼저 왔던 사람들은 들어올 당시와 마찬가지로 몇 가지 살림살이를 이고 지고 다시 훌연히 길을 떠났다.

어느 마을이나 다 사정이 비슷했지만 특히 우리 마을로 유난히 피란민들이 많이 몰리는 것은 만경강 다리 때문이었다. 북쪽에서 다리를 건너 남쪽으로 내려오다 보면 자연 우리 마을을 통과하도록 되어 있었다. 우리가 알기로는 세상에서 제일 긴 그 다리가 폭격에 의해 아깝게 끊어진 뒤에도 피란민들은 거룻배를 이용하여 계속 내려왔다. 인민군한테 앞지름을 당할 때까지 피란민들의 발길은 그치지 않았다.

어른들은 피란민을 별로 달가워하지 않았다. 난생처음 들어 보는 별의별 이상한 사투리를 쓰는 그들이 사랑방이나 헛간이나 혹은 마을 정자에서 묵다 떠나고 나면 으레 집 안에서 없어지는 물건이 생긴다는 것이었다. 굶주린 어린애를 앞세워 식량을 애원하는 그들 때문에 어른들은 골머리를 앓곤 했다. 언제 끝날지 모르는 전쟁 때문에 뒤주 속에 쌀바가지를 넣었다 꺼내는 어머니의 인심이 날로 얄팍해져 갔다.

그러나 우리 어린애들은 전혀 달랐다. 어른들 마음과는 아무 상관 없이 누나와 나는 피란민들을 마냥 부러워하고 있었다. 세상의 저쪽 끝에서 와서 다른 저쪽 끝까지 가려는 사람들 같았다. 무거운 짐을 들고 불편한 몸을 이끌며 길을 떠나는 그들의 모습이 오히려 우리들 눈에는 새의 깃털만큼이나 가벼워 보였다. 그들처럼 마음 내키는 대로 세상을 여기저기 떠돌아다니지 않고 우리는 왜 마을에 붙박여 살아야 하는지 도무지 이해할 수가 없었다. 그래서 우리도 피란을 떠나자고 아버지한테 조르기로 작정했다.

"밥을 굶어야 된다. 밥도 안 먹고 잠도 안 자고, 알었지야? 툇돌● 에서 오줌 누고 뜰팡●에다 똥 싸고, 알었지야?"

삽짝 밖에서 누나가 내 귀에 대고 연신 끈끈한 목소리로 속삭였다. 집안에서 내 청이라면 웬만한 것은 다 들어주는 아버지의 성미를 누나는 십분 이용할 셈이었다. 나는 누나가 시키는 대로 했다. 그러나 아무리 그렇게 울고 떼를 써도 아버지 입에서는 좀처럼 허락이 내리지 않았다.

아버지한테서 마침내 피란을 가도 좋다는 말이 떨어진 것은 만경강 다리가 무시무시한 폭격에 의해 허리를 잘리고 난 그 이튿날이었다. 아직은 제법 멀찌막이서 노는 줄로 알았던 전쟁이란 놈이 어느새 어깨동무라도 하려는 기세로 바투 다가와 있었으므로 우리 마을도 이젠 안심할 수가 없게 되었다. 그래서 아버지는 할머니 편에 우리 오뉘를 묶어 마을에서 삼십여 리 떨어진 고모네 집에 잠시 피란시킬 작정이었다. 아버지하고 어머니는 마을에 남아 집을 지키기로 이야기가 되었다.

간단한 옷 보따리를 챙겨 누나와 나는 할머니의 손을 잡고 피란길을 떠났다. 그토록 바라고 바라던 피란인지라 누나와 나는 원족●이라도 떠나는 즐거운 기분이었다. 한길엔 한여름 햇볕만이 쨍쨍할 뿐

● **툇돌** 댓돌. 집채의 낙숫물이 떨어지는 곳 안쪽으로 돌려 가며 놓은 돌.
● **뜰팡** '뜰'의 방언.
● **원족** 휴식을 취하기 위해서 야외에 나갔다 오는 일.

기억 속의 들꽃 • 윤흥길 **13**

강아지 새끼 한 마리 얼씬하지 않았다. 소리개 한 마리가 멀리 보이는 길가 공동묘지 위에 높이 떠 마치 하늘에다 못으로 고정시켜 놓은 박제의 표본인 양 오랫동안 꼼짝도 하지 않았다.

다 늦게 피란을 떠나는 사람은 아무도 없었다. 더구나 여느 피란민의 물결을 거슬러 북쪽을 향해서 먼 길을 가는 사람은 우리들뿐이었다. 고모네가 살고 있는 마을은 북쪽 산골이었다. 거기 말고는 달리 피란 갈 만한 데가 없었다.

적막에 싸인 공동묘지 옆을 지나면서도 나는 조금도 무서운 줄을 몰랐다. 남들처럼 우리도 지금 피란을 가고 있다는 흥분에 사로잡혀 임자 없는 무덤에 뻥 뚫린 여우 구멍을 보면서도 아무렇지도 않았다. 누나는 오히려 한술 더 떴다. 길가 아카시아 나무에서 잎을 따 손에 들고 한 개씩 똑똑 떼 내면서 누나는 학교 운동장에서나 하는 노래를 입속으로 흥얼거리고 있었다. 여우야 여우야 뭐 허어니. 밥 먹느은다. 무슨 반찬. 개구리 반찬…… 이불 밑에 이 잡아먹고 송장 밑에 피 빨어 먹고…….

갑자기 누나가 노래를 뚝 그쳤다. 그때 한길 저쪽 멀리에서 뿌연 먼지구름을 끌면서 달려오는 오토바이를 나는 보았다. 눈 깜짝할 사이에 나뭇가지와 잡초로 뒤덮인 두 개의 작은 언덕이 우리들 바로 코앞으로 확 다가들었다. 속력을 줄이는 척하다가 오토바이들은 양쪽 겨드랑이를 스칠 듯이 무서운 기세로 우리를 그냥 지나쳐 갔다. 오토바이가 지나갈 때 나는 초록 덤불로 그럴싸하게 잘 위장된 그 가짜 언덕 속에 숨어서 우리를 뚫어지게 쏘아보는 날카로운 눈초리와 쇠붙이에 반사되는 햇빛의 파편들을 볼 수 있었다. 난생 처음 인민군하고 맞닥뜨리는 순간이었다. 몸채 옆구리에 행랑채까지 딸린

괴상한 모양의 오토바이들이 지나간 다음에도 우리는 한동안 손과 손을 맞잡은 채 부들부들 떨면서 한길 복판에 오도카니 서 있었다.
"이불 밑에 이 잡아먹고……."
누나의 입에서 간신히 이런 중얼거림이 흘러나왔다. 그것은 이미 노래가 아니었다. 누나는 얼이 쏙 빠진 눈동자를 하고 있었다.
"송장 밑에 피 빨어 먹고……."
그러자 할머니의 손바닥이 냉큼 누나의 입을 틀어막았다. 잔뜩 부르쥔 누나의 주먹이 스르르 풀리면서 형편없이 짓눌린 아카시아 잎이 땅으로 떨어졌다.
누나와 나는 할머니로부터 무섭게 지청구•를 먹어 가며 그러잖아도 빠른 걸음을 더욱 재우쳤다•. 그러나 얼마 가지도 않아 우리는 다시 수많은 인민군들과 마주쳤다. 그들은 두 줄로 서서 양쪽 길가로 내려오고 우리는 그 사이를 뚫고 도무지 떨어지지 않는 다리를 간신히 움직여 복판을 걸어갔다. 참으로 어처구니없는 피란길이었다. 북쪽을 향해서 피란을 가는 우리를 인민군들은 아무도 시비하지 않았다. 그들은 그저 까맣게 그을린 얼굴을 들어 퀭한 눈으로 우리를 흘낏흘낏 곁눈질하면서 말없이 행군해 가고 있었다.
"죽어도 더는 못 가겄다. 해 넘기 전에 어서어서 집으로 돌아가자."
인민군의 굴속을 겨우 빠져나왔을 때 할머니가 말했다. 우리는 한길을 피해서 논두렁과 밭고랑을 멀리 돌아 깜깜해진 뒤에야 가까스로 마을에 닿을 수 있었다.

• **지청구** 꾸지람.
• **재우쳤다** 빨리 몰아치거나 재촉하였다.

내가 소녀를 맨 처음 발견한 것은 한나절로 끝나 버린 그 우스꽝스런 피란길에서 돌아온 바로 그 이튿날이었다.

아침이었다. 마을엔 벌써 낯선 깃발이 펄럭이고 있었다. 마을 사람들이 재 너머 학교를 향해 몰려가고 있었다. 나는 삽짝을 젖히고 골목길로 나섰다.

"얘."

생판 모르는 녀석이 간드러진 소리로 나를 부르고 있었다. 주제꼴•은 꾀죄죄해도 곱살스런 얼굴에 꼭 계집애처럼 생긴 녀석이었다. 우선 생김새에서 풍기는 어딘지 모르게 도시 아이다운 냄새가 나를 당황하도록 만들었다. 더구나 사람을 부르는 방식부터가 우리하고는 딴판이었다. 그처럼 교과서에서나 보던 서울 말씨로 나를 부르는 아이는 아직껏 마을에 한 명도 없었던 것이다.

"왜 놀래니? 내가 무서워 보이니?"

조금도 무섭지는 않았다. 다만 약간 얼떨떨한 기분일 뿐이었다. 피란민이 줄을 잇는 동안 갖가지 귀에 선 말씨들을 들어 왔으나 녀석처럼 그렇게 착 감기는 목소리에 겁 없는 눈짓을 던지는 아이는 처음이었다. 녀석은 토박이 아이들이 피란민 아이들한테 부리는 텃세가 조금도 두렵지 않은 모양이었다.

"너희 엄마 집에 계시지?"

내가 잠시 어물거리는 사이에 녀석은 계속해서 계집애같이 앵앵거리면서 앞으로 다가왔다. 나는 얼김에 고개를 끄덕였다.

"엊저녁부터 굶었더니 배고파 죽겠다. 엄마한테 가서 밥 좀 달래자."

• **주제꼴** 변변하지 못한 몰골이나 몸치장.

오히려 녀석이 앞장을 서고 내가 그 뒤를 따랐다. 나는 녀석의 바지 주머니가 불룩한 것을 보았다. 걸음을 옮길 적마다 불룩한 주머니가 연방 덜렁거리고 있었다. 틀림없이 간밤에 누구네 밭에서 서리를 한 설익은 참외 아니면 감자가 그 속에 들어 있을 것이었다.

"엄니! 엄니이!"

마당에 들어서면서 어머니를 거푸 불렀다. 부엌에서 기명•을 부시던 어머니가 무심코 마당을 내다보다가 내 등 뒤에서 쏙 볼가져 나오는 녀석을 발견하고는 대번에 질겁잔망을 했다.

"아줌마, 안녕하세요?"

녀석은 천연스럽게 인사를 챙겼다.

"아아니, 요 작것이!"

어머니가 소맷부리를 걷으며 단숨에 마당으로 내달아 나왔다. 참외 서리나 하고 다니는 피란민 아이한테 어머니가 이제 곧 본때 있게 손찌검을 하려나 보다고 나는 지레짐작을 했다. 그런데 웬걸, 어머니는 녀석 대신 내 귀를 잡아끌고는 뒤란으로 향하는 것이었다.

"요 웬수야, 지 발로 들어와도 냉큼 쫓아내야 헐 놈을 어쩌자고, 어쩌자고……."

어머니는 내 머리통에 대고 거듭 군밤을 쥐어박았다. 도대체 어떻게 된 영문인지 전혀 깜깜이라서 울음보를 터뜨릴 수도 없는 노릇이었다.

"니가 상객•으로 뫼셔 왔으니께 니가 멕여 살리거라!"

• **기명** 살림살이에 쓰는 그릇을 통틀어 이르는 말.
• **상객** 자기보다 지위가 높은 손님. 또는 상좌에 모실 만큼 중요하고 지위가 높은 손님.

어머니는 다시 군밤을 먹이려다 뒤란까지 따라온 서울 아이를 발견하고는 갑자기 손을 거두었다.

"아침상 퍼얼써 다 치웠다. 따른 집에나 가 봐라."

어머니는 얼음처럼 차갑게 말했다.

"사나새끼가 똑 지집맹키로 야들야들허게 생긴 것이 영락없는 물빤드기˙ 고만……."

혼잣말을 구시렁거리며 어머니는 한껏 야멸찬 표정을 하고 도로 부엌으로 들어가려 했다.

"아줌마!"

이때 녀석이 또 예의 그 계집애처럼 간드러진 소리로 어머니를 불러 세웠다.

"따른 집에나 가 보라니께!"

"아줌마한테 요걸 보여 줄려구요."

녀석은 엄지와 인지를 붙여 동그라미를 만들어 보였다. 그 동그라미 위에 다른 또 하나의 작은 동그라미가 노란 빛깔을 띠면서 날름 올라앉아 있었다. 뒤란 그늘 속에서도 그것은 충분히 반짝이고 있었다. 그걸 보더니 어머니의 눈에 환하게 불이 켜졌다.

"아아니, 너 고거 금가락지 아니냐!"

말이 채 끝나기도 전에 금반지는 어느새 어머니의 손에 건너가 있었다. 솔개가 병아리를 채듯이 서울 아이의 손에서 금반지를 낚아채어 어머니는 한참을 칩떠보고 내립떠보는가 하면 혓바닥으로 침을 묻혀 무명 저고리 앞섶에 싹싹 문질러 보다가 나중에는 이빨

˙ 물빤드기 물방개 따위의 물에 사는 곤충을 가리키는 말의 사투리로, 반들거리는 사람을 이름.

로 깨물어 보기까지 했다. 마침내 어머니의 얼굴에 만족스런 미소가 떠올랐다.

"아가, 너 요런 것 어디서 났냐?"

옷고름의 실밥을 뜯어 그 속에 얼른 금반지를 넣고 웅숭깊은● 저 밑바닥까지 확실히 닿도록 두어 번 흔들고 나서 어머니는 서울 아이한테 물었다. 놀랍게도 어머니의 목소리는 서울 아이의 그것보다 훨씬 더 간드러지게 들렸다.

"땅바닥에서 주웠어요. 숙부네가 떠난 담에 그 자리에 가 봤더니 글쎄 요게 떨어져 있잖아요."

녀석이 이젠 아주 의기양양한 태도로 당당하게 대답했다. 그 말을 어머니는 별로 귀담아듣는 기색이 아니었다. 어머니는 연신 싱글벙글 웃어 가며 녀석의 잔등을 요란스레 토닥거리고 쓰다듬어 주는 것이었다.

"아가, 요담 번에 또 요런 것 생기거들랑 다른 누구 말고 꼬옥 이 아줌니한테 가져와야 된다. 알었냐?"

"네, 꼭 그렇게 하겠어요."

다음에 다시 금반지를 줍기로 무슨 예정이라도 되어 있는 듯이 녀석의 입에서는 대답이 무척 시원스럽게 나왔다.

"어서어서 방 안으로 들어가자. 에린것이 천 리 타관서 부모 잃고 식구 놓치고 얼매나 배고프고 속이 짜겄냐."

이런 곡절 끝에 명선이는 우리 집에서 살게 되었다. 마지막으로 마을에 남게 된 유일한 피란민이었다. 인민군한테 발뒤꿈치를 밟혀

●**웅숭깊은** 사물이 되바라지지 않고 깊숙한.

가며 피란을 내려왔던 명선네 친척들은 역시 인민군보다 한걸음 앞서 부랴사랴 우리 마을을 떠나면서 명선이를 버리고 갔다. 그래서 명선이는 피란민 일가가 묵다가 떠난 자리에서 동네 사람들에 의해 하나의 골치 아픈 뒤퉁거리•로 발견되었다. 누나하고 내가 할머니를 따라 피란을 떠나던 바로 그날 아침의 일이었다.

명선이는 누나나 나하고 같은 방을 쓰기를 바라는 눈치였다. 그러나 어머니는 먼촌 일가로 어린 나이에 우리 집에 와서 말만 한 처녀가 되기까지 부엌데기 노릇 하는 정님이한테 명선이를 내맡겨 버렸다. 당분간 집 안에서 머슴처럼 부리면서 제 밥값이나 하도록 하자고 어머니와 아버지가 공론하는 소리를 나는 밤중에 얼핏 들을 수 있었다.

애당초 명선이를 머슴으로 부리려던 어른들의 생각은 크게 잘못이었다. 세상의 어떤 끈으로도 그 애를 한 곳에 얌전히 붙들어 둘 수 없음이 이내 밝혀졌다. 쇠여물로 쓸 꼴이라도 베어 오라고 낫과 망태기를 쥐여 주면 그걸 그 애는 아무 데나 내버리고 누나와 내 뒤를 기를 쓰고 쫓아오곤 했다. 한번도 해 보지 않은 일이라서 죽어도 못하겠다는 것이었다. 그 애가 자신 있게 할 수 있는 일이란 그저 먹고 노는 것뿐이었다.

흔히 닭들이 그러듯이 혹은 개들이 그러듯이 동네 아이들의 텃세가 갈수록 우심해져서• 아무도 명선이를 패거리에 넣어 주려 하지 않았다. 어느 날 명선이는 유독 가탈스럽게 구는 어떤 아이하고 대판거리로 싸움을 했다. 싸움을 하는데 역시 생긴 모양에 어울리게

• **뒤퉁거리** 미련하거나 찬찬하지 못하여 일을 잘 저지르는 사람.
• **우심해져서** 더욱 심해져서.

상대방의 얼굴을 손톱으로 할퀴고 머리끄덩이를 잡는 바람에 우리 또래 사이에서 크나큰 웃음거리가 되었다. 서울 아이들은 싸움도 가시내처럼 간사스럽게 하는 모양이었다. 상대방이 딴죽을 걸어 넘어뜨리고 위에서 덮쳐누르고 한창 열세에 몰려 맥을 못 추던 명선이가 별안간 날라리 소리 비슷한 괴상한 비명과 함께 엄청난 기운으로 상대방의 몸뚱이를 벌렁 떠둥그뜨려 버렸다. 첫 번째 싸움에서 명선이는 승리자가 되었다. 그리고 그 후로 계속된 두 번째 세 번째 싸움에서도 으레 상대방의 밑에 깔렸다가 무서운 힘으로 떨치고 일어나서는 승리를 했다.

어느 날 명선이는 부모가 죽던 순간을 나에게 이야기했다. 피란길에서 공습을 만나 가까운 곳에 폭탄이 떨어졌는데 한참 정신을 잃었다가 깨어나 보니 어머니의 커다란 몸뚱이가 숨도 못 쉴 정도로 전신을 무겁게 덮어 누르고 있더라는 것이었다.

"그래서 마구 소릴 지르면서 엄마를 떠밀었단다. 난 그때 엄마가 죽은 줄도 몰랐어."

그리고 명선이는 숙부네가 저를 버리고 도망치던 때의 이야기도 들려주었다.

"실은 말이지, 숙부가 날 몰래 내버리고 도망친 게 아니라 내가 숙부한테서 도망친 거야. 숙부는 기회만 있으면 날 죽일라구 그랬거든."

숙부가 널 죽이려 한 이유가 뭐냐는 내 질문에 그 애는 무심코 대답하려다 말고 갑자기 입을 꾹 다물더니만 언제까지고 나를 경계하는 눈으로 잔뜩 노려보고 있었다.

같은 방을 쓰는 정님이가 어머니한테 불평을 늘어놓기 시작했다.

원래 잠버릇이 험한 정님이가 어쩌다 다리를 올려놓으면 명선이는 비명을 꽥꽥 지르며 벌떡 일어나 눈에다 불을 켜고 노려본다는 하소연이었다. 오랫동안 옷을 갈아입지 않아 명선이 몸에서 지독한 냄새가 난다고 정님이는 오만상을 찡그리기도 했다. 갈아입을 여벌의 옷이 없는 줄 번연히 알면서도 정님이가 그처럼 사사건건 트집을 잡는 까닭은 나이 때문에 내외를 시작한 탓이라고 어머니가 말했다. 머슴애하고 어떻게 한 방을 쓰란 말이냐고 정님이는 처음부터 울상을 지었던 것이다. 가슴이 얼른 알아보게 봉긋 솟고 엉덩이가 제법 펑퍼짐해서 정님이는 이제 처녀티가 완연해져 있었다.

오래지 않아 명선이를 머슴으로 부리려던 속셈을 어머니는 깨끗이 포기했다. 괜히 말썽이나 부리고 핀둥핀둥 놀면서 삼시 세끼 밥이나 축내는 그 뒤퉁거리를 어떻게 하면 내쫓을 수 있을까 하고 궁리하는 게 어머니의 일과였다. 아버지 앞에서 어머니는 그동안 먹여 주고 재워 준 값과 금반지 한 개의 값어치를 면밀히 따지기 시작했다.

"천지신명을 두고 허는 말이지만 가한티 죄로 가지 않을 만침 헌다고 헸구만요."

"허기사 난리 때 금가락지 한 돈쭝•은 똥가락지여. 금 먹고 금 똥 싼다면 혹 몰라도…… 쌀 톨이 금쪽보담 귀헌 세상인디……."

"그러니 저녀르 작것을 어쩌지요?"

"밥을 굶겨 봐. 지가 배고프고 허기지면 더 있으라도 지 발로 나가겠지."

"워너니 갸가 나가겠소. 물빤드기마냥 빤들거림시나 무신 수를

• **돈쭝** 무게의 단위. 귀금속이나 한약재 따위의 무게를 잴 때 쓴다.

써서라도 절대 안 굶을 아요."

어머니의 판단이 전적으로 옳았다. 끼니때만 되면 눈알을 딱 부릅뜨고 부엌 사정을 낱낱이 감시하다가 염치 불구하고 밥상머리를 안 떠나는 명선이를 두고 우리는 차마 밥 덩이를 목구멍으로 넘길 수가 없었다.

갈수록 밥 얻어먹는 설움이 심해지자 하루는 또 명선이가 금반지 하나를 슬그머니 내밀어 왔다. 먼젓번 것보다 약간 굵어 보였다. 찬찬히 살피고 나더니 어머니는 한 돈 하고도 반짜리라고 조심스럽게 감정을 내렸다.

"길에서 주웠다니까요."

어머니의 다그침에 명선이는 천연스럽게 대꾸했다.

"거참 요상도 허다. 따른 사람은 눈을 까뒤집어도 안 뵈는 노다지●가 어째 니 눈에만 유독이 들어온다냐?"

그러나 어머니는 명선이가 지껄이는 말을 하나도 믿으려 하지 않았다. 명선이가 처음 금반지를 주워 왔을 때처럼 흥분하거나 즐거워하는 기색도 아니었다. 명선이의 얼굴을 유심히 들여다보는 어머니의 눈엔 크고 작은 의심들이 호박처럼 올망졸망 매달려 있었다.

그날 밤에 아버지는 명선이를 안방으로 불러 아랫목에 앉혀 놓고 밤늦도록 타일러도 보고 으름장도 놓아 보았다. 하지만 명선이의 대답은 한결같았다.

"거짓말이 아니라구요. 참말이라구요. 길에서 놀다가……."

"너 이놈, 바른대로 대지 못혀까!"

● **노다지** 캐내려 하는 광물이 많이 묻혀 있는 광맥.

아버지의 호통 소리에 명선이는 비죽비죽 울기 시작했다. 우는 명선이를 아버지는 또 부드러운 말로 달래기 시작했다.
"말은 안 했어도 너를 친자식 진배없이 생각혀 왔다. 너 같은 어린 것이 그런 물건 갖고 있으면은 덜 좋은 법이다. 이 아저씨가 잘 맡어 놨다가 후제• 크면 줄 테니께 어따 숨겼는지 바른대로 대거라."
아무리 달래고 타일러도 소용이 없자 아버지는 마침내 화를 버럭 내면서 명선이의 몸뚱이를 뒤지려 했다. 아버지의 손이 옷에 닿기 전에 명선이는 미꾸라지같이 안방을 빠져나가 자취를 감추어 버렸다. 그리고 그날 밤 끝내 우리 집에 돌아오지 않았다.
"틀림없다. 몇 개나 되는지는 몰라도 더 있을 게다. 어디다 감췄는지 니가 살살 알아봐라. 혼자서 어딜 가거든 눈치 안 채게 따러가 봐라."
입맛을 쩝쩝 다시던 아버지는 나한테 이렇게 분부했다.
"옷 속에다 누볐는지도 모른다."
어머니가 옆에서 거들었다. 어머니 역시 아버지 못잖게 아쉬운 표정이었다. 아버지의 이마에서는 땀방울이 찌걱찌걱 배어 나오고 있었다. 아버지는 벌겋게 충혈된 눈을 등잔 불빛에 번들번들 빛내면서 숨을 씩씩거렸다. 꼭 무슨 일을 저지르고야 말 것만 같은 모습이었다.
그 이튿날 점심 무렵부터 명선이에 관한 소문이 마을에 파다하게 퍼졌다. 난리 통에 혈혈단신•이 된 서울 아이가 금반지를 많이 가지고 있다는 이야기였다. 어떤 사람들은 그 아이가 열 개도 넘는 금반

• **후제** 뒷날의 어느 때.
• **혈혈단신** 의지할 곳이 없는 외로운 홀몸.

지를 저만 아는 곳에 꽁꽁 감춰 두고 하나씩 꺼낸다더라고 쑤군거리기도 했다. 입이 방정이라고 정님이가 어머니한테서 호되게 꾸중을 들었다. 어머니의 지시에 따라 누나와 나는 돌아오지 않는 명선이를 찾아 마을 안팎을 온통 헤매고 다녔다.

 낮더위가 한풀 꺾이고 어둠발이 켜켜이 내려앉을 무렵에야 명선이는 당산• 숲속에서 발견되었다. 우리가 그 애를 찾아낸 것이 아니라, 그 애가 돼지 멱따는 소리로 한바탕 비명을 질러 사람들을 불러 모은 결과였다. 이 나무 저 나무 옮아 다니는 매미처럼 당산 숲속을 팔모•로 헤집고 다니며 거듭거듭 내지르는 비명 소리를 듣고서 맨 처음 달려간 사람들 축에 아버지도 끼어 있었다.

 "너그 놈들이 누구누군지 내 다 안다아! 어디 사는 누군지 내 다 봐 뒀으니께 날만 샜다 하면 물고를 낼 것이다아!"

 해뜩해뜩 뒷모습을 보이며 당산 골짜기 어둠 속으로 꽁지가 빠지게 달아나는 남자들을 향해 아버지는 길길이 뛰며 입에 거품을 물었다.

 "아가, 이자 아모 염려 없다. 어서 내려오니라, 어서."

 한 걸음 뒤늦어 득달같이• 달려온 어머니가 소나무 위를 까마득히 올려다보며 한껏 보드라운 말씨로 달랬다. 소나무 둥지에 딱정벌레처럼 달라붙어 꼼짝도 않는 하얀 궁둥이가 보였다. 놀랍게도 명선이는 시원스런 알몸뚱이로 있었다. 어느 겨를에 어떻게 거기까지 기어 올라갔는지 명선이는 까마득한 높이에 매달려 홀랑 벌거벗은 채 흐느끼고 있었다. 아무리 내려오라고 타일러도 반응이 없자 아버지

• **당산** 토지나 마을의 수호신이 있다고 하여 신성시하는 마을 근처의 산이나 언덕.
• **팔모** 여러 방면. 또는 여러 측면.
• **득달같이** 잠시도 늦추지 아니하게.

가 팔소매를 걷어붙이고 올라가 위험을 무릅쓰고 곡예라도 하듯이 그 애를 등에 업고 내려왔다.

"오매오매, 쟈가 지집애 아녀!"

땅에 내려서기 무섭게 얼른 돌아서며 사타귀를 가리는 명선이를 보고 누군가 이렇게 고함을 질렀다. 나 또한 초저녁 어스름 속에 얼핏 스쳐 지나가는 눈길만으로도 그 애한테는 고추가 없다는 사실을 넉넉히 알아차릴 수 있었다.

"그러매 말이네. 머스맨 줄만 알았더니 인제 보니 지집애구만."

"참말로 재변•이네, 재변이여!"

모여 서 있던 마을 사람들이 저마다 탄성을 지르며 혀를 찼다. 어머니가 잽싸게 치마폭으로 명선이의 알몸을 감쌌다. 모닥불이라도 뒤집어쓴 것같이 공연히 얼굴이 화끈거려서 나는 차마 명선이를 바로 볼 수가 없었다.

"요, 요것이, 개패같이 달린 요것이 뭣이디야!"

명선이의 하얀 가슴께를 들여다보며 어머니가 소리를 질렀다. 곁에 있던 아버지가 얼른 그것을 가리려는 명선이의 손을 뿌리치고 뚝 잡아챘다. 줄에 매달린 이름표 같은 것이었다. 아직도 한 줌의 빛살이 옹색하게 남아 있는 서쪽 하늘에 대고 거기에 적힌 글씨를 읽은 다음 아버지는 마치 무슨 보물섬의 지도나 되듯 소중스레 바지춤에 찔러 넣었다. 그리고 마을 사람들을 향해 돌아서면서 눈을 딱 부릅뜨며 엄포를 놓는 것이었다.

"나허고 원수 척질 생각 아니면 앞으로 야한티 터럭손 하나 건딜

• 재변 재앙으로 인하여 생긴 갑작스러운 사고.

지 마시요!"

 언젠가 가뭄 흉년 때 이웃 논의 임자하고 물꼬 싸움을 벌이면서 시퍼렇게 삽날을 들이대던 그때의 그 표정보다 훨씬 더 포악해 보였다. 우리 논에 떨어지는 빗물이나 마찬가지로 아버지는 우리 집안에 우연히 굴러 들어온 명선이의 소유권을 마을 사람들 앞에서 우격다짐으로 가리고 있었다.

 "우리가 친자식 이상으로 애끼고 길르는 아요. 만에 일이라도 야한티 해꿎이●헐라거든 앙화●가 무섭다는 걸 멩심허시요!"

 덩달아 어머니도 위협을 잊지 않았다. 명선이가 입은 손해는 바로 우리 집안의 손해나 마찬가지라는 주장이었다. 물론 어머니는 명선이 때문에 생기는 이익이 곧바로 우리 이익이란 말은 입 밖에 비치지도 않았다.

 사람들을 따돌리고 집 안에 들어서자마자 어머니는 더 이상 참지를 못하고 아버지한테 다그쳤다.

 "개패에 무슨 사연이 적혔든가요?"

 "갸네 부모가 쓴 편지여."

 "누구한티요?"

 "누구긴 누구여, 나지."

 "오매, 그 사람들이 어떻게 알고 당신한티 편지를……."

 "이런 딱헌 사람 봤나. 아, 갸를 맡어서 기를 사람한티 쓴 편지니께 받는 사람이 나지 누구겄어."

- **해꿎이** 해코지. 남을 해치고자 하는 짓.
- **앙화** 지은 죄의 앙갚음으로 받는 재앙.

"뭐라고 썼습디여?"

"자기네가 혹 난리 바람에 무슨 일이라도 당허게 되면 무남독녀 혈육을 잘 부탁헌다고, 저승에 가서도 그 은혜는 잊지 않겠다고 서울 어디 사는 누네 딸이고 본관이 어디고 생일이 언제라고……."

"가락지 말은 안 썼어라우?"

"안 썼어."

아버지는 딱 잘라 대답했다. 그러나 다음 순간 아버지는 득의연한● 미소와 함께 어머니한테 나직이 속삭이고 있었다.

"금가락지 말은 없어도 저 먹을 건 다소 딸려 났다고 써 있어. 사연이 복잡헌 부잣집인 것만은 틀림없다고."

명선이를 달아나지 못하게 감시하는 새로운 임무가 나한테 주어졌다. 우리 식구 모두는 상전을 모시듯이 명선이에게 한결같이 친절했다. 동네 사람 어느 누구도 감히 넘볼 마음을 못 먹도록 뚝심 좋은 아버지는 그 애의 주위에 이중 삼중으로 보호의 울타리를 쳐 놓고도 언제나 안심하지 못했다. 나는 그 애의 그림자 노릇을 착실히 했다. 그러나 금반지를 어디다 감춰 뒀는지 그것만은 차마 묻지를 못했다. 시간이 흐를수록 그 애는 내 사투리를 닮아 가고 나는 반대로 그 애의 서울말을 어색하게 흉내 내기 시작했다.

타고난 본래의 여자 모양을 되찾은 후에도 명선이는 갈 데 없는 머슴애였다. 하는 짓거리마다 시골 아이들 뺨치는 개구쟁이였고 토박이의 텃세를 계집애라는 이유로 쉽사리 물리칠 수 있게 되면서부터 온갖 망나니짓에 오히려 우리의 앞장을 서곤 했다. 다람쥐처럼

● **득의연한** 몹시 우쭐해 있는.

나무도 뽀르르 잘 타고 둠벙*에서는 물오리나 다름없이 헤엄도 잘 쳤다. 수놈 날개에 노랗게 호박 가루를 칠해서 암놈으로 위장하여 말잠자리를 우리보다 솜씨 있게 낚는가 하면 남의 집 울타리에 달린 호박에 말뚝도 박고 여름밤에 개똥벌레를 여러 마리 종이 봉지 안에 가두어 어른이 담뱃불 흔드는 시늉을 하면서 다가와 술래를 따돌리는 재간도 부릴 줄 알았다. 인공* 치하에서 학교가 쉬는 동안을 우리는 마냥 키드득거리며 떼뭉쳐 어울려 다녔다.

 심심할 때마다 명선이는 나를 끌고 허리가 끊어진 만경강 다리로 놀러 가곤 했다. 계집애답지 않게 배짱도 여간이 아니어서 그 애는 아무도 흉내 낼 수 없는 위험천만한 곡예를 부서진 다리 위에서 예사로 벌여 우리의 입을 딱 벌어지게 만드는 것이었다.

 "누가 제일 멀리 가는지 시합하는 거다."

 폭격으로 망가진 그대로 기나긴 다리는 방치되어 있었다. 난간이 떨어져 달아나고 바닥에 커다란 구멍들이 뻥뻥 뚫린 채 쌀뜨물보다도 흐린 싯누런 물결이 일렁이는 강심* 쪽을 향해 곧장 뻗어 나가다 갑자기 앙상한 철근을 엿가락 모양으로 어지럽게 늘어뜨리면서 다리는 끊겨 있었다. 얽히고설킨 철근의 거미줄이 간댕간댕 허공을 가로지르고 있는 마지막 그곳까지 기어가는 시합이었다. 그리고 시합에서 승리자는 언제나 명선이였다. 웬만한 배짱이라면 구멍이 숭숭 뚫린 시멘트 바닥을 기는 것은 누구나 할 수 있는 일이었다. 하지만 시멘트가 끝나면서 강바닥이 까마득한 간격을 두고 저 아래에

• 둠벙 '웅덩이'의 방언.
• 인공 '인민 공화국'을 줄여 이르는 말.
• 강심 강의 한복판. 또는 그 물속.

서 빙글빙글 맴을 도는 철골 근처에 다다르면 누구나 오금이 굳고●
팔이 떨려 한 발도 더는 나갈 수가 없었다. 오로지 명선이 혼자만이
얼키설키 허공을 건너지른 엿가락 같은 철근에 위태롭게 매달려 세
차게 불어 대는 강바람에 누나한테 얻어 입은 치맛자락을 펄렁거리
며 끝까지 다 건너가서 지옥의 저쪽 가장자리에 날름 올라앉아 귀
신인 양 이쪽을 보고 낄낄거리는 것이었다. 그렇게 낄낄거리며 우
리들 머슴애의 용기 없음을 놀릴 때 그 애의 몸뚱이는 마치 널을 뛰
듯이 위아래로 훌쩍훌쩍 까불리면서 구부러진 철근의 탄력에 한바
탕씩 놀아나고 있었다.

어느 날 나는 명선이하고 단둘이서만 다리에 간 일이 있었다. 그
때도 그 애는 나한테 시합을 걸어왔다. 나는 남자로서의 위신을 걸
고 명선이의 비아냥거림 앞에서 최선의 노력을 다해 봤으나 결국 강
바닥에 깔린 뽕나무밭이 갑자기 거대한 팽이가 되어 어찔어찔 맴도
는 걸 보고 뒤로 물러서지 않을 수 없었다. 이제 명선이한테서 겁쟁
이라고 꼼짝없이 수모를 당할 차례였다.

"야아, 저게 무슨 꽃이지?"

그런데 그 애는 놀림 대신 갑자기 뚱딴지같은 소리를 질렀다. 말
타듯이 철근 뭉치에 올라앉아서 그 애가 손가락으로 가리키는 곳을
내려다보았다. 거대한 교각 바로 위 무너져 내리다 만 콘크리트 더
미에 이전에 보이지 않던 꽃송이 하나가 피어 있었다. 바람을 타고
온 꽃씨 한 알이 교각 위에 두껍게 쌓인 먼지 속에 어느새 뿌리를 내
린 모양이었다.

● **오금이 굳고** 꼼짝을 못하게 되고.

"꽃 이름이 뭔지 아니?"

난생 처음 보는 듯한, 해바라기를 축소해 놓은 모양의 동전만 한 들꽃이었다.

"쥐바라숭꽃……."

나는 간신히 대답했다. 시골에서 볼 수 있는 거라면 명선이는 내가 뭐든지 다 알고 있다고 믿는 눈치였다. 쥐바라숭이란 이 세상엔 없는 꽃 이름이었다. 엉겁결에 어떻게 그런 이름을 지어낼 수 있었는지 나 자신 어리벙벙할 지경이었다.

"쥐바라숭꽃……. 이름처럼 정말 이쁜 꽃이구나. 참 앙증맞게두 생겼다."

또 한바탕 위험한 곡예 끝에 그 애는 기어코 그 쥐바라숭꽃을 꺾어 올려 손에 들고는 냄새를 맡아 보다가 손바닥 사이에 넣어 대궁을 비벼서 양산처럼 팽글팽글 돌리다가 끝내는 머리에 꽂는 것이었다. 다시 이쪽으로 건너오려는데 이때 바람이 휙 불어 명선이의 치맛자락이 훌렁 들리면서 머리에서 꽃이 떨어졌다. 나는 해바라기 모양의 그 작고 노란 쥐바라숭꽃 한 송이가 바람에 날려 싯누런 흙탕물이 도도히 흐르는 강심을 향해 바람개비처럼 맴돌며 떨어져 내리는 모양을 아찔한 현기증을 느끼며 지켜보고 있었다.

우리가 명선이한테서 순순히 얻어 낸 금반지는 두 번째 것으로 마지막이었다. 아버지와 어머니가 온갖 지혜를 짜내어 백방으로 숨겨 둔 장소를 알아내려 안간힘을 다해 보았으나, 금반지 근처에만 얘기가 닿아도 명선이는 입을 굳게 다문 채 침묵 속의 도리질로 완강히 버티곤 했다.

날이 가고 달이 갔다. 어느덧 초가을로 접어드는 날씨였다. 남쪽에서 쳐 올라오는 국방군에 밀려 인민군이 북쪽으로 쫓겨 가기 시작한다는 소문이 돌았다. 생각보다 전쟁이 일찍 끝나 남쪽으로 피란 갔던 명선네 숙부가 어느 날 불쑥 마을에 다시 나타날 경우를 생각하면서 어머니는 딱할 정도로 조바심을 치기 시작했다. 내가 벌써 귀띔을 해 줘서 어른들은 명선이가 숙부로부터 버림받은 게 아니라 스스로 도망쳤다는 사실을 이미 알고 있었다. 전쟁이 끝나기 전에 어떻게든 명선이의 입을 열게 하려고 아버지는 수단 방법을 안 가릴 기세였다.

그날도 나는 명선이와 함께 부서진 다리에 가서 놀고 있었다. 예의 그 위험천만한 곡예 장난을 명선이는 한창 즐기는 중이었다. 콘크리트 부위를 벗어나 그 애가 앙상한 철근을 타고 거미처럼 지옥의 가장귀를 향해 조마조마하게 건너갈 때였다. 이때 우리들 머리 위의 하늘을 두 쪽으로 가르는 굉장한 폭음이 귀뺨을 갈기는 기세로 갑자기 울렸다. 푸른 하늘 바탕을 질러 하얗게 호주기● 편대가 떠가고 있었다. 비행기의 폭음에 가려 나는 철근 사이에서 울리는 비명을 거의 듣지 못했다. 다른 것은 도무지 무서워할 줄 모르면서도 유독 비행기만은 병적으로 겁을 내는 서울 아이한테 얼핏 생각이 미쳐 눈길을 하늘에서 허리가 동강이 난 다리로 끌어 내렸을 때 내가 본 것은 강심을 겨냥하고 빠른 속도로 멀어져 가는 한 송이 쥐바라숭꽃이었다.

명선이가 들꽃이 되어 사라진 후 어느 날 한적한 오후에 나는 그때까지 한 번도 성공한 적이 없는 모험을 혼자서 시도해 보았다. 겁

● **호주기** 6.25 전쟁 때 참전한 오스트레일리아의 제트 전투기. 이 전투기를 흔히 '호주기'라고 했음.

쟁이라고 비웃는 사람이 아무도 없으니까 의외로 용기가 나고 마음이 차갑게 가라앉는 것이었다. 나는 눈에 띄는 그 즉시 거대한 팽이로 둔갑해 버리는 까마득한 강바닥을 보지 않으려고 생땀을 흘렸다. 엿가락으로 흘러내리다가 가로지르는 선에 얹혀 다시 오르막을 타는 녹슨 철근의 우툴두툴한 표면만을 무섭게 응시하면서 한 뼘 한 뼘 신중히 건너갔다. 철근의 끝에 가까이 갈수록 강바람을 맞는 몸뚱이가 사정없이 까불렸다. 그러나 나는 천신만고 끝에 마침내 그 일을 해내고 말았다. 이젠 어느 누구도, 제아무리 쥐바라숭꽃일지라도 나를 비웃을 수는 없게 되었다.

지옥의 가장귀를 타고 앉아 잠시 숨을 고른 다음 바로 되돌아 나오려는데 그때 이상한 물건이 얼핏 시야에 들어왔다. 낚싯바늘 모양으로 꼬부라진 철근의 끝자락에다 천으로 친친 동여맨 자그만 헝겊 주머니였다. 명선이가 들꽃을 꺾던 때보다 더 위태로운 동작으로 나는 주머니를 어렵게 손에 넣었다. 가슴을 잡죄는 긴장 때문에 주머니를 열어 보는 내 손이 무섭게 경풍●을 일으키고 있었다. 그리고 그 주머니 속에서 말갛게 빛을 발하는 동그라미 몇 개를 보는 순간 나는 손에 든 물건을 송두리째 강물에 떨어뜨리고 말았다.

● **경풍** 어린아이에게 나타나는 증상의 하나로, 풍(風)으로 인해 갑자기 의식을 잃고 경련하는 병증.

❶ 명선이의 특이한 행동과 그 원인을 정리해 봅시다.

❷ '나'의 부모님은 금반지를 내미는 명선이를 어떻게 대했나요? 이를 바탕으로 명선이가 금반지를 한꺼번에 내놓지 않은 이유를 추측해 봅시다.

• '나'의 부모님이 명선이를 대하는 태도

명선이가 첫 번째 금반지를 내밀었을 때	명선이가 두 번째 금반지를 내밀었을 때
①	② _____(이)라고 의심하며 나머지 금반지를 찾으려 함.

• 명선이가 금반지를 감춘 이유: ③ _____

_____

34 중학교 소설 읽기

❸ 전쟁으로 명선이의 삶에는 많은 변화가 있었습니다. 만약 전쟁이 일어난다면 여러분의 삶은 어떻게 변할까요?

> 다르게 읽기

❹ 다음은 6.25 전쟁 때 참전한 군대 숫자와 전쟁으로 인한 피해를 정리한 내용입니다. 이런 피해를 막기 위해 우리가 할 수 있는 일은 무엇일까요?

> 6.25 전쟁의 피해는 남북한 군인과 민간인뿐만 아니라 미국, 소련, 중국, 연합국 모두에게 막대한 피해를 안겨 주었다. 25개국 약 150만 명의 군인이 6.25 전쟁을 치렀다. 그 결과 한국군 62만 명, 유엔군 16만 명, 북한군 93만 명, 중국군 100만 명, 민간인 피해 250만 명, 이재민 370만 명, 전쟁미망인 30만 명, 전쟁고아 10만 명, 이산가족 1,000만 명 등 당시 남북한 인구 3,000만 명의 절반을 넘는 1,800여만 명이 피해를 입었다. 10만여 명의 전쟁 포로들은 중국과 북한으로 귀환한 후 가혹한 처우를 받기도 했으며, 제3국인 인도, 타이완, 브라질 등을 선택한 전쟁 포로들 역시 오랜 기간 고통을 당하였다.
> 이 밖에 남북한 지역은 전 국토가 초토화되었고 관련국들이 쏟아 부은 전쟁 비용도 천문학적인 수준에 달한다. 남북한 전체를 통해서 볼 때 학교·교회·사찰·병원 및 민가를 비롯하여, 공장·도로·교량 등이 무수히 파괴되었다. 북한 지역에서 36만 6,840ha의 농지가 손상되었으며, 60만 채의 민가와 5,000개의 학교 및 1,000개의 병원이 파괴되었다. 남한 지역에서는 약 900개의 공장이 파괴되었으며, 약 60만 채의 가옥이 파손되었다.
>   － 동북아 역사넷 참고

 작품 해설

전쟁이 일어나면 가장 많은 피해를 당하는 사람은 누구일까요?

명선이는 서울의 넉넉한 가정에서 곱게 자란 여자아이입니다. 그러나 피란길에 부모님을 잃고, 자신을 죽이려는 숙부를 피해 도망쳐서 '나'의 마을에 오게 되지요. 명선이는 남장을 하고, 금반지를 이용해 '나'의 집에 머물게 됩니다. 그리고 금반지를 들키지 않으려고 자신만 갈 수 있는 다리 끝에 매달아 놓습니다. 어느 날, 평소처럼 부서진 다리 끝까지 간 명선이는 비행기 소리에 놀라 다리 아래 강물 속으로 떨어져 죽고 맙니다.

전쟁이 일어나면 가장 많은 피해를 당하는 건 힘없고 약한 사람들입니다. 남성보다는 여성, 어른보다는 어린아이가 그렇습니다. 명선이는 여성이자 아이입니다. 어린 여자아이로서 전쟁 중에 어떻게든 살아남기 위해 남장을 할 수밖에 없었고, 전쟁으로 인해 탐욕을 드러낸 무자비한 어른들 사이에서 자신의 생존 수단인 금반지를 빼앗기지 않으려 부서진 다리 위를 아슬아슬하게 다닐 수밖에 없었지요. 그리고 '비행기를 무서워하는' 전쟁의 트라우마로 인해 죽음을 맞이합니다.

작가는 명선이가 다리 아래로 떨어지는 모습을 쥐바라숭꽃에 빗대었습니다. 콘크리트 사이에서도 살아남아 작은 꽃을 피운 쥐바라숭꽃과 전쟁 통에 살아남기 위해 노력한 명선이는 참 닮아 있습니다. 이 소설의 제목 '기억 속의 들꽃'은 전쟁 속에서 어떻게든 살기 위해 발버둥을 쳤으나 결국 죽음을 맞이한 들꽃과도 같은 명선이를 잊지 못하고 기억한다는 의미일 것입니다.

전쟁은 여전히 세상의 어딘가에서 일어나고 있습니다. 우리나라 역시 전쟁에서 자유롭지 못합니다. 비극을 더는 반복하지 않기 위해서라도, 전쟁으로 죽어 간 들꽃 같은 명선이를 여러분도 잊지 말고 기억 속에 간직하길 바랍니다.

엮어 읽기

니콜라우스 뉘첼, 『다리를 잃은 걸 기념합니다』

가족들이 매년 모여 외할아버지가 전쟁에서 다리를 잃은 것을 기념하는 파티를 하는 것에 의문을 품은 저자가 이에 대한 대답을 찾으면서 1, 2차 세계 대전에 대해 설명하는 책입니다. 1, 2차 세계 대전을 일으킨 사람은 누구이며, 평범한 사람들과 전쟁은 어떤 관계가 있는지 쉽게 설명하여 우리에게 전쟁과 평화가 어떤 의미가 있는지 생각하게 합니다.

꺼삐딴 리

전광용(1919~1988)

전광용 작가는 함경남도 북청에서 태어났습니다. 1939년 「동아일보」 신춘문예에 동화 「별나라 공주와 토끼」가 당선되었고, 1955년 「조선일보」 신춘문예에 「흑산도」가 당선되어 본격적으로 작품 활동을 시작했습니다. 냉철한 시각으로 현실의 부조리한 모습을 고발하는 경향의 소설을 많이 썼습니다. 주요 작품에 「사수」, 「나신」, 「젊은 소용돌이」, 「창과 벽」 등이 있습니다.

 이 소설의 제목이 독특하지요? '꺼삐딴'이라는 말이 특히 낯설 텐데요. 영어 '캡틴(Captain)'에 해당하는 러시아어가 '카피딴(капитáн)'입니다. 팀의 주장이나 배의 함장, 비행기의 기장, 군대의 대위나 대령을 뜻하는 말인데, 소련군이 북한에 주둔했을 당시 북한에서 우두머리, 최고라는 뜻으로도 많이 사용되었답니다. '리'는 성씨 중 하나인 '이' 씨의 미국식 표기 '리(Lee)'입니다.
 '꺼삐딴 리'는 이 소설의 주인공을 가리키는 말입니다. 이 소설의 주인공은 대체 어떤 사람이기에 이런 특이한 말로 불렸을까요? 정말로 '최고'라고 칭찬받을 만한 삶을 살았을까요? 함께 소설 속으로 들어가 살펴봅시다.

 여러분이 알고 있는 대표적인 친일파와 독립운동가는 각각 누가 있나요?

꺼삐딴 리

• 전광용 •

  수술실에서 나온 이인국(李仁國) 박사는 응접실 소파에 파묻히듯이 깊숙이 기대어 앉았다.

  그는 백금 무테안경을 벗어 들고 이마의 땀을 닦았다. 등골에 축축이 밴 땀이 잦아들어 감에 따라 피로가 스며 왔다. 두 시간 이십 분의 집도. 위장 속의 균종(菌腫) 적출. 환자는 아직 혼수상태에서 깨지 못하고 있다.

  수술을 끝낸 찰나 스쳐 가는 육감, 그것은 성공 여부의 적중률을 암시하는 계시 같은 것이다. 그러나 오늘은 웬일인지 뒷맛이 꺼림칙하다.

  그는 항생질(抗生質) 의약품이 그다지 발달되지 않았던 일제 시대부터 개복 수술에 최단시간의 기록을 세웠던 것을 회상해 본다.

  맹장염이나 포경 수술, 그 정도의 것은 약과다. 젊은 의사들에게 맡겨 버리면 그만이다. 대수술의 경우에는 그렇게 방임할• 수만은 없다. 환자 측에서도 대개 원장의 직접 집도를 조건부로 입원시킨다. 그는 그것을 자랑으로 삼아 왔고 스스로 집도하는 쾌감을 느꼈

• **방임할** 돌보거나 간섭하지 않고 제멋대로 내버려 둘.

었다.

 그의 병원 부근은 거의 한 집 건너 병원이랄 수 있을 정도로 밀집한 지대다. 이름 없는 신설 병원 같은 것은 숫제 비 장날 시골 전방처럼 한산한 속에 찾아오는 손님을 기다리고 있는 형편이다.

 그러나 이인국 박사는 일류 대학 병원에서까지 손을 쓰지 못하여 밀려오는 급환자들 틈에 끼여 환자의 감별에는 각별한 신경을 쓰고 있다.

 그것은 마치 여관 보이가 현관으로 들어서는 손님의 옷차림을 훑어보고 그 등급에 맞는 방을 순간적으로 결정하거나 즉석에서 서슴지 않고 거절하는 경우와 흡사한 것이라고나 할까.

 이인국 박사의 병원은 두 가지의 전통적인 특징을 가지고 있다.

 병원 안이 먼지 하나도 없이 정결하다는 것과 치료비가 여느 병원의 갑절이나 비싸다는 점이다.

 그는 새로 온 환자의 초진(初診)에서는 병에 앞서 우선 그 부담 능력을 감정하는 데서부터 시작한다. 신통치 않다고 느껴지는 경우에는 무슨 핑계를 대든 그것도 자기가 직접 나서는 것이 아니라 간호원•더러 따돌리게 하는 것이다.

 그렇게 중환자가 아닌 한 대부분의 경우 예진(豫診)•은 젊은 의사들이 했다. 원장은 다만 기록된 진찰 카드에 따라 환자의 증세에 아울러 경제 정도를 판정하는 최종 진단을 내리면 된다.

 상대가 지기•나 거물급이 아닌 한 외상이라는 명목은 붙을 수가

• **간호원** '간호사'의 전 용어.
• **예진** 환자의 병을 자세하게 진찰하기 전에 미리 간단하게 진찰하는 일. 또는 그렇게 하는 진찰.
• **지기** 자기의 속마음을 참되게 알아주는 친구.

없었다. 설령 있다 해도 이 양면 진단은 한 푼의 미수●나 결손●도 없게 한 그의 반생을 통한 의술 생활의 신조요 비결이었다.

그러기에 그의 고객은 왜정 시대는 주로 일본인이었고 현재는 권력층이 아니면 재벌의 셈속에 드는 측들이어야만 했다.

그의 일과는 아침에 진찰실에 나오자 손가락끝으로 창틀이나 탁자 위를 훑어 무테안경 속 움푹한 눈으로 응시하는 일에서 출발한다.

이때 손가락끝에 먼지만 묻으면 불호령이 터지고, 간호원은 하루 종일 원장의 신경질에 부대껴야만 한다.

아무튼 단골 고객들은 그의 정결한 결백성에 감탄과 경의를 표해 마지않는다.

1.4 후퇴● 시 청진기가 든 손가방 하나를 들고 월남한 이인국 박사다. 그는 수복●되자 재빨리 셋방 하나를 얻어 병원을 차렸다. 그러나 이제는 평당 50만 환을 호가하는 도심지에 타일을 바른 이층 양옥을 소유하게 되었다. 그는 자기 전문인 외과 외에 내과, 소아과, 산부인과 등 개인 병원을 집결시켰다. 운영은 각자의 호주머니 셈속이었지만, 종합 병원의 원장 자리는 의젓이 자기가 차지하고 있다.

이인국 박사는 양복 조끼 호주머니에서 십팔금 회중시계를 꺼내어 시간을 보았다.

두 시 사십 분!

● **미수** 돈이나 물건 따위를 아직 다 거두어들이지 못함.
● **결손** 수입보다 지출이 많아서 생기는 금전상의 손실.
● **1.4 후퇴** 1951년 1월 4일, 중공군의 공세에 따라 정부가 수도 서울에서 철수한 사건.
● **수복** 잃었던 땅이나 권리 따위를 되찾음.

미국 대사관 브라운 씨와의 약속 시간은 이십 분밖에 남지 않았다. 이 시계에도 몇 가닥의 유서 깊은 이야기가 숨어 있다. 이인국 박사는 시계를 볼 때마다 참말 '기적'임에 틀림없었던 사태를 연상하게 된다.

왕진 가방과 함께 38선을 넘어온 피란 유물의 하나인 시계. 가방은 미군 의사에게서 얻은 새것으로 갈아 매어 흔적도 없게 된 지금, 시계는 목숨을 걸고 삶의 도피행을 같이 한 유일품이요, 어찌 보면 인생의 반려이기도 한 것이다.

밤에 잘 때에도 그는 시계를 머리맡에 풀어 놓거나 호주머니에 넣은 채로 버려두지 않는다. 반드시 풀어서 등기 서류, 저금통장 등이 들어 있는 비상용 캐비닛 속에 넣고야 잠자리에 드는 것이었다. 거기에는 또 그럴 만한 연유가 있었다. 이 시계는 제국 대학을 졸업할 때 받은 영예로운 수상품이다. 뒤쪽에는 자기 이름이 새겨져 있다.

그 후 삼십여 년, 자기 주변의 모든 것이 변하여 갔지만 시계만은 옛 모습 그대로다. 주변뿐만 아니라 자기 자신은 얼마나 변한 것인가. 이십 대 홍안•을 자랑하던 젊음은 어디로 사라진 것인지 머리카락도 반백이 넘었고 이마의 주름은 깊어만 간다. 일제 시대, 소련군 점령하의 감옥 생활, 6.25 사변, 38선, 미군 부대, 그동안 몇 차례의 아슬아슬한 죽음의 고비를 넘긴 것인가.

'월삼• 십칠 석.'

우여곡절 많은 세월 속에서 아직도 제 시간을 유지하는 것만도 신

• 홍안 붉은 얼굴이라는 뜻으로, 젊어서 혈색이 좋은 얼굴을 이르는 말.
• 월삼 미국 시계 회사 '월섬'.

기하다. 시간을 보고는 습성처럼 째각째각 소리에 귀 기울이는 때의 그의 가느다란 눈매에는 흘러간 인생의 축도가 서리는 것이었고, 그 속에서도 각모(角帽)와 쓰메에리(목닫이) 학생복을 벗어 버리고 신사복으로 갈아입던 그날의 감회를 더욱 새롭게 해 주는 충동을 금할 길 없는 것이었다.

이인국 박사는 수술 직전에 서랍에 집어넣었던 편지에 생각이 미쳤다.

미국에 가 있는 딸 나미. 본래의 이름은 일본식의 나미코다. 해방 후 그것이 거슬린다기에 나미로 불렀고 새로 기류계•에 올릴 때에는 코 자를 완전히 떼어 버렸다.

나미짱! 딸의 모습은 단란하던 지난날의 추억과 더불어 떠올랐다.

온 집안의 재롱둥이였던 나미, 그도 이젠 성숙했다. 그마저 자기 옆에서 떠난 지금 새로운 정에서 산다고는 하지만 이인국 박사는 가끔 물밀려 오는 허전한 감을 금할 길이 없었다.

아내는 거제도 수용소에 있을 때 죽었고 아들의 생사는 지금껏 알 길이 없다.

서울에서 다시 만나 후처로 들어온 혜숙(惠淑). 이십 년의 연령 차에서 오는 세대의 거리감을 그는 억지로 부인해 본다. 그러나 혜숙의 피둥피둥한 탄력에 윤기가 더해 가는 살결에 비해 자기의 주름 잡힌 까칠한 피부는 육체적 위축감마저 느끼게 하는 때가 없지 않았다.

• **기류계** 예전에, 본적지 이외의 일정한 곳에 주소나 거소를 둔 것을 관할 관청에 보고 하던 일. 또는 그런 서류.

그들 사이에서 난 돌 지난 어린것, 앞날이 아득한 이 핏덩이만이 지금의 이인국 박사의 곁을 지켜 주는 유일한 피붙이다.

이인국 박사는 기대와 호기에 가득 찬 심정으로 항공 우편의 피봉•을 뜯었다.

전번 편지에서 가타부타• 단안은 내리지 않고 잘 생각해서 결정하라고 한 그 후의 경과다.

'결국은 그렇게 되고야 마는 건가…….'

그는 편지를 탁자 위에 밀어 놓았다. 어쩌면 이러한 결말은 딸의 출국 이전에서부터 이미 싹튼 것인지도 모른다는 생각이 들었다.

대학에서 영문과를 택한 딸, 개인 지도를 하여 준 외인 교수, 스칼라십을 얻어 준 것도 그고, 유학 절차의 재정 보증인을 알선해 준 것도 그가 아닌가, 우연한 일은 아니다.

그러나 시류에 따라 미국 유학을 해야만 한다고 주장한 것은 오히려 아버지 자기가 아닌가.

동양학을 연구하고 있는 외인 교수. 이왕이면 한국 여성과 결혼했으면 좋겠다던 솔직한 고백에, 자기의 학문을 위한 탁월한 견해라고 무심코 찬의를 표한 것도 자기가 아니던가. 그것도 지금 생각하면 하나의 암시였음이 분명하지 않은가.

이인국 박사는 상아로 된 오존 파이프를 앞니에 힘을 주어 지그시 깨물며 눈을 감았다.

꼭 풀 쑤어 개 좋은 일을 한• 것만 같은 분하고도 허황한 심정이다.

• **피봉** 봉투의 겉면.
• **가타부타** 어떤 일에 대하여 옳다느니 그르다느니 함.
• **풀 쑤어 개 좋은 일을 한** 엉뚱한 사람에게 이로운 일을 한 결과가 되었음을 이르는 말.

'코쟁이 사위.'

생각만 해도 전신의 피가 역류하는 것 같은 몸서리가 느껴졌다.

'더러운 년 같으니, 기어코……'

그는 큰기침을 내뱉었다.

그의 생각은 왜정 시대 내선일체●의 혼인론이 떠돌던 이야기에까지 꼬리를 물었다. 그때는 그것을 비방하거나 굴욕처럼 느끼지는 않았다. 오히려 당연한 것으로 해석했고 어찌 보면 우월한 것으로 생각하지 않았던가. 그런데 이 경우는…….

그는 딸의 편지 구절을 곱씹었다.

'애정에 국경이 있어요?'

이것은 벌써 진부하다. 아비도 학창 시절에 그런 풍조는 다 마스터했다. 건방지게, 이제 새삼스레 아비에게 설교조로…… 좀 더 솔직하지 못하고…….

그러니 외딸인 제가 그런 국제결혼의 시금석●이 되겠단 말인가.

'아무튼 아버지께서 쉬 한 번 오신다니 최종 결정은 아버지의 의향에 따라 결정할 예정입니다만…….'

그래 아버지가 안 가면 그대로 정하겠단 말인가.

이인국 박사는 일대 잡종(一代雜種)의 유전 법칙이 떠오르자 머리를 내저었다. '흰둥이 외손자', 생각만 해도 징그럽다.

그는 내던졌던 사진을 다시 집어 들었다.

대학 캠퍼스 같은 석조전의 거대한 건물, 그 앞의 정원, 뒤쪽에 짝

● **내선일체** 일본과 조선은 한 몸이라는 뜻으로, 일제 강점기 때 일본이 조선인의 정신을 말살하고 조선을 착취하기 위하여 만들어 낸 구호.
● **시금석** 가치, 능력, 역량 따위를 알아볼 수 있는 기준이 되는 기회나 사물을 비유적으로 이르는 말.

을 지어 걸어가는 남녀 학생, 이 배경 속에 딸과 그 외인 교수가 나란히 어깨를 짚고 서서 웃음을 짓고 있다.

'흥, 놀기는 잘들 논다…….'

응, 신음 소리를 치며 그는 자리에서 일어섰다. 아무튼 미스터 브라운을 만나 이왕 가는 길이면 좀 더 서둘러야겠다. 그 가장 대우가 좋다는 국무성 초청 케이스의 확정 여부를 빨리 확인해야겠다는 생각이 조바심을 쳤다.

그는 아내 혜숙이 있는 살림방 쪽으로 건너갔다.

"여보, 나미가 기어코 결혼하겠다는구려."

"그래요?"

아내의 어조에는 별다른 감동이나 의아도 없음을 이인국 박사는 직감했다.

그는 가능한 한 혜숙이 앞에서 전실 소생의 애들 이야기를 하는 것을 삼가 왔다.

어떻게 보면 나미의 미국 유학을 간접적으로 자극한 것은 가정 분위기의 소치•라는 자격지심이 없지 않기도 했다.

나미는 물론 혜숙을 단 한 번도 어머니라고 불러 준 일이 없었다. 혜숙 또한 나미 앞에서 어머니라고 버젓이 행세한 일도 없었.

지난날의 간호원과 오늘의 어머니, 그 사이에는 따져서 표현할 수 없는 미묘한 감정들이 복제되어 있었다.

"선생님의 일이라면 무엇이든지 돕겠어요."

서울에서 이인국 박사를 다시 만났을 때 마음속 그대로 털어놓은

•**소치** 어떤 까닭으로 생긴 일.

혜숙의 첫마디였다.

처음에는 혜숙도 부인의 별세를 몰랐고, 이인국 박사도 혜숙의 혼인 여부를 참견하지 않았다.

혜숙은 곧 대학 병원을 그만두고 이리로 옮겨 왔다.

나미는 옛정이 다시 살아 혜숙을 언니처럼 따랐다.

이들의 혼인이 익어 갈 때 이인국 박사는 목에 걸리는 딸의 의향을 우선 듣기로 했다.

딸도 아버지의 외로움을 동정하고 있었다. 자기 자신 아버지의 시중이 힘에 겨웠고 또 그 사이 실지의 아버지 뒤치다꺼리를 혜숙이 해 왔으므로 딸은 즉석에서 진심으로 찬의를 표했다.

그러나 시간이 흐를수록 혜숙과 나미의 간격은 벌어졌고 혜숙도 남편과의 정상적인 가정생활에서 나미가 장애물이 되는 것 같은 느낌을 차츰 가지게 되었다.

혜숙 자신도 처음에는 마음 놓고 이인국 박사를 남편이랍시고 일대일로 부르진 못했다.

나미의 출발, 그 후 어린애의 해산, 이러한 몇 고개를 넘는 사이에 이제 겨우 아내답게 늠름히 남편을 대할 수 있고 이인국 박사 또한 제대로의 남편의 체모로 아내에게 농을 걸 수 있게끔 되었다.

"기어쿠 그 외인 교수하군가 가까워지는 모양인데."

이인국 박사는 아내의 얼굴을 직시하지는 못하고 마치 독백하듯이 뇌까렸다.

"할 수 있어요, 제 좋다는 대로 해야지요."

마치 남의 이야기를 하는 것처럼 이인국 박사에게는 들려왔다.

"글쎄 하기는 그렇지만……."

그는 입맛만 다시며 더 이상 계속하지 못했다.

잠을 깨어 울고 있는 어린것에게 젖을 물리고 있는 아내의 젊은 육체에서 자극을 느끼면서 이인국 박사는 자기 자신이 죄를 지은 것만 같은 나미에 대한 강박 관념을 금할 길이 없었다.

저 어린것이 자라서 아들 원식이나 또 나미 정도의 말상대가 되려도 아직 이십여 년의 세월이 흘러야 한다.

그때 자기는 칠십이 넘는 할아버지다.

현대 의학이 인간의 평균 수명을 연장하고, 암(癌) 같은 고질이 아닌 한 불의의 죽음은 없다 하지만, 자기 자신 의사이면서 스스로의 생명 하나를 보장할 수 없다.

'마누라는 눈앞에서 나는 새 놓치듯이 죽이지 않았던가.'

아무리 해도 저놈이 대학을 나올 때까지는 살아야 한다. 아무렴, 때가 때인 만큼 미국 유학까지는 내 생전에 시켜 주어야 하지.

하기야 그런 의미에서도 일찌감치 미국 혼반을 맺어 두는 것도 그리 해로울 건 없지 않나. 아무렴, 우리보다는 낫게 사는 사람들인데. 좀 남 보기 체면이 안 서서 그렇지.

그는 자위인지 체념인지 모를 푸념을 곱씹었다.

"여보, 저걸 좀 꾸려요."

이인국 박사의 말씨는 점잖게 가라앉았다.

"뭐 말이에요?"

아내는 젖꼭지를 물린 채 고개만을 돌려 되묻는다.

"저, 병 말이오."

그는 화장대 위에 놓은 골동품을 가리켰다.

"어디 가져가셔요?"

"저 미 대사관 브라운 씨 말이야. 늘 신세만 졌는데……."

아내가 꼼꼼히 싸 놓은 포장물을 들고 이인국 박사는 천천히 현관을 나섰다.

벌써 석간신문이 배달되었다.

아무리 생각해도 그것은 분명 기적임에 틀림없는 일이었다. 간헐적•으로 반복되어 공포와 감격을 함께 휘몰아치는 착잡한 추억. 늘 어제 일마냥 생생하기만 하다.

1945년 팔 월 하순.

아직 해방의 감격이 온 누리를 뒤덮어 소용돌이칠 때였다.

말복도 지난 날씨건만 여전히 무더웠다. 이인국 박사는 이 며칠 동안 불안과 초조에 휘몰려 잠도 제대로 자지 못했다. 무엇인가 닥쳐올 사태를 오돌오돌 떨면서 대기하는 상태였다.

그렇게 붐비던 환자도 하나 얼씬하지 않고 쉴 사이 없던 전화도 뜸하여졌다. 입원실은 최후의 복막염 환자였던 도청의 일본인 과장이 끌려간 후 텅 비었다.

조수와 약제사는 궁금증이 나서 고향에 다녀오겠다고 떠나갔고, 서울 태생인 간호원 혜숙만이 남아 빈집 같은 병원을 지키고 있었다.

이층 십조 다다미방에 훈도시와 유카다 바람에 뒹굴고 있던 이인국 박사는 견디다 못해 부채를 내던지고 일어났다.

그는 목욕탕으로 갔다. 찬물을 퍼서 대야째로 머리에서부터 몇 번이고 내리부었다. 등줄기가 시리고 몸이 가벼워졌다.

• 간헐적 얼마 동안의 시간 간격을 두고 되풀이하여 일어나는 것.

그러나 수건으로 몸을 닦으면서도 무엇엔가 짓눌려 있는 것 같은 가슴속의 갑갑증을 가셔 낼 수가 없었다.

그는 창문으로 기웃이 한길가를 내려다보았다. 우글거리는 군중들은 아직도 소음 속으로 밀려가고 있다.

굳게 닫혀 있는 은행 철문에 붙은 벽보가 한길을 건너 하얀 윤곽만이 두드러져 보인다.

아니 그곳에 씌어 있는 구절.

親日派(친일파), 民族反逆者(민족반역자)를 打倒(타도)하자.

옆에 붙은 동그라미를 두 겹으로 친 글자가 그대로 눈앞에 선명하게 보이는 것만 같다.

어제 저물녘에 그것을 처음 보았을 때의 전율이 되살아왔다.

순간 이인국 박사는 방 쪽으로 머리를 획 돌렸다.

'나야 뭐 괜찮겠지…….'

혼자 뇌까리면서 그는 다시 부채를 들었다.

그러나 벽보를 들여다보고 있을 때 자기와 눈이 마주치는 순간, 일그러지는 얼굴에 경멸인지 통쾌인지 모를 웃음을 비죽거리면서 아래위로 훑어보던 그 춘석이 녀석의 모습이 자꾸만 머릿속으로 엄습하여 어두운 밤에 거미줄을 뒤집어쓴 것처럼 꺼림텁텁하기만● 했다.

그깟 놈 하고 머리에서 씻어 버리려도 거머리처럼 자꾸만 감아 붙

● **꺼림텁텁하기만** 마음이나 배 속이 언짢고 시원하지 않기만.

는 것만 같았다.

벌써 육 개월 전의 일이다.

형무소에서 병보석으로 가출옥되었다는 중환자가 업혀서 왔다.

횡뎅그런 눈에 앙상하게 뼈만 남은 몸을 제대로 가누지도 못하는 환자, 그는 간호원의 부축으로 겨우 진찰을 받았다.

청진기의 상아 꼭지를 환자의 가슴에서 등으로 옮겨 두 줄기의 고무줄에서 감득되는 숨소리를 감별하면서도, 이인국 박사의 머릿속은 최후 판정의 분기점을 방황하고 있었다.

'입원시킬 것인가, 거절할 것인가······.'

환자의 몰골이나 업고 온 사람의 옷매무새로 보아 경제 정도는 뻔한 일이라 생각되었다.

그러나 그것보다도 더 마음에 켕기는 것이 있었다. 일본인 간부급들이 자기 집처럼 들락날락하는 이 병원에 이런 사상범•을 입원시킨다는 것은 관선 시의원이라는 체면에서도 떳떳치 못할뿐더러, 자타가 공인하는 모범적인 황국 신민의 공든 탑이 하루아침에 무너지는 결과를 가져오는 것이라는 생각이 들었다.

순간 그는 이런 경우의 가부 결정에 일도양단•하는 자기 식으로 찰나적인 단안을 내렸다.

그는 응급 치료만 하여 주고 입원실이 없다는 가장 떳떳하고도 정당한 구실로 애걸하는 환자를 돌려보냈다.

• **사상범** 현존 사회 체제에 반대하는 사상을 가지고 개혁을 꾀하는 행위를 함으로써 성립하는 범죄. 또는 그런 죄를 지은 사람.
• **일도양단** 어떤 일을 머뭇거리지 아니하고 선뜻 결정함을 비유적으로 이르는 말.

환자의 집이 병원에서 멀지 않은 건너편 골목 안에 있다는 것은 후에 간호원에게서 들었다. 그러나 그쯤은 예사로운 일이었기에 그는 그대로 아무렇지도 않게 흘려버렸다.

그런데 며칠 전 시민대회 끝에 있은 해방 경축 시가행진을 자기도 흥분에 차 구경하느라고 혜숙과 함께 대문 앞에 나갔다가, 자위대 완장을 두르고 대열에 낀 젊은이와 눈이 마주쳤다.

이쪽을 노려보는 청년의 눈에서 불똥이 튀는 것 같은 살기를 느꼈다.

무슨 영문인지 모르고 어리벙벙하던 이인국 박사는 그것이 언젠가 입원을 거절당한 사상범 환자 춘석이라는 것을 혜숙에게서 듣고야 슬금슬금 주위의 눈치를 살피며 집으로 기어 들어왔다.

그 후 그는 될 수 있는 대로 거리로 나가는 것을 피하였지마는 공교롭게도 어제저녁에 그 벽보 앞에서 마주쳤었다.

갑자기 밖이 왁자지껄 떠들어 대었다. 머리에 깍지를 끼고 비스듬히 누워서 갈피를 잡을 수 없는 생각에 골몰하던 이인국 박사는 일어나 앉아 한길 쪽에 귀를 기울였다. 들끓는 소리는 더 커 갔다. 궁금증에 견디다 못해 그는 엉거주춤 꾸부린 자세로 밖을 내다보았다. 포도에 뒤끓는 사람들은 손에 손에 태극기와 적기•를 들고 환성을 울리고 있었다.

'무엇일까?'

그는 고개를 갸웃하며 다시 자리에 주저앉았다.

• 적기 ① 붉은빛의 기. ② 공산주의를 상징하는 기.

계단을 구르며 급히 올라오는 발자국 소리가 들려왔다.

혜숙이다.

"아마 소련군이 들어오나 봐요. 모두들 야단법석이에요……."

숨을 헐레벌떡이며 이야기하는 혜숙의 말에 이인국 박사는 아무 대꾸도 없이 눈만 껌벅이며 도로 앉았다. 여러 날째 라디오에서 오늘 입성 예정이라고 했으니 인제 정말 오는가 보다 싶었다.

혜숙이 내려간 뒤에도 이인국 박사는 한참 동안 아무 거동도 못하고 바깥쪽을 내다보고만 있었다.

무엇을 생각했던지 그는 움찔 자리에서 일어났다. 그러고는 벽장 문을 열었다. 안쪽에 손을 뻗쳐 액자를 끄집어내었다.

國語常用(국어•상용)의 家(가)

해방되던 날 떼어서 집어넣어 둔 것을 그동안 깜박 잊고 있었다.

그는 액자틀 뒤를 열어 음식점 면허장 같은 두터운 모조지를 빼내어 글자 한 자도 제대로 남지 않게 손끝에 힘을 주어 꼼꼼히 찢었다.

이 종잇장 하나만 해도 일본인과의 교제에 있어서 얼마나 떳떳한 구실을 할 수 있었던 것인가. 야릇한 미련 같은 것이 섬광처럼 머릿속을 스쳐갔다.

환자도 일본말 모르는 축은 거의 오는 일이 없었지만 대외 관계는 물론 집 안에서도 일체 일본말만을 써 왔다. 해방 뒤 부득이 써 오는 제 나라 말이 오히려 의사 표현에 어색함을 느낄 만큼 그에게

• 국어 여기서는 '일본어'를 뜻함.

는 거리가 먼 것이었다.

 마누라의 솔선수범하는 내조지공도 컸지만 애들까지도 곧잘 지켜 주었기에 이 종잇장을 탄 것이 아니던가. 그것을 탄 날은 온 집안이 무슨 경사나 난 것처럼 기뻐들 했었다.

 "잠꼬대까지 국어로 할 정도가 아니면 이 영예로운 기회야 얻을 수 있겠소."

하던 국민 총력 연맹 지부장의 웃음 띤 치하 소리가 떠올랐다.

 그 순간 자기 자신은 아이들을 소학교로부터 일본 학교에 보낸 것을 얼마나 다행으로 여겼던 것인가.

 그는 후 한숨을 내뿜었다. 그리고 저금통장의 잔액을 깡그리 내주던 은행 지점장의 호의에 새삼 고마움을 느끼는 것이었다.

 그것마저 없었더라면…… 등골에 오싹하는 한기가 느껴 왔다.

 무슨 정치가 오든 그것만 있으면 시내 사람의 절반 이상이 굶어 죽기 전에야 우리 집 차례는 아니겠지. 그는 손금고가 들어 있는 안방 단스(장롱)를 생각하면서 혼자 중얼거렸다.

 이인국 박사는 무슨 일이 일어나도 꼭 자기만은 살아남을 것 같은 막연한 기대를 곱씹고 있다.

 주위가 어두워 왔다.

 지축이 흔들리는 것 같은 동요와 소음이 가까워졌다. 군중들의 환호성이 터져 올랐다. 만세 소리가 연방 계속되었다.

 세상 형편을 알아보려고 거리에 나갔던 아내가 돌아왔다.

 "여보, 당꾸 부대•가 들어왔어요. 거리는 온통 사람들 사태가 났

• 당꾸 부대 탱크 부대.

는데 집 안에 처박혀 뭘 하구 있어요."

"뭘 하기는?"

"나가 보아요, 마우재˙가 들어왔어요……."

어둠 속에서 아내의 음성은 격했으나 감격인지 당황인지 알 길이 없었다.

'계집이란 저렇게 우둔하구두 대담한 것일까…….'

이인국 박사는 엷은 어둠 속에서 마누라 쪽을 주시하면서 입맛을 다셨다.

"불두 엽때 안 켜구."

마누라가 전등 스위치를 틀었다. 이인국 박사는 백 촉 전등의 너무 환한 것이 못마땅했다.

"불은 왜 켜는 거요?"

"그럼 켜지 않구, 캄캄한데…… 자, 어서 나가 봅시다."

마누라가 이끄는 데 따라 이인국 박사는 마지못하면서 시침을 떼고 따라나섰다.

헤드라이트의 눈부신 광선. 탱크 부대의 진주는 끝을 알 수 없이 계속되고 있다.

이인국 박사는 부신 불빛을 피하면서 가로수에 기대어 섰다. 박수와 환호성, 만세 소리가 그칠 줄 모르는 양안(兩岸)˙을 끼고 탱크는 물밀듯 서서히 흘러간다. 위 뚜껑을 열고 반신을 내민 중대가리˙의 병정은 간간이, '우라아' 하면서 손을 내흔들고 있다.

˙ **마우재** 러시아인.
˙ **양안** 강이나 하천 따위의 양쪽 기슭. 여기서는 길 양쪽으로 선 사람들의 행렬을 뜻함.
˙ **중대가리** 중처럼 빡빡 깎은 머리 또는 그렇게 머리를 깎은 사람을 놀림조로 이르는 말.

이인국 박사는 자기와는 아무 관련도 없는 이방 부대라는 환각을 느끼면서 박수도 환성도 안 나가는 멋쩍은 속에서 멍하니 쳐다보고만 있다. 그는 자기의 거동을 주시하지나 않나 해서 주위를 두리번거렸다.

그러나, 아무도 그에게는 관심을 두는 일 없이 탱크를 향하여 목청이 터지도록 거듭 만세만 부르고 있지 않은가.

'어떻게 되겠지……'

그는 밑도 끝도 없는 한마디를 뇌이면서 유유히 집으로 들어왔다.

민요 뒤에 계속되던 행진곡이 그치고 주둔군 사령관의 포고문이 방송되고 있다.

이인국 박사는 라디오 앞에 다가앉아 귀를 기울였다.

시민의 생명 재산은 절대 보장한다, 각자는 안심하고 자기의 직장을 수호하라, 총기(銃器), 일본도(日本刀) 등 일체의 무기 소지는 금하니 즉시 반납하라는 등의 요지였다.

그는 문득 단스 속에 넣어 둔 엽총에 생각이 미치었다. 그러면 저것도 바쳐야 하는 것일까. 영국제 쌍발, 손때 묻은 애완물같이 느껴져 누구에게 단 한 번 빌려주지 않았던 최신형 특제품이었다.

이인국 박사는 다이얼을 돌렸다. 대체 서울에서는 어떻게들 하고 있는 것일까.

거기도 마찬가지다. 민요가 아니면 행진곡이 나오고 그러다가는 건국 준비 위원회의 누구인가의 연설이 계속된다.

대체 앞으로 어떻게 될 것인가 궁금증을 해결할 방법이 없다.

해방 직후 이삼 일 동안은 자기도 태연하였지만 번지르르하게 드나들던 몇몇 친구들도 소련군 입성이 보도된 이후부터는 거의 나타나질 않는다. 그렇다고 자기 자신이 뛰어다니며 물을 경황은 더욱 없다.

밤이 이슥해서야 중학교와 국민학교를 다니는 아들딸이 굉장한 구경이나 한 것처럼 탱크와 로스케•의 이야기를 늘어놓으며 돌아왔다.

그들은 아버지의 심중은 아랑곳없다는 듯이 어머니, 혜숙과 함께 저희들 이야기에만 꽃을 피우고 있었다.

이인국 박사는 슬그머니 일어나 이층으로 올라와 다다미방에서 혼자 뒹굴었다.

앞일은 대체 어떻게 전개될 것인지, 뛰어넘을 수가 없는 큰 바다가 가로놓인 것만 같았다. 풀어낼 수 있는 실마리가 전연 더듬어지지 않는 뒤헝클어진 상념 속에서 그대로 이인국 박사는 꺼지려는 짚불을 불어 일으키는 심정으로 막연한 한 가닥의 기대만을 끝내 포기하지 않은 채 천장을 멍청히 쳐다보고만 있었다.

지난 일에 대한 뉘우침이나 가책 같은 건 아예 있을 수 없었다.

자동차 속에서 이인국 박사는 들고 나온 석간을 펼쳤다.

일 면의 제목을 대강 훑고 난 그는 신문을 뒤집어 꺾어 삼 면으로 눈을 옮겼다.

北韓(북한) 蘇聯留學生(소련유학생) 西獨(서독)으로 脫出(탈출).

바둑돌 같은 굵은 활자의 제목. 왼편 전단을 차지한 외신 기사. 손바닥만 한 사진까지 곁들여 있다.

• **로스케** 러시아 사람을 낮잡아 이르는 말.

그는 코허리에 내려온 안경을 올리면서 눈을 부릅떴다.

그의 시각은 활자 속을 헤치고, 머릿속에는 아들의 환상이 뒤엉켜 들이차 왔다. 아들을 모스크바로 유학시킨 것은 자기의 억지에서였던 것만 같았다.

출신 계급, 성분, 어디 하나나 부합될 조건이 있었단 말인가. 고급 중학을 졸업하고 의과 대학에 입학된 바로 그 해다.

이인국 박사는 그때나 지금이나 자기의 처세 방법에 대하여 절대적인 자신을 가지고 있다.

"애, 너 그 노어● 공부를 열심히 해라."

"왜요?"

아들은 갑자기 튀어나오는 아버지의 말에 의아를 느끼면서 반문했다.

"야 원식아, 별수 없다. 왜정 때는 그래도 일본말이 출세를 하게 했고 이제는 노어가 또 판을 치지 않니. 고기가 물을 떠나서 살 수 없는 바에야 그 물속에서 살 방도를 궁리해야지. 아무튼 그 노서아 말 꾸준히 해라."

아들은 아버지 말에 새삼스러이 자극을 받는 것 같진 않았다.

"내 나이로도 인제 이만큼 뜨내기 회화쯤은 할 수 있는데, 새파란 너희 낫세●로야 그걸 못 하겠니."

"염려 마세요, 아버지……."

아들의 대답이 그에게는 믿음직스럽게 여겨졌다.

● 노어 노서아어. '러시아어'의 음역어.
● 낫세 나쎄. 그만한 나이를 속되게 이르는 말.

이인국 박사는 심각한 표정으로 말을 이었다.

"어디 코 큰 놈이라구 별것이겠니, 말 잘해서 진정이 통하기만 하면 그것들두 다 그렇지……."

이인국 박사는 끝내 스텐코프 소좌의 배경으로 요직에 있는 당 간부의 추천을 받아 아들의 소련 유학을 결정짓고야 말았다.

"여보, 보통으로 삽시다. 거저 표 나지 않게 사는 것이 이런 세상에선 가장 편안할 것 같아요. 이제 겨우 죽을 고비를 면했는데 또 쟤까지 그 '높이 드는' 복판에 휘몰아 넣으면 어쩔라구……."

"가만있어요. 호랑이두 굴에 가야 잡는 법이오. 무슨 세상이 되든 할 대로 해 봅시다."

"그래도 저 어린것을 어떻게 노서아까지 보낸단 말이오."

"아니, 중학교 애들도 가지 못해 골들을 싸매는데, 대학생이 못 가 견딜라구."

"그래도 어디 앞일을 알겠소……."

"괜한 소리, 쟤가 소련 바람을 쏘이구 와야 내게 허튼소리 하는 놈들도 찍소리를 못 할 거요. 어디 보란 듯이 다시 한 번 살아 봅시다."

아들의 출발을 앞두고 걱정하는 마누라를 우격다짐으로 무마시키고 그는 아들의 유학을 관철하였다.

'흥, 혁명 유가족두 가기 힘든 구멍을 친일파 이인국의 아들이 뚫었으니 어디 두구 보자…….'

그는 만장의 기염•을 토하며 혼자 중얼거리고는 희망에 찬 미소

• **만장의 기염** 아주 굉장한 기세.

를 풍겼다.

　그다음 해에 사변이 터졌다.

　잘 있노라는 서신이 계속하여 왔지만 동란 후 후퇴할 때까지 소식은 두절된 대로였다.

　마누라의 죽음은 외아들을 사지로 보낸 것 같은 수심에도 그 원인이 있었다고 그는 생각하고 있다.

　이인국 박사는 신문 다치키리(조각면) 속에 채워진 글자를 하나도 빼지 않고 다 훑어 내려갔다.

　그러나 아들의 이름에 연관되는 사연은 한마디도 없었다.

　'이 자식은 무얼 꾸물꾸물하느라고 이런 축에도 끼지 못한담······ 사태를 판별하고 임기응변의 선수를 쓸 줄 알아야지, 멍추•같이······.'

　그는 신문을 포개어 되는 대로 말아 쥐었다.

　'개천에서 용마가 난다는데 이건 제 애비만도 못한 자식이야······.'

　그는 혀를 찍찍 갈겼다.

　'어쩌면 가족이 월남한 것조차 모르고 주저하고 있는 것이나 아닐까. 아니 이제는 그쪽에도 소식이 가서 제게도 무언중의 압력이 퍼져 갈 터인데······ 역시 고지식한 놈이 아무래도 모자라······.'

　그는 자동차에서 내리자 건 가래침을 내뱉었다.

　'독또오루(닥터) 리, 내가 책임지고 보장하겠소. 아들을 우리 조국 소련에 유학시키시오.'

　스텐코프의 목소리가 고막에 와 부딪는 것만 같았다.

•멍추 기억력이 부족하고 매우 흐리멍덩한 사람을 낮잡아 이르는 말.

자위대가 치안대로 바뀐 다음 날이다. 이인국 박사는 치안대에 연행되었다.

시멘트 바닥에 무릎을 꿇고 앉은 그는 입술이 파랗게 질려 있었다. 하반신이 저려 오고 옆구리가 쑤신다. 이것만으로도 자기의 생애를 통한 가장 큰 고역이라고 그는 생각하고 있다. 그러나 그것보다는 앞으로 닥쳐올 예기할 수 없는 사태가 공포 속에 그를 휘몰았다.

지나가고 지나오는 구둣발 소리와 목덜미에 퍼부어지는 욕설을 들으면서 꺾이듯이 축 늘어진 그의 머리는 들릴 줄을 몰랐다.

시간만이 흘러가고 있었다.

그의 머릿속에는 짓눌렸던 생각들이 하나씩 꼬리를 치켜들기 시작했다.

'이럴 줄 알았더라면 어디든지 가 숨거나, 진작 남으로라도 도피했을 걸…… 그러나 이 판국에 나를 감싸 줄 사람이 어디 있담. 의지할 만한 곳은 다 나와 같은 코스를 밟았거나 조만간에 밟을 사람들이 아닌가. 일본인! 가장 믿었던 성벽이 다 무너지고 난 지금 누구를…….'

'그래도 어떻게 되겠지…….'

이 막연한 기대는 절박한 이 순간에도 그에게서 완전히 떠나 버리지는 않았다.

'다행이다. 인민재판의 첫 코에 걸리지 않은 것만 해도. 끌려간 사람들의 행방은 전연 알 길이 없다. 즉결 처형을 당하였다는 소문도 떠돈다. 사흘의 여유만 더 있었더라면 나는 이미 이곳을 떴을는지도 모른다. 다 운명이다. 아니 그래도 무슨 수가 있겠지…….'

"쪽발이 끄나풀, 야 이 새끼야."

고함 소리에 놀라 이인국 박사는 흠칫 머리를 들었다.

때도 묻지 않은 일본 병사 군복에 완장을 찬 젊은이가 쏘아보고 있다. 춘석이다.

이인국 박사는 다시 쳐다볼 힘도 없었다. 모든 사태는 짐작되었다.

이제는 죽는구나, 그는 입속으로 뇌까렸다.

"왜놈의 밑바시, 이 개새끼야."

일본 군용화가 그의 옆구리를 들이찬다.

"이 새끼, 어디 죽어 봐라."

구둣발은 앞뒤를 가리지 않고 전신을 내지른다.

등골 척수에 다급한 충격을 받자 이인국 박사는 비명을 지르고 꼬꾸라졌다.

그는 현기증을 일으켰다. 어깻죽지를 끌어 바로 앉혀도 몸을 가누지 못하고 한쪽으로 쓰러졌다.

"민족과 조국을 팔아먹은 이 개돼지 같은 놈아, 너는 총살이야, 총살……."

어렴풋이 꿈속에서처럼 들려왔다. 그러나 그에게는 그 말도 아무런 반향을 일으키지 못했다.

시간이 얼마나 흘렀을까, 자기 앞자락에서 부스럭거리는 감촉과 금속성의 부닥거리는 소리를 듣고 어렴풋이 정신을 차렸다.

노란 털이 엉성한 손목이 시곗줄을 끄르고 있다. 그는 반사적으로 앞자락의 시계 주머니를 부둥켜 쥐면서 손의 임자를 힐끔 쳐다보았다. 눈동자가 파란 중대가리 소련 병사가 시곗줄을 거머쥔 채 이빨을 드러내고 히죽이 웃고 있다.

그는 두 손으로 있는 힘을 다해 양복 안주머니를 감싸 쥐었다.

"흥…… 야폰스키……."

병사의 눈동자는 점점 노기를 띠어 갔다.

"아니, 이것만은!"

그들의 대화는 서로 통하지 않는 대로 손아귀와 눈동자의 대결은 그대로 지속되고 있다.

병사는 됫박만 한 손으로 이인국 박사의 손을 뿌리치면서 시계를 채어 냈다. 시곗줄은 끊어져 고리가 달린 끝머리가 이인국 박사의 손가락끝에서 달랑거렸다.

병사는 밖으로 나가 버렸다.

'죽음과 시계…….'

이인국 박사는 토막 난 푸념을 되풀이하고 있다.

양쪽 팔목에 팔뚝시계를 둘씩이나 차고도 만족이 안 가 자기의 회중시계까지 앗아 가는 그 병정의 모습을 머릿속에 똑똑히 되새겨 갈 뿐이다.

감방 속은 빼곡히 찼다.

그러나 고참자와 신입자의 서열은 분명했다. 달포가 지나는 사이에 맨 안쪽 똥통 위에 자리 잡았던 이인국 박사는 삼 분지 이의 지점으로 점차 승격되었다.

그는 하루 종일 말이 없었다. 범인 속에 섞여 있던 감방 밀정이 출감된 다음 날부터 불평만을 늘어놓던 축들이 불려 나가 반송장이 되어 들어왔지만, 또 하루 이틀이 지나자 감방 속의 분위기는 여전히 불평과 음식 이야기로 소일되었다.

이인국 박사는 자기의 죄상이라는 것을 폭로하기도 싫었지만 예전에 고등계 형사들에게서 실컷 얻어들은 지식이 약이 되어 함구령이 지상 명령이라는 신념을 일관하고 있었다.

그는 간밤에 출감한 학생이 내던지고 간 노어 회화책을 첫 장부터 곰곰이 뒤지고 있을 뿐이다.

등골이 쏘고 옆구리가 결려 온다. 이것으로 고질이 되는가 하는 생각이 없지 않다. 아침저녁으로 기온이 사뭇 내려가고 있다. 아무리 체념한다면서도 초조감을 막을 길 없다.

노어책을 읽으면서도 그의 청각은 늘 감방 속의 이야기를 놓치지 않고 있다. 그들이 예측하는 식대로의 중형으로 치른다면 자기의 죄상은 너무도 어마어마하다. 양곡 조합의 쌀을 몰래 팔아먹은 것이 7년, 양민을 강제로 보국대에 동원했다는 것이 10년, 감정적인 즉결이 아니라 법에 의한 처단이라고 내대지만 이 난리 판국에 법이고 뭣이고 있을까, 마음에만 거슬리면 총살일 판인데…….

'친일파, 민족 반역자, 반일 투사 치료 거부, 일제의 간첩 행위…….'

이건 너무도 어마어마한 죄상이다. 취조할 때 나열하던 그대로 한다면 고작해야 무기 징역, 사형감인지도 모른다.

그는 방 안을 둘러보며 후 큰 숨을 내쉬었다.

처마 밑에 바싹 달라붙은 환기창에서 들이비치던 손수건만 한 햇살이 참대자처럼 길어졌다가 실오리만큼 가늘게 떨리며 사라졌다. 그 창살을 거쳐 아득히 보이는 가을 하늘이, 잊었던 지난 일을 한 덩어리로 얽어 휘몰아 오곤 했다. 가슴이 찌릿했다.

밖의 세계와는 영원한 단절이다.

그는 눈을 감았다. 마누라, 아들, 혜숙이, 누구누구…… 그러다가 외과계의 원로 이인국 박사에 이르자, 목구멍이 타는 것같이 꽉 막

했다.

그는 헛기침을 하고 침을 삼켰다.

'그럼, 어쩐단 말이야, 식민지 백성이 별수 있었어. 날구 뛴들 소용이 있었느냐 말이야. 어느 놈은 일본놈한테 아첨을 안 했어. 주는 떡을 안 먹는 놈이 바보지. 흥, 다 그놈이 그놈이었지.'

이인국 박사는 자기변명을 합리화시키고 나면 가슴이 좀 후련해 왔다.

거기다 어저께의 최종 취조 장면에서 얻은 소련 고문관의 표정은 그에게 일루•의 희망을 던져 주는 것이 있었다. 물론 그것이 억지의 자위일지도 모른다고 생각되었지만.

아마 스텐코프 소좌라고 했지. 그 혹부리 장교. 직업이 의사라고 했을 때, 독또오루 하고 고개를 기웃거리던 순간의 표정, 그것이 무슨 기적의 예시 같기만 했다.

이인국 박사는 신음 소리에 놀라 눈을 떴다.

복도에 켜 있는 엷은 전등 불빛이 쇠창살을 거쳐 방 안에 줄무늬를 놓으며 비쳐 들어왔다. 그는 환기창 쪽을 올려다보았다. 아직도 동도 트지 않은 깜깜한 밤이다.

생똥 냄새가 코를 찌른다. 바짓가랑이 한쪽이 축축하다. 만져 본 손을 코에 갔다 댔다. 구역질이 난다. 역시 똥 냄새다.

옆에 누운 청년의 앓는 소리는 계속되고 있다. 찬찬히 눈여겨보았다. 청년 궁둥이도 젖어 있다.

• **일루** 한 오리의 실이라는 뜻으로, 몹시 미약하거나 불확실하게 유지되는 상태를 이르는 말.

'설산가 보다.'

그는 살창문을 흔들며 교화소원을 고함쳐 불렀다.

"뭐야!"

자다가 깬 듯한 흐린 소리가 들려 왔다.

"환자가…… 이거, 이거 봐요."

창살 사이로 들여다보는 소원의 얼굴은 역광 속에서 챙 붙은 모자 밑의 둥그스름한 윤곽밖에 알려지지 않는다.

이인국 박사는 청년의 궁둥이께를 손가락으로 가리키며 들여다보고 있다.

"이거, 피로군, 피야."

그는 그제야 붉은빛을 발견하곤 놀란 소리를 쳤다.

"적리야, 이질……."

그는 직업의식에서 떠오르는 대로 큰 소리를 질렀다.

"뭐, 적리?"

바깥 소리는 확실히 납득이 안 간 음성이다.

"피똥 쌌소, 피똥을…… 이것 봐요."

그는 언성을 더욱 높였다.

"응, 피똥……."

아우성 소리에 감방 안의 사람들은 하나둘 눈을 뜨며 저마다 놀란 소리를 쳤다.

"적리, 이거 전염병이오, 전염병."

"뭐 전염병……."

그제야 교화소원이 문을 열고 들어왔다.

얼마 후 환자는 격리되었고 남은 사람들은 똥을 닦느라고 한참 법석을 치고 다시 잠을 불러일으키질 못했다.

 이튿날 미결감 다른 감방에서 또 같은 증세의 환자가 두셋 발생했다. 날이 갈수록 환자는 늘기만 했다.

 이 판국에 병만 나면 열의 아홉은 죽는 길밖에 없다고 생각한 이인국 박사는 새로운 위협에 사로잡히기 시작했다.

 저녁 후 이인국 박사는 고문관실로 불려 나갔다.

 "동무는 당분간 환자의 응급 치료실에서 일하시오."

 이게 무슨 청천벽력● 같은 기적일까, 그는 통역의 말을 의심했다.

 소련 장교와 통역관을 번갈아 쳐다보는 그의 눈동자는 생기를 띠어 갔다.

 "알겠소, 엥……?"

 "네."

 다짐에 따라 이인국 박사는 기쁨을 억지로 감추며 평범한 어조로 대답했다.

 '글쎄 하늘이 무너져도 솟아날 구멍은 있다니까.'

 그는 아무 표정도 나타내지 않으려고 이를 악물었다.

 죽어 넘어진 송장이 개 치우듯 꾸려져 나가는 것을 보고 이인국 박사는 꼭 자기 일같이만 느껴졌다.

 "의사, 이것은 나의 천직이다."

 그는 몇 번이고 감격에 차 중얼거렸다. 그는 있는 힘을 다해 자기

● **청천벽력** 맑게 갠 하늘에서 치는 날벼락이라는 뜻으로, 뜻밖에 일어난 큰 변고나 사건을 비유적으로 이르는 말.

담당의 환자를 치료했다. 이러한 일은 그의 실력이 혹부리 고문관의 유다른 관심을 끌게 한 계기를 만들어 주었다.

사상범을 옥사시키는 경우 책임자에게 큰 문책이 온다는 것은 훨씬 후에야 그가 안 일이다.

소련 군의관에게 기술이 인정된 이인국 박사는 계속 병원에 근무하게 되었다. 그러나 죄상 처벌의 결말에 대하여는 알 길이 없었다.

그는 이 절호의 기회를 최대한으로 활용하고 싶었다. 이제는 죽어도 여한이 없을 것만 같았다.

어떻게 하여 이 보이지 않는 구속에서까지 완전히 벗어날 수는 없을까.

그는 환자의 치료를 하면서도 늘 스텐코프의 왼쪽 뺨에 붙은 오리알만 한 혹을 생각하고 있었다.

불구라면 불구로 볼 수 있는 그 혹을 가지고 고급 장교에까지 승진했다는 것은 소위 말하는 당성(黨性)●이 강하거나 그렇지 않으면 전공(戰功)이 특별했음에 틀림없다는 생각이 들었다.

그것 하나만 물고 늘어지면 무엇인가 완전히 살아날 틈사구●가 생길 것만 같았다.

이인국 박사의 뜨내기 노어도 가끔 순시하는 스텐코프와 인사말은 주고받을 수 있을 정도로 진전되었다.

이 안에서의 모든 독서는 금지되었지만 노어 교본과 당사(黨史)만은 허용되었다.

● **당성** 당원이 자신이 속한 당의 이익을 위하여 거의 무조건 가지는 충실한 마음과 행동.
● **틈사구** 틈새기.

이인국 박사는 마치 생명의 열쇠나 되는 듯이 초보 노어책을 거의 암송하다시피 했다.

크리스마스를 전후하여 장교들의 주연이 베풀어지는 기회가 거듭되었다.

얼근히 주기를 띤 스텐코프가 순시를 돌았다.

이인국 박사는 오늘의 이 기회를 놓치지 않겠다고 마음먹었다.

수일 전 소군 장교 한 사람이 급성 맹장염이 터져 복막염으로 번졌다.

그 환자의 실을 뽑는 옆에 온 스텐코프에게 이인국 박사는 말 절반 손짓 절반으로 혹을 수술하겠다는 의사를 표명했다.

스텐코프는 하라쇼를 연발했다.

그 후 몇 번 통역을 사이에 두고 수술 계획에 대한 자세한 의사를 진술할 기회가 생겼다.

이인국 박사는 일본인 시장의 혹을 수술하던 일을 회상하면서 자신 있는 설복•을 했다.

'동경 경응 대학 병원에서도 못 하겠다는 것을 내가 거뜬히 해치우지 않았던가.'

그는 혼자 머릿속에서 자문자답하면서 이번 일에 도박 같은 심정으로 생명을 걸었다.

소련 군의관을 입회시키고 몇 차례의 예비 진단이 치러졌다.

수술일은 왔다.

• **설복** 알아듣도록 말하여 수긍하게 함.

이인국 박사는 손에 익은 자기 병원의 의료 기재를 전부 운반하여 오게 했다.

군의관 세 사람이 보조하기로 했지만 집도는 이인국 박사 자신이 했다. 야전 병원의 젊은 군의관들이란 그에게 있어선 한갓 풋내기로밖에 보이지 않았다.

그는 수술을 진행하는 동안 그들 군의관들을 자기 집 조수 부리듯 했다. 집도 이후의 수술대는 완전히 자기 전단하의 왕국이라고 생각되었다.

그러나 아까 수술 직전에 사인한, 실패되는 경우에는 총살에 처한다는 서약서가 통일된 정신을 순간순간 흐려 놓곤 했다.

수술대에 누운 스텐코프의 침착하면서도 긴장에 찼던 얼굴, 그것도 전신 마취가 끝난 후 삼 분이 못 갔다.

간호부는 가제로 이인국 박사의 이마에 내맺힌 땀방울을 연방 찍어 내고 있다.

기구가 부딪는 금속성과 서로의 숨소리만이 고촉의 반사등이 내리비치는 방 안의 질식할 것 같은 침묵을 헤살• 짓고 있다.

수술은 예상 이상의 단시간으로 끝났다.

위생복을 벗은 이인국 박사의 전신은 땀으로 흠뻑 젖었다.

완치되어 퇴원하는 날 스텐코프는 이인국 박사의 손을 부서져라 쥐면서 외쳤다.

"꺼삐딴 리, 스바씨보(고맙소)."

• **헤살** 일을 짓궂게 훼방함. 또는 그런 짓.

이인국 박사는 입을 헤벌리고 웃기만 했다. 마음의 감옥에서 해방된 것만 같았다.

"아진(아주), 아진⋯⋯ 오첸 하라쇼(참으로 좋소)."

스텐코프는 엄지손가락을 높이 들면서 네가 첫째라는 듯이 이인국 박사의 어깨를 치며 찬양했다.

다음 날 스텐코프는 이인국 박사를 자기 방으로 불렀다.

그가 이인국 박사에게 스스로 손을 내밀어 예절적인 악수를 청한 것은 이것이 처음이었다.

'적과 적이 맞부딪치면서 이렇게 백팔십도로 전환될 수가 있을까, 노랑대가리도 역시 본심에서는 하나의 인간임에는 틀림없는 것이 아닌가.'

"내일부터는 집에서 통근해도 좋소."

이인국 박사는 막혔던 둑이 터지는 것 같은 큰 숨을 삼켜 가면서 내쉬었다.

이번에는 이인국 박사가 스텐코프의 손을 잡았다.

"스바씨보, 스바씨보."

"혹 나한테 무슨 부탁이 없소?"

이인국 박사는 문득 시계가 머리에 떠올랐다.

그러면서도 곧이어 이 마당에 그런 이야기를 꺼낸다는 것은 오히려 꾀죄죄하게 보이지 않을까 하는 생각이 뒤따랐다. 그러나 아무래도 그 미련이 가셔지지 않았다.

이인국 박사는 비록 찾지 못하는 경우가 있더라도 솔직히 심중을 털어놓으리라고 마음먹었다.

그는 통역의 보조를 받아 가며 시간과 장소를 정확히 회상하면서 시계를 약탈당한 경위를 상세히 설명했다.

스텐코프는 혹이 붙었던 뺨을 쓰다듬으면서 긴장된 모습으로 듣고 있었다.

"염려 없소, 독또오루 리. 위대한 붉은 군대가 그럴 리가 없소. 만약 있었다 하더라도 그것은 무슨 착각이었을 것이오. 내가 책임지고 찾도록 하겠소."

스텐코프의 얼굴에 결의를 띤 심각한 표정이 스쳐 가는 것을 이인국 박사는 똑바로 쳐다보았다.

'공연한 말을 끄집어내어 일껏 잘 되어 가는 일이 부스럼을 만드는 것은 아닐까.'

그는 솟구치는 불안과 후회를 짓눌렀다.

"안심하시오, 독또오루 리, 하하하."

스텐코프는 큰 웃음으로 넌지시 말끝을 막았다.

이인국 박사는 죽음의 직전에서 풀려나 집으로 향했다.

어느 사이에 저렇게 노어로 의사 표시를 할 수 있게 되었느냐고 스텐코프가 감탄하더라는 통역의 말을 되뇌면서…….

차가 브라운 씨의 관사 앞에 닿았다.

성조기를 보면서 이인국 박사는 그날의 적기와 돌려 온 시계를 생각하고 있었다.

응접실에 안내된 이인국 박사는 주인이 나오기를 기다리면서 방 안을 둘러보았다. 대사관으로는 여러 번 찾아갔지만 집으로 찾아온 것은 이번이 처음이다.

삼 년 전 딸이 미국으로 갈 때부터 신세진 사람이다.

벽 쪽 책꽂이에는 『이조실록』, 『대동야승』 등 한적(漢籍)*이 빼곡히 차 있고 한쪽에는 고서(古書)의 질책(帙冊)*이 가지런히 쌓여져 있다.

맞은편 책장 위에는 작은 금동 불상 곁에 몇 개의 골동품이 진열되어 있다. 십이 폭 예서(隸書)* 병풍 앞 탁자 위에 놓인 재떨이도 세월의 때 묻은 백자기다.

저것들도 다 누군가가 가져다준 것이 아닐까 하는 데 생각이 미치자 이인국 박사는 얼굴이 화끈해졌다.

그는 자기가 들고 온 상감 진사(象嵌辰砂) 고려청자 화병에 눈길을 돌렸다. 사실 그것을 내놓는 데는 얼마간의 아쉬움이 없지 않았다. 국외로 내어 보낸다는 자책감 같은 것은 아예 생각해 본 일이 없는 그였다.

차라리 이인국 박사에게는, 저렇게 많으니 무엇이 그리 소중하고 달갑게 여겨지겠느냐는 망설임이 더 앞섰다.

브라운 씨가 나오자 이인국 박사는 웃으며 선물을 내어놓았다. 포장을 풀고 난 브라운 씨는 만면에 미소를 띠며 기쁨을 참지 못하는 듯 생큐를 거듭 부르짖었다.

"참 이거 귀중한 것입니다."

"뭐 대단한 것이 아닙니다만 그저 제 성의입니다."

이인국 박사는 안도감에 잇닿은 만족을 느끼면서 브라운 씨의 기

---

* **한적** 한문으로 쓴 책.
* **질책** 여러 권으로 한 벌을 이루는 책.
* **예서** 한자 서체 중 하나. 노예와 같이 천한 일을 하는 사람도 이해하기 쉽도록 한 글씨라는 뜻에서 붙은 이름이다.

쁨에 맞장구를 쳤다.

　브라운 씨의 영어 반 한국말 반으로 섞어 하는 이야기를 들으면서 이인국 박사는 흐뭇한 기분에 젖었다.

　"닥터 리는 영어를 어디서 배웠습니까?"

　"일제 시대에 일본말 식으로 배웠지요. 예를 들면 '잣도 이즈 아 캇도(That is a cat.)' 식으루."

　"그런데 지금 발음은 좋은데요. 문법이 아주 정확한 스탠더드 잉글리시입니다."

　그는 이 말을 들을 때 문득 스텐코프의 말이 연상됐다. 그러고 보면 영국에 조상을 가졌다는 브라운 씨는 아르(R) 발음을 그렇게 나타내지 않는 것 같게 여겨졌다.

　"얼마 전부터 개인 교수를 받고 있습니다."

　"아, 그렇습니까."

　이인국 박사는 자기의 어학적 재질에 은근히 자긍을 느꼈다.

　브라운 씨가 부엌 쪽으로 갔다 오더니 양주 몇 병이 놓인 쟁반이 따라 나왔다.

　"아무 거라도 마음에 드는 것으로 하십시오."

　이인국 박사는 워트카 잔을 신통한 안주도 없이 억지로라도 단숨에 들이켜야 목 시원해하던 스텐코프를 브라운 씨 얼굴에 겹쳐 보고 있다.

　그는 혈압 때문에 술을 조절해야 하는 자기 체질에 알맞게 스카치 잔을 핥듯이 조금씩 목을 축이면서 브라운 씨의 이야기를 기다렸다.

　"그거, 국무성에서 통지 왔습니다."

　이인국 박사는 뛸 듯이 기뻤으나 솟구치는 흥분을 억제하면서 천천히 손을 내밀어 악수를 청했다.

"생큐, 생큐."

어쩌면 이것은 수술 후의 스텐코프가 자기에게 하던 방식 그대로인지도 모른다는 생각이 들었다.

이인국 박사는 지성이면 감천*이라구, 나의 처세법은 유에스에이에도 통하는구나 하는 기고만장한 기분이었다.

청자병을 몇 번이고 쓰다듬으면서 술잔을 거듭하는 브라운 씨도 몹시 즐거운 표정이었다.

"미국에 가서의 모든 일도 잘 부탁합니다."

"네, 염려 마십시오. 떠나실 때 소개장을 써 드리지요."

"감사합니다."

"역사는 짧지만, 미국은 지상의 낙토입니다. 양국의 우호와 친선에 도움이 되기를 바랍니다."

"생큐……."

다음 날 휴전선 지대로 같이 수렵하러 가기로 약속하고 이인국 박사는 브라운 씨 대문을 나섰다.

이번 새로 장만한 영국제 쌍발 엽총의 짓푸른 총신을 머리에 그리면서 그의 몸은 날기라도 할 듯이 두둥실 가벼웠다. 이인국 박사는 아까 수술한 환자의 경과가 궁금했으나 그것은 곧 씻겨져 갔다.

그의 마음속에는 새로운 포부와 희망이 부풀어 올랐다.

신체검사는 이미 끝난 것이고 외무부 출국 수속도 국무성 통지만

---

* **지성이면 감천** 정성이 지극하면 하늘도 감동하게 된다는 뜻으로, 무슨 일에든 정성을 다하면 아주 어려운 일도 순조롭게 풀리어 좋은 결과를 맺는다는 말.

오면 즉일 될 수 있게 담당 책임사에게 교섭이 되어 있지 않은가? 빠르면 일주일 내에 떠나게 될지도 모른다는 브라운 씨의 말이 떠올랐다.

대학을 갓 나와 임상 경험도 신통치 않은 것들이 미국에만 갔다 오면 별이라도 딴 듯이 날치는 꼴이 눈꼴사나웠다.

'어디 나두 댕겨 오구 나면 보자!'

문득 딸 나미와 아들 원식의 얼굴이 한꺼번에 망막으로 휘몰아 왔다. 그는 두 주먹을 불끈 쥐며 얼굴에 경련을 일으키듯 긴장을 띠다가 어색한 미소를 흘려 보냈다.

'흥, 그 사마귀 같은 일본놈들 틈에서도 살았고 닥싸귀 같은 로스케 속에서 살아났는데, 양키라고 다를까…… 혁명이 일겠으면 일구, 나라가 바뀌겠으면 바뀌구, 아직 이 이인국의 살 구멍은 막히지 않았다. 나보다 얼마든지 날뛰던 놈들도 있는데, 나쯤이야…….'

그는 허공을 향하여 마음껏 소리치고 싶었다.

'그러면 위선 비행기 회사에 들러 형편이나 알아볼까…….'

이인국 박사는 캘리포니아 특산 시가를 비스듬히 문 채 지나가는 택시를 불러 세웠다. 그는 스프링이 튈 듯이 박스에 털썩 주저앉았다.

"반도 호텔로……."

차창을 거쳐 보이는 맑은 가을 하늘은 이인국 박사에게는 더욱 푸르고 드높게만 느껴졌다.

❶ 소설 속 이인국의 삶의 모습을 근대사의 흐름 순으로 정리해 봅시다.

일제 강점기	형무소에서 병보석으로 출옥한 중환자 춘석을 ① _____ .
광복 직후	② _____ 은/는 벽보와 소련군이 들어오는 것을 보면서 ③ _____ .
소련 점령기 (북한)	• ④ _____ 을/를 혼자 공부함. • 스텐코프의 혹을 떼어 주고 신임을 얻어 ⑤ _____ (으)로 불림. • 아들을 ⑥ _____ (으)로 유학 보냄.
6.25 전쟁 이후 (남한)	• 과외를 받으며 영어 발음을 교정함. • 딸을 ⑦ _____ . • 미국 대사 브라운에게 ⑧ _____ . • 미국행을 이루고 기뻐함.

❷ 다음을 통해 드러나는 이인국의 삶의 방식을 적어 봅시다.

> '흥, 그 사마귀 같은 일본놈들 틈에서도 살았고 닥싸귀 같은 로스케 속에서 살아났는데, 양키라고 다를까…… 혁명이 일겠으면 일구, 나라가 바뀌겠으면 바뀌구, 아직이 이인국의 살 구멍은 막히지 않았다. 나보다 얼마든지 날뛰던 놈들도 있는데, 나쯤이야…….'

_____

_____

❸ 다음은 이인국과 같은 시기를 살았던 또 다른 지식인에 대한 글입니다. 이와 비교하여 이 인국의 삶의 방식을 평가해 봅시다.

> 이회영(1867~1932) 선생은 이항복의 10대손으로 아버지가 이조 판서를 지내는 등 부유한 명문가의 자손이었습니다. 선생은 일본의 국권 침탈에 끝까지 맞섰으나 결국 을사조약이 체결되자 물려받은 전 재산을 팔아 독립운동 자금을 만들어 5명의 형제들과 함께 만주로 갑니다. 이회영 선생과 형제들이 독립 자금으로 내놓은 재산은 쌀 6천 석으로 오늘날 약 600억 원에 달하는 큰 금액입니다. 만주에서 선생은 신흥 무관 학교를 세워 수많은 독립군을 배출하는 등 활발한 활동을 하는데, 전 재산을 내놓은 이회영 선생과 가족들은 가난과 굶주림을 견디며 독립운동을 이어 갔다고 합니다. 1932년 이회영 선생은 일본군에게 잡혀 모진 고문 끝에 세상을 떠나고 맙니다.

🏠 다르게 읽기

❹ 아래의 기사를 읽고 나는 후손들을 위해 어떤 선택을 할 것인지 생각해 봅시다. 그리고 이런 역사가 되풀이되지 않기 위해서 어떻게 해야 할 것인지도 고민해 봅시다.

청산되지 않은 친일 재산	안중근·유관순 열사 후손도 못 벗은 '가난의 굴레'
[QR 코드]	[QR 코드]

작품 해설

근현대사를 살아온 한 상류층 지식인의
기회주의적인 삶

이인국은 일제 강점기에 일본인, 친일 세력과 교류하고 독립운동가는 병원에서 내쫓은 친일파입니다. 광복 직후 그는 민족 반역죄로 감방에 갇히지만, 러시아어를 익히고 소련군 장교의 혹 수술에 성공하여 감방에서 풀려납니다. 이인국은 대세는 소련이라며 아들을 모스크바에 유학 보내지만, 6.25가 일어나자 1.4 후퇴 때 월남합니다. 서울에서도 그는 상류층 사람들만 진찰하고 가난한 환자는 거부하며, 미 국무성 초청 케이스에 선정되기 위해 미국 대사에게 고려청자를 선물합니다.

수많은 역사적 사건들이 한반도를 흔들어 놓지만 이인국은 한결같습니다. 변하는 상황에 따라 대상만 바뀔 뿐, 자신의 이익과 출세만을 위해 권력에 기생하고 있습니다. 그에게서 일말의 뉘우침이나 죄책감을 찾아볼 수 없습니다. 이런 사람을 우리는 '기회주의자'라고 합니다. 이인국을 가리키는 '꺼삐딴 리'는 반어적 표현으로, 최고일 수 없는 그를 최고라고 하며 기회주의자의 비윤리적인 모습을 풍자, 비판하고 있는 것입니다.

이인국이 애지중지하는 시계는 그의 분신 같은 물건입니다. 이 시계는 낡았지만 긴 세월 속에서 여전히 제 기능을 하고 있습니다. 이인국이 시대에 따라 친일파에서 친소, 친미로 변절하며 끈질기게 살아남은 것처럼 말입니다.

이인국의 이야기는 1960년대에 끝난 것이 아닙니다. 세상에는 독립운동가처럼 자신을 희생하면서 다른 이들과 사회를 위해 헌신하는 사람이 있는가 하면, 이인국처럼 자신의 이익과 안위만을 위해 행동하는 사람도 있습니다. 안타까운 것은, 사회를 위해 헌신한 사람들이 제대로 인정받지 못하고, 후자와 같은 사람들이 더 큰 부를 누리고 권력을 행사하고 있다는 점입니다. 우리 사회가 좀 더 올바른 사회가 되기 위해서는 현재까지 이어지는 이런 역사적 문제들을 반드시 고쳐 나가야 할 것입니다.

엮어 읽기

채만식,『태평천하』
이 소설은 식민지 민족의 괴로움에는 아랑곳하지 않고, 친일 행위로 자신의 부와 이익을 지킬 수 있는 식민지 현실이 태평천하라고 생각하는 윤 직원 영감에 대한 이야기입니다. 반민족적인 행동을 일삼으며 자기 가족의 안위와 이익밖에 모르는 친일파를 반어와 풍자를 활용하여 신랄하게 비판하고 있습니다.

노새 두 마리

최일남(1932~)

최일남 작가는 전라북도 전주에서 태어났습니다. 1953년 『문예』에 「쑥 이야기」, 1956년 『현대문학』에 「파양」이 추천되어 문단에 등장하였습니다. 소시민들의 고달픈 객지 생활의 애환, 급속한 산업화의 그늘진 뒤안 그리고 정치권력의 위선과 지식인의 타락을 그린 작품들을 주로 썼습니다. 주요 작품에 「동행」, 「서울 사람들」, 「흐르는 북」, 「만년필과 파피루스」 등이 있습니다.

　노새는 어떤 동물일까요? 노새는 말보다는 몸집이 작고 힘이 약해요. 하지만 보기보다는 튼튼해서 예전에는 주로 짐을 나르는 일을 도맡아 하기도 했답니다. 노새는 수컷 당나귀와 암컷 말 사이에서 태어난 동물입니다. 수나귀와 암말이 서로 다른 염색체를 가지고 있기 때문에 염색체 오류로 인해 불행하게도 노새는 새끼를 가질 수 없다고 하네요. 노새는 아버지 격인 당나귀보다 훨씬 뛰어난 체력과 저항력을 가지고 있어서 인간을 돕는 여러 일을 하고 있었어요. 하지만 산업화된 현대 사회에서 점점 그 쓰임이 없어져서 지금은 거의 볼 수가 없지요.

　이런 노새가 과연 산업화된 사회에 어떻게 살아가고 있을까요? 노새를 수단으로 돈을 벌어 온 가족의 이야기를 함께 읽어 봅시다.

 왜 노새를 주인공으로 소설을 썼을까요?

노새 두 마리

· 최일남 ·

 그 골목은 몹시도 가팔랐다. 아버지는 그 골목에 들어서기만 하면 미리 저만치 앞에서부터 마차를 세게 몰아 가지고는 그 힘으로 하여 단숨에 올라가곤 했다. 그러나 이 작전이 매번 성공하는 것은 아니고 더러는 마차가 언덕의 중간쯤에서 더 올라가지를 못하고 주춤거릴 때도 있었다. 그러면 아버지는 이마에 심줄을 잔뜩 돋우며,
 "이랴 이랴—"
하면서 노새의 잔등을 손에 휘감고 있는 긴 고삐 줄로 세 번 네 번 후려쳤다. 노새는 그럴 때마다 뒷다리를 바득바득 바둥거리며 안간힘을 쓰는 듯했으나 그쯤 되면 마차가 슬슬 아래쪽으로 미끄러 내리기는 할망정 조금씩이라도 올라가는 일은 드물었다.
 물론 마차에 연탄을 많이 실었을 때와 적게 실었을 때에도 차이는 있었다. 적게 실었을 때는 그깟 것 달랑달랑 단숨에 오르기도 했지만, 그런 때는 드물고 대개는 짐을 가득가득 싣고 다녔다. 가득 실으면 대충 5백 장에서 6백 장까지 실었는데 아버지는 그래야만 다소 신명이 나지 2백 장이나 3백 장 같은 것은 처음부터 성이 안 차는 눈치였으며, 백 장쯤은 누가 부탁도 안 할뿐더러 아버지도 아예 실으려고 하지도 않았다.

우리 동네는 변두리였으므로 얼마 전까지도 모두 그날그날 벌어먹고 사는 사람들이 많아 연탄 배달도 일거리가 그리 많지 않았다. 기껏해야 구멍가게에서 두서너 장을 사서는 새끼줄에 대롱대롱 매달고 가는 게 고작이었다. 그랬는데 2, 3년 전부터 아직도 많은 빈터에 집터가 다져지고, 하나둘 문화 주택●이 들어서더니 이제는 제법 그럴듯한 동네 꼴이 잡혀 갔다. 원래부터 있던 허름한 집들과 새로 생긴 집들과는 골목 하나를 경계로 하여 금을 긋듯 나누어져 있었는데, 먼 데서 보면 제법 그럴싸한 동네로 보였다. 일단 들어와 보면 지저분한 헌 동네가 이웃에 널려 있지만 그냥 먼발치로만 보면 2층 슬래브● 집들에 가려 닥지닥지 붙인 판잣집 등속이 보이지 않았으므로 서울의 변두리에 흔한 여느 신흥 부락으로만 보였다.

동네가 이렇게 바뀌자 그것을 가장 좋아한 사람 중의 하나가 아버지였다. 아까 말한 대로 그전에는 동네 사람들이 연탄을 두서너 장, 많아야 2, 30장씩만 사 가는 터여서 아버지의 일거리가 적고 따라서 이곳에서 2, 3킬로나 떨어진 딴 동네까지 배달을 가야 했는데 동네에 새 집이 많이 들어서면서부터는 그렇게 먼 걸음을 하지 않아도 되었기 때문이다. 그런 집에서 연탄을 한번 들여놓았다 하면 몇 달씩 때니까 자주 주문을 하지 않아서 아버지의 일감이 이 동네에서 끝나는 것만은 아니고, 여전히 타동네까지 노새 마차를 몰기는 했지만 그전보다는 자주 먼 곳까지 가지 않아도 된 것만은 사실이었다.

새 동네(우리는 우리가 그전부터 살던 동네를 구동네, 문화 주택들이 차

●**문화 주택** 생활하기에 편리하고 보건 위생에 알맞은 새로운 형식의 주택.
●**슬래브** 콘크리트 바닥이나 양옥의 지붕처럼 콘크리트를 부어서 한 장의 판처럼 만든 구조물.

지하고 들어선 동네를 새 동네라 불렀다.)가 생기면서 좋아한 것은 비단 아버지만은 아니었다. 구동네에 두 곳 있던 구멍가게 주인들도 은근히 무언가를 기대하는 눈치였다. 그전까지는 가게의 물건들이 뽀얗게 먼지를 쓰고 있었고, 두 홉●짜리 소주병만 육실하게● 많았는데 그 병들 사이에 차츰 환타니 미린다니 하는 음료수병들이며 퍼모스트 아이스크림도 섞이고, 할머니의 주름살처럼 주름이 좍좍 가 말라비틀어진 사과 사이에 귤 상자도 끼게 되었다. 그전에는 볼 수 없었던 우유 배달부가 아침마다 골목을 드나들고, 갖가지 신문 배달부가 조석으로 골목 안을 누비고 다녔다. 전에는 얼씬도 않던 슈사인 보이가 새벽이면,

"구두 딲으……."

하면서 외치고 다녔다. 전에는 저 아래 큰 한길가 근처에 차를 대 놓고 올 테면 오고 말 테면 말라는 식으로 버티던 청소부들이 골목 안까지 차를 들이대고 쓰레기를 퍼 갔다.

　그러나 동네의 모습이 이처럼 달라지기는 했어도 구동네와 새 동네 사람들이 서로 어울리는 일은 없었다. 너는 너, 나는 나 하는 식으로 새 동네 사람들은 문을 꼭꼭 걸어 잠그고 누가 다가오는 것을 거절하고 있었다. 다만 그들이 들어옴으로 해서 구동네 사람들의 사는 모습이 조금 달라지기는 했는데 아무도 그걸 입에 올리지는 않았다. 아버지도 배달 일이 늘어나서 속으로는 새 동네가 생긴 것을 은근히 싫어하지는 않는 눈치였지만 식구들 앞에서조차 맞대 놓고 그런 내색을 하지는 않았다. 그런 가운데에서도 우리 노새는 온 동네

● 홉　부피의 단위. 곡식, 가루, 액체 따위의 부피를 잴 때 쓴다. 한 홉은 약 180ml에 해당한다.
● 육실하게　'정도가 지나치게'를 뜻하는 비속어.

사람들의 눈길을 모으고 짤랑짤랑 이 골목 저 골목을 헤집고 다녔다. 아니 그것은 새 동네 쪽에서 더욱 그랬다. 원래의 우리 동네에서야 아무도 거들떠보지 않았다. 자기들은 아이들의 싯누런 똥이 든 요강 따위를 예사롭게 수챗구멍* 같은 데 버리면서도 어쩌다 우리 노새가 짐을 부리는 골목 한쪽에서 오줌을 찍 갈기면,

"왜 하필이면 여기서 싸, 어이구, 저 지린내, 말을 부리려면 오줌통이라도 갖고 다닐 일이지, 이게 뭐야. 동네가 뭐 공동변소가."

어쩌고 하면서 아낙네들은 코를 찡 풀어 노새 앞에다 팽개쳤다. 말과 노새의 구별도 잘 못하는 주제에, 아무 데서나 가래침을 퉤퉤 뱉는 주제에 우리 노새를 보고 눈을 찢어지게 흘겼다. 그러나 새 동네에서는 단연 달랐다. 여간해서 말을 잘 않는 아주머니들도 우리 노새를 보면 입가에 미소를 머금었다. 개중에는,

"아이, 귀여워, 오랜만에 보는 노샌데."

하기도 하고,

"어머, 지금도 노새가 있었네."

하기도 하고,

"아니, 이게 노새 아니에요? 아주 이쁘게 생겼네."

하기도 하고,

"오머 오머, 이게 망아지는 아니고⋯⋯ 네? 노새라구요? 아 노새가 이렇게 생겼구나아."

하면서 모가지에 매달린 방울을 한번 만져 보려다가 노새가 고개를 젓는 바람에 찔끔 놀라기도 했다. 비단 연탄 배달을 간 집에서만이

● 수챗구멍 집 안에서 버린 허드렛물이 빠져나가는 구멍.

아니라 이 근처의 길을 가던 사람들도 우리 노새를 힐끗 쳐다본 순간 분명히 다소 놀라는 기색으로 다시 한 번 거들떠보곤 했다. 대야를 옆에 끼고 볼이 빨갛게 익은 채 목욕 갔다 오던 아주머니도 부드러운 눈길로 노새를 바라보고, 다정하게 나들이를 가려고 막 대문을 나서던 내외분도 우리 노새가 짤랑짤랑 지나가면 '고것……' 하는 표정으로 한동안 지켜보고, 파 한 단 사 가지고 잰걸음으로 쫄쫄거리고 가던 식모 아가씨도 잠시 발을 멈추고 노새를 바라보았다.

무엇보다도 우리 노새를 보고 좋아하는 것은 새 동네 아이들이었다. 노새만 지나가면 지금까지 하던 공차기나 배드민턴을 멈추고 한동안 노새를 따라왔다.

"야, 노새다."

한 아이가 외치면 다른 아이들도 덩달아 외쳤다.

"그래그래, 노새다."

"야, 이게 노새구나."

"그래 인마, 넌 몰랐니?"

"듣기는 했는데 보기는 처음이야."

"야, 귀 한번 대빵• 크다."

"힘도 세니?"

"그럼, 저것 봐, 저렇게 연탄을 많이 싣고 가지 않니."

아이들이 이러면 나는 나의 시커먼 몰골도 생각하지 않고 어깨가 으쓱해졌다. 아버지도 그런 심정일까, 이런 때는 그럴 만한 대목도 아닌데 괜히,

---

• **대빵** 은어로, '크게 또는 할 수 있는 데까지 한껏'이라는 뜻을 나타내는 말.

"이랴 이랴!"

하면서 고삐를 잡아끌었다. 나는 사실 새 동네 아이들을 그리 좋아하지 않았다. 걔네들은 집 안에서 무얼 하는지 도무지 밖에 나오는 일도 드물었는데, 나온다 해도 저희네끼리만 어울리지 우리 구동네 아이들을 붙여 주지 않았다. 처음부터 우리가 걔네들더러 끼워 달라고 한 일은 없으니까 붙여 주고 안 붙여 주고 한 것은 없었는데, 보면 알지 돌아가는 꼴이 그런 처지가 못 되었다. 우리 구동네 아이들이야 학교 가는 시간을 빼고는 내내 밖에서만 노는데, 놀아도 여간 시망스럽게• 놀지 않았다. 걸핏하면 싸움질이요, 걸핏하면 욕질이었다. 말썽은 어찌 그리도 잘 부리는지 아이들 싸움이 커진 어른 싸움도 끊일 날이 없었다. 그러자니 구동네 아이들은 자연히 새 동네 골목에까지 진출했다. 같은 골목이라도 새 동네는 널찍한데다가 사람들의 왕래도 그리 잦지 않아서 놀기에 좋았다. 그렇다고 새 동네 아이들이 텃세를 부리지도 않았다. 그들은 저희끼리 놀다가도 우리들이 내려가면 하나둘씩 슬며시 자기네 집으로 들어갔다. 그런 아이들이었으므로 나는 평소에 데면데면하게• 대했는데 이들이 우리 노새를 보고 놀라거나 칭찬할 때만은 어쩐지 그들이 좋았다. 거기 비해서 우리 동네 아이들은 노새만 보면 엉덩이를 툭 치거나, 꼬챙이 같은 걸로 자지를 건드리고 머리를 쓰다듬는 척하면서 콧잔등을 한 대씩 쥐어박고 하기가 일쑤였다. 평소에 말수가 적고 화내는 일이 드문 아버지도 이런 때는 눈에 불을 켜고 개구쟁이들을 내몰았다.

• **시망스럽게** 몹시 짓궂은 데가 있게.
• **데면데면하게** 사람을 대하는 태도가 친밀감이 없이 예사롭게.

"이 때갈● 놈의 새끼들, 노새가 밥 달라든, 옷 달라든? 왜 지랄들이야!"

우리 집에 노새가 들어온 것은 2년 전이었다. 그전까지는 말을 부렸는데 누군가가 노새와 바꾸지 않겠느냐고 제의해 왔다. 싫으면 웃돈을 조금 얹어 주고라도 바꾸어 주겠다는 것이었다. 한 3년 가까이 그 말을 부려 온 아버지는 막상 놓기가 싫은 모양이었으나 그 말이 눈이 자주 짓무르고, 뒷다리 복사뼈 근처에 늘 상처가 가시지 않는 등 잔병치레●가 잦은 터라 두 번째 말을 걸어 왔을 때 그러자고 응낙해 버렸다. 할머니와 어머니, 그리고 큰형은 그래도 말이 낫지 그까짓 노새가 무슨 힘을 쓰겠느냐고, 바꾸지 말자고 했으나 노새를 한번 보고 온 아버지는 어떻게 생각했는지 그 길로 노새와 말을 맞바꾸었다. 아닌 게 아니라 노새는 힘이 하나도 없어 보였다. 보기에도 비리비리한 게 약하디약하게만 보였다. 할머니나 어머니, 그리고 큰형은 그것 보라고, 이게 어떻게 그 무거운 연탄 짐을 나르겠느냐고, 빈정댔는데 그래도 아버지는 가타부타 말이 없이 노새를 우리로 끌고 가 우선 솔질부터 시작했다. 말이 우리지 그것은 방과 바로 잇닿아 있는 처마를 조금 더 달아낸 곳에 있었다. 그래서 우리 집에는 항상 말 오줌 냄새, 똥 냄새가 가실 날이 없었다. 그뿐 아니라 그 우리의 바로 옆방이 내가 할머니나 큰형과 함께 자는 방이었으므로 나는 잠결에도 노새가 앉았다 일어나는 소리, 히힝거리는 소리, 방귀 소리까지 들을 수 있었다. 어쨌거나 이 노새가 들어오면서 그 뒤

● **때갈** (속되게) 죄지은 사람이 잡혀감.
● **잔병치레** 잔병을 자주 앓음. 또는 그런 일.

치다꺼리는 주로 내가 맡게 되었다. 큰형도 더러 돌봐 주기는 했으나 큰형마저 군에 들어가고 난 뒤부터는 나에게 전적으로 그 일이 맡겨졌다. 고등학교를 나온 작은형이 있기는 해도 그는 아버지나 어머니의 성화에 아랑곳없이, 늘상 밖으로 싸다니기만 하고 집에 있을 때도 기타를 들고 골방에 처박히기가 일쑤였다. 가엾게도 노새는 원래 회색빛이었는데도 우리 집에 온 뒤로는 차츰 연탄 때가 묻어 검정빛으로 변해 갔다. 엉덩이께는 물론 갈기도 까맣게 연탄 가루가 앉아 있었다. 내가 깜냥*으로는 지성스럽게 털어 주고 닦아 주고 하는데도, 연탄 때는 속살까지 틀어박히는지 닦아 줄 때만 조금 희끗하다가 한바탕 배달을 갔다 오면 도로 그 모양이었다. 하지만 노새도 내 그런 정성을 짐작은 하는지 멍청히 서 있다가도 내가 가까이 가면 고개를 위아래로 흔들어 아는 체를 했다. 그랬는데 그 노새가 오늘은 우리 집에 없다.

  노새가 갑자기 달아난 건 어저께 일이었다. 아버지는 연탄을 실은 뒤 노새의 고삐를 잡고 나는 그냥 뒤따르고 있었다. 내가 뒤따르는 것은 아버지에게 큰 도움이 못 되고 할 일 없이 따라다니기만 할 뿐이었다. 야트막한 언덕길을 오를 때 마차의 뒤를 밀기도 했으나 그것은 그대로 시늉일 뿐, 내 어린 힘으로 어떻게 된다든가 하는 일은 없었다. 아버지는 이따금 따라다니지 말고 집에 가서 공부나 하라고 했지만, 내가, 공부를 다 했어요, 하면 그 이상 더 말리지는 않았다. 그러나 탄을 싣거나 부릴 때 내가 거들려고 나서면 아버지는 한사코 그걸 말렸다. 아버지가 그랬으므로 나는 그러면 더 좋지 하는 홀가분

• **깜냥** 스스로 일을 헤아림. 또는 헤아릴 수 있는 능력.

한 마음으로 망아지 모양 마차 뒤만 졸졸 따라다녔다. 바로 어저께도 그랬다. 새 동네의 두 집에서 2백 장씩 갖다 달라고 해서 아버지는 연탄 4백 장을 싣고 새 동네로 들어가는 그 가파른 골목길을 들어서고 있었다. 얘기의 앞뒤가 조금 뒤바뀌었지만 우리 아버지는 연탄 가게의 주인이 아니고 큰길가에 있는 연탄 공장에서 배달 일만 맡고 있다. 그러므로 연탄 공장의 배달 주임이 어느 동네 어느 집에 몇 장을 배달해 주라고 하면, 그만한 양의 탄을 실어다 주고 거기 따르는 구전•만 받으면 그만이었다. 그런데 한 가지 자랑스러운 일은 아버지는 아무리 찾기 힘든 집이라도 척척 알아낸다는 것이다. 연탄 공장 사람들의 설명이 미처 끝나기도 전에 알 만하오, 한마디면 그만이었다. 열이면 열 거의 틀리는 일이 없었다. 오죽하면 공장 사람들도,

"마차 영감은 집 찾는 데 귀신이니깐."

하면서 혀를 내두를까. 그들도 아버지에게 실려 보내면 마음이 놓인다는 것이었다. 어저께도 아버지는 이러이러한 댁에 갖다 주라는 말을 듣자, 두 번 다시 물어보지 않고 짐을 싣고 나선 것이다.

   그 가파른 골목길 어귀에 이르자 아버지는 미리서 노새 고삐를 낚아 잡고 한달음에 올라갈 채비를 하였다. 그러나 어쩐 일인지 다른 때 같으면 4백 장 정도 싣고는 힘 안 들이고 올라설 수 있는 고개인데도 이날따라 오름길 중턱에서 턱 걸리고 말았다. 아버지는 어, 하는 눈치더니 고삐를 거머쥐고 힘껏 당겼다. 이마에 힘줄이 굵게 돋았다. 얼굴이 빨개졌다. 나는 얼른 달라붙어 죽어라고 밀었다. 그러나 길바닥에는 살얼음이 한 겹 살짝 깔려 있어서 마차를 미는 내 발

• **구전** 흥정을 붙여 주고 그 보수로 받는 돈.

도 줄줄 미끄러져 나가기만 했다. 노새는 앞뒷발을 딱딱 소리를 낼 만큼 힘껏 땅을 밀어 냈으나 마차는 그때마다 살얼음 위에 노새의 발자국만 하얗게 긁힐 뿐 조금도 올라가지 않았다. 아직은 아래쪽으로 밀려 내리지 않고 제자리에 버티고 선 것만도 다행이었다. 사람들이 몇 명 지나갔으나 모두 쳐다보기만 할 뿐 아무도 달라붙지는 않았다. 그전에도 그랬다. 사람들은 얼핏 도와주고 싶은 생각이 났다가도, 상대가 연탄 마차인 것을 알고는 감히 손을 내밀지 못했다. 도대체 어디다 손을 댄단 말인가, 제대로 하자면 손만 아니라 배도 착 붙이고 밀어야 할 판인데 그랬다간 옷을 모두 망치지 않겠는가, 옷을 망치면서까지 친절을 베풀 사람은 이 세상엔 없다고 나는 믿어 오고 있다. 그건 그렇고, 그런 시간에도 마차는 자꾸 밀려 내려오고 있었다. 돌을 괴려고 주변을 살펴보았으나 그만한 돌이 얼른 눈에 띄지 않을뿐더러, 그나마 나까지 손을 놓으면 와르르 밀려 내려올 것 같아서 손을 뗄 수가 없었다. 아버지는 평소의 그답지 않게 사정없이 노새에게 매질을 해 댔다.

"이랴, 우라질 놈의 노새, 이랴!"

노새는 눈을 뒤집어 까다시피 하면서 바득바득 악을 써 댔으나 판은 이미 그른 판이었다. 그때였다. 노새가 발에서 잠깐 힘을 빼는가 싶더니 마차가 아래쪽으로 와르르 흘러내렸다. 뒤미처 노새가 고꾸라지고 연탄 더미가 대그르르 무너졌다. 아버지는 밀려 내려가는 마차를 따라 몇 발짝 뒷걸음질을 치다가 홀랑 물구나무서는 꼴로 나자빠졌다. 나는 얼른 한옆으로 비켜섰기 때문에 아무 일도 없었다. 그러나 정작 일은 그다음에 벌어지고 말았다. 허우적거리며 마차에 질질 끌려가던 노새가 마차가 내박질러진● 자리에서 벌떡 일어서

더니 뒤도 안 돌아보고 냅다 뛰기 시작한 것이다. 정확히 말하면 벌떡 일어섰다가 순간적으로 아버지와 내가 있는 쪽을 힐끔 쳐다보고는 이내 뛰어 버린 것이다. 마차가 넘어지면서 무엇이 부러져 몸이 자유롭게 된 모양이었다.

"어 어, 내 노새."

아버지는 넘어진 채 그 경황에도 뛰어가는 노새를 쳐다보더니 얼굴이 새하얘졌다. 그러나 그런 망설임도 그때뿐 아버지는 힘들게 일어서자 딴사람이 되어 빠른 걸음으로 노새를 뒤쫓았다.

"내 노새, 내 노새."

아버지는 크게 소리 지르는 것도 아니고 그렇다고 입안의 소리도 아닌, 엉거주춤한 소리로 연방 뇌면서 노새가 달려간 곳으로 뛰어갔다. 나도 얼른 아버지의 뒤를 따랐다. 노새는 10미터쯤 앞에 뛰어가고 있었다. 뒤미처 앞쪽에서는 악악 하는 비명 소리가 들려왔다. 어깨에 스케이트 주머니를 메고 오던 아이들 둘이 기겁을 해서 길옆으로 비켜서고, 뒤따라오던 여학생 한 명이 엄마! 하면서 오던 길을 달려갔다. 손자를 업고 오던 할머니 한 분은 이런 이런! 하면서 어쩔 줄 몰라 하다가 그 자리에 폭삭 주저앉고 말았다. 막 옆 골목을 빠져나오던 택시가 찍— 브레이크를 걸더니 덜렁 한바탕 춤을 추고 멎었다. 금세 이 집 저 집에서 사람들이 쏟아져 나와서 골목은 어느 사이 수많은 사람들이 모여 웅성대기 시작했다.

"왜 그래, 왜 그래."

"무슨 일이야, 무슨 일이야."

• **내박질러진** 내박쳐진. 힘껏 집어 내던져진.

"말이 도망갔나 봐, 말이 도망갔나 봐."

"무슨 말이, 무슨 말이."

"저기 뛰어가지 않아."

"얼라 얼라, 그렇군. 말이 뛰어가는군."

"별꼴이야, 말 마차가 지금도 있었군."

이런 웅성거림 속을 아버지는 두 주먹을 불끈 쥐고 뜀박질 쳐 갔다.

"내 노새, 내 노새."

그때 나는 아버지보다 몇 발짝 앞서 있었다. 아버지의 헉헉 소리가 들려왔다. 하지만 노새는 우리보다 훨씬 빨랐다. 노새는 이미 큰길로 나가고 있었다. 드디어 아버지는 큰길로 나오자 덜컥 그 자리에 주저앉고 말았다. 노새는 이제 보이지 않았지만 나는 노새보다도 아버지의 일이 더 큰일일 것 같아서, 뛰던 것을 멈추고 아버지의 손을 잡고 끌어 일으키려고 했다. 한데 아버지는 쉽게 일어나지를 못했다. 아버지의 눈은 더할 수 없는 실망과 깊은 낭패로 가득 차 나는 제대로 쳐다보지도 못하고 슬며시 고개를 돌리다가 이내 축 처지고 말았다. 얼굴 근육이 실룩거리는 것이 옆얼굴에도 보였다. 불현듯 슬픔이 북받쳐 내 눈도 썸벅거렸으나• 나는 그것을 억지로 참고 계속해서 아버지의 팔목을 이끌었다.

"아버지, 여기서 이렇게 앉아 있으면 어떻게 해요. 노새를 찾아야지요."

지나가는 사람들이 우리 부자의 이런 모습을 구경거리나 되는 듯이 잠깐잠깐 쳐다보았다.

• **썸벅거렸으나** 쓸벅거렸으나. 눈이나 살 속이 찌르듯이 자꾸 시근시근하였으나.

"그래."

아버지는 힘없이 일어났으나 나는 어디를 어떻게 가야 할지 그저 막막하기만 했다. 아버지도 그런 눈치인 듯 나를 한번 덤덤히 쳐다보다가 아무 말 없이 앞장을 서기 시작했다. 두 사람 중 아무도 내박질러진 마차며 연탄 이야기를 꺼내지 않았다. 그 뒤처리도 큰일일 테니 말이다. 터덜터덜 걸어서 네거리까지 온 우리는 정작 그때부터 막막함을 느꼈다. 동서남북 어느 쪽으로 가야 할 것인가.

"아버지, 이렇게 하면 어때요. 둘이 같이 다닐 게 아니라 따로따로 헤어져서 찾아보도록 해요. 내가 이쪽 길로 갈 테니깐 아버지는 저쪽 길로 가세요, 네?"

아버지는 아무 말 없이 나와는 반대 방향으로 걸어갔다.

아버지와 헤어진 나는 사뭇• 뛰었다. 사람들은 거리에 가득 넘쳐 있었다. 크고 작은 자동차는 뿡빵거리면서 씽씽 달려가고 달려오고 하였다. 5층 건물 3층 건물이 즐비한 거리는 언제나처럼 분주했다. 아무도 나를 붙잡고 왜 뛰느냐고, 노새를 찾아 나선 길이냐고 묻지 않았다. 아무도 네가 찾는 노새가 방금 저쪽으로 뛰어갔다고 걱정 말라고 일러 주지 않았다. 나는 이 사람에게 툭 부딪치고, 저 사람에게 탁 부딪치면서 사뭇 뛰었다. 그러나 뛰면서도 둘레둘레 사방을 쳐다보는 것을 잊지 않았다. 벌써 거리는 조금씩 어두워지고 있었다. 이미 앞이마에 헤드라이트를 켠 자동차도 있었다. 나는 그런 자동차들이 막 뛰어다니는 노새로 보였다. 파랑 노새, 빨강 노새, 까만 노새들이 마구 뛰어다니는 것이 아닌가. 바람같이 달리는 놈, 슬

• **사뭇** 거리낌 없이 마구.

슬 가는 놈, 엉금엉금 기는 놈, 갑자기 멈추는 놈, 막 가다가 홱 돌아서는 놈, 그것은 가지가지였다. 그런데도 그중에 우리 노새는 없었다. 두 귀가 쫑긋하고 눈이 멀뚱멀뚱 크고, 코가 예쁘고, 알맞게 살이 찐, 엉덩이에 까맣게 연탄 가루가 묻어 반질반질하고, 우리 사촌 이모 머리채처럼 꼬리를 길게 늘어뜨린 우리 노새는 안 보였다.

　어디까지 왔는지도 몰랐다. 차츰 다리가 아프기 시작했다. 배도 고프기 시작했다. 그러고 보면 나는 오늘 점심도 설친 채였다. 아이들하고 한참 놀다가 집에서 점심을 몇 술 뜨는 둥 마는 둥 하다가 아버지의 일이 궁금하여 연탄 공장에 갔었는데 그때 마침 아버지가 짐을 싣고 나오는 것이었다. 그러나 나는 걸음을 멈출 수가 없었다. 노새를 찾아야 한다, 노새를 찾아야 한다는 마음이 내 걸음에 앞서 몇 번 고꾸라지기도 하였다. 더러는 어떤 신사 아저씨의 옆구리에 넘어지듯 부닥치기도 하였는데, 그러면 그 아저씨는,

　"이 녀석아……."

어쩌고 하면서 못마땅하게 쳐다보고, 더러는 어떤 아주머니의 치마꼬리를 밟기도 하였는데, 그러면 그 아주머니는,

　"얘가 왜 이래, 눈을 어디 두고 다녀?"

하면서 호통을 치기도 하였다. 그럴 때마다 나는,

　"미안해요, 우리 노새를 찾느라고 그래요."

하고 뇌까렸으나 그것이 입 밖으로 말이 되어 나오지는 않았다. 입안이 메말라서 도무지 말을 하고 싶지도 않았다. 어뜻 내가 왜 이렇게 쏘다니고 있을까, 노새가 어디로 간지도 모르고 왜 이렇게 방황해야만 하는가 하는 생각이 없지도 않았으나 그런 마음에 앞서 내 눈은 부산하게 거리의 구석구석을 살피고 있었다. 그러고 보면 나는 그동

안 우리 노새와 깊이 정이 들어 있었는지도 몰랐다. 자다가도 바로 옆 마구간에서 노새가 푸레질●하는 소리, 발을 들었다 놓았다 하는 소리를 들으면 왠지 마음이 놓였고, 길에서 놀다가도 저만치서 아버지에게 끌려오는 노새가 보이면 후딱 달려가 그 시커먼 엉덩이를 한 번 두들겨 주기도 했다. 그러면 저도 나를 알아보는지 그 큰 눈을 한 번 크게 치떴다가 내리곤 했다. 아이들은 그런 나를 더욱 놀려 댔다.

"비리비리 노새 새끼."

"자지만 큰 노새."

그리고 나더러는 '까마귀 새끼'라고 말이다. 까마귀 새끼라는 것은 우리 아버지가 까맣게 연탄 가루를 뒤집어쓰고 다닌대서 그 아들인 나를 가리키는 말이다. 사실 아버지는 노상 시커먼 몰골을 하고 다녔다. 옷은 물론 국방색 신발도 어느새 깜장 구두가 되어 있었다. 손 얼굴 할 것 없이 온몸이 껌정투성이였다. 어쩌다가 행 하고 코를 풀면 콧물조차도 까맸다. 그런 가운데에서도 눈 하나만은 퀭하니 크게 빛났다. 아이들은 그런 아버지를 보고 까마귀라고 불러 댔으나 차마 대놓고 그러지는 못하고, 만만한 나만 보면 까마귀 새끼라고 놀려 댔다. 하지만 저희네들 아버지는 별것이었던가. 영길이네 아버지는 조그마한 기계와 연탄불을 피워 가지고 다니면서 뻥 소리와 함께 생쌀을 납작하게 눌러 튀겨 내는 장사를 하고 있었고, 종달이네 형님은 번데기 장수였다. 순철이네 아버지는 시장 경비원이었고, 귀달네 아버지는 포장마차에서 장사를 하고 있었다. 그래서 우리는 영길이더러 '뻥', 종달이더러는 '뻔'이라는 별명을 붙여 주었으

● **푸레질** 투레질. 말이나 당나귀가 코로 숨을 급히 내쉬며 투루루 소리를 내는 일.

며, 순철이 귀달이도 모두 하나씩 별명을 가지고 있었다. 그러니까 내가 까마귀 새끼라는 별명을 가지고 있다는 것은 어떻게 보면 당연한 것이고 별로 억울할 것도 없었다.

내가 집에 돌아온 것은 밤 열 시도 넘어서였으나 아버지는 그때까지 돌아오지 않고 있었다. 할머니와 어머니는 동네 사람들의 귀띔으로 미리 사건을 알고 있었던지, 내가 들어서자 얼른 뛰어나오며 허겁지겁 물었다.

"찾았니?"

"아버지는 어떻게 되셨어?"

내가 혼자 들어서는 걸 보면 찾지 못한 것을 번연히˙ 알면서도 어머니는 다그쳐 물어 댔다. 어머니는 나에게 밥을 줄 생각도 하지 않고 한숨만 내리 쉬고 올려 쉬곤 하였다.

아버지가 돌아온 것은 통행금지˙ 시간이 거의 되어서였다. 예상한 일이지만 아버지는 빈 몸이었고 형편없이 힘이 빠져 있었다. 그때까지 식구들은 아무도 잠들지 않았다. 작은형도 일이 일인지라 기타도 치지 않고 죽은 듯이 방 안에만 처박혀 있었다. 아버지를 보고도 아무도 말을 하지 않았다. 다만 할머니만이 말을 걸었다.

"이제 오니?"

"네."

그뿐, 아버지는 더는 말이 없었다. 그러고는 어머니가 보아 온 밥상을 한옆으로 밀어 놓고는 쓰러지듯 방 한가운데 드러눕고 말았

- **번연히** 어떤 일의 결과나 상태 따위가 훤하게 들여다보이듯이 분명하게.
- **통행금지** 일정한 시간 동안 일반인이 거리를 지나다니거나 집 밖으로 활동하는 것을 못하게 하던 일.

다. 아버지는 지금 내일부터 당장 벌이를 나갈 수 없는 아픔보다도 길들여 키워 온 노새가 가여워서 저러는지도 모를 일이었다. 아버지는 원래가 마부였다. 서울에 올라오기 전 시골에서도 줄곧 말 마차를 끌었다. 어쩌다가 소달구지를 끄는 적도 있기는 했으나 얼마 가지 않아서 도로 말 마차로 바꾸곤 했다. 그런 아버지였으므로 서울에 올라와서는 내내 말 마차 하나로 버텨 나왔었는데 어떻게 마음먹었는지 노새로 바꾸고 만 것이다. 노새나 말이나 요즘은 그놈의 삼륜차• 때문에 아버지의 일감이 자칫 줄어드는 듯하기도 했다. 웬만한 오르막길도 끄떡없이 오르고, 웬만한 골목 안 집까지도 드르륵 들이닥치니 아버지의 말 마차가 위험을 느낌 직도 했고, 사실 일감을 빼앗기기도 했다. 그런데도 그때마다 아버지는 큰소리였다.

"휘발유 한 방울 안 나오는 나라에서 자동차만 많으면 뭘 해."

마치 애국자처럼 말하는 것이었으나 나는 아버지의 그 말 뒤에 숨은 오기 같은 것을 느낄 수 있었다. 너무 고단해서였을까, 이날 밤 나는 앞뒤를 가릴 수 없을 만큼 깊이 잠에 빠졌던 것 같다.

골목에서 뛰쳐나온 노새는 큰길로 나오자 잠시 망설이다가 곧 길 복판으로 뛰어 들어갔다. 그러자 달려가고 달려오던 차들이 브레이크를 밟느라고 찍— 찍— 소리를 냈으나 노새는 그걸 본체만체하고 달렸다. 어디서 뛰어나왔는지 교통순경이 호루라기를 불며 달려오다가 노새가 가까이 오자 혼비백산•해서 도망갔다. 인도를 걸어가던 사람들이 일제히 발을 멈추고 노새의 가는 곳을 쳐다보곤 저마다

• **삼륜차** 바퀴가 세 개 달린 차. 바퀴가 앞에 핸 게, 뒤에 두 개 달려 있는데 주로 짐을 실어 나른다.
• **혼비백산** 혼백이 어지러이 흩어진다는 뜻으로, 몹시 놀라 넋을 잃음을 이르는 말.

놀라고, 또는 재미있다는 표정을 지었다.

"허허, 저놈이 제 세상 만났군."

"고삐 풀린 말이라더니 저놈도 저렇게 한번 뛰어 보고 싶었을 거야."

"엄마, 저게 뭔데 저렇게 뛰어가? 말이지?"

"글쎄, 말보다는 노새 같다, 얘."

사람들이 그러거나 말거나 노새는 뛰고 또 뛰었다. 연탄 짐을 메지 않은 몸은 훨훨 날 것 같았다. 가파른 길도 없었고 채찍질도 없었고 앞길을 막는 사람도 없었다. 신호등에 파란불이 켜진 때도 있었고 노란불이 켜진 때도 있었으며 빨간불이 켜진 때도 있었으나, 막무가내로 그냥 뛰기만 했다. 노새는 이윽고 횡단보도에 이르렀다. 마침 파란불이 켜져서 우우 하고 길을 건너던 사람들이, 앗, 엇, 외마디 소리를 지르며 풍비박산●이 되었다. 보통이를 이고 가던 아주머니가 오메 소리를 지르며 퍽 그 자리에 넘어지자 머리 위에 있던 보통이가 데그르르 굴렀다. 다정히 손잡고 가던 모녀가 어머멋 소리를 지르며 제자리에 우뚝 섰다. 재잘거리며 가던 두 아가씨가 엄마! 소리를 지르며 한꺼번에 엉켜 넘어졌다. 자전거에 맥주 상자를 싣고 기우뚱기우뚱 건너가던 인부가 앞사람이 갑자기 뒷걸음질 치는 바람에 자전거의 핸들을 놓쳐 중심을 잃은 술 상자가 우르르 넘어졌다. 밍크 목도리에 몸을 휘감고 가던 아주머니가 난 몰라! 하고 소리를 지르며 휙 돌아서다가 자기도 모르게 옆에 있는 낯모르는 아저씨 품에 안겼다. 땟국이 잘잘 흐르는 잠바 청년 하나가 이때 워!

● **풍비박산** 사방으로 날아 흩어짐.

워! 하면서 앞을 가로막았으나 노새가 앞다리를 번쩍 한번 들자 어이쿠 소리를 지르면서 인도 쪽으로 도망갔다.

 노새는 그대로 달렸다. 뒤미처 순경이 쫓아오는 소리가 나고 앵앵거리며 백차˙가 따라오고 있었다. 노새는 그러나 아랑곳하지 않았다. 노새는 어느덧 번화가에 들어서고 있었다. 여기는 아까의 횡단길보다도 더욱 사람이 많았다. 노새는 자꾸 자동차가 걸리는 것이 귀찮았던지 성큼 인도 쪽으로 방향을 꺾었다. 그러자 이번에는 더욱 요란스런 혼란이 벌어졌다. 사람들은 달랑달랑하는 노새의 목에 달린 방울 소리가 들릴 때는 호기심으로 그쪽을 쳐다보았다가도, 금세 인파가 우, 우, 이리 몰리고 저리 몰리고 하면서 눈앞에 노새가 뛰어오자 어쩔 바를 모르고 왝, 왝, 소리를 지르며 달아나기에 바빴다. 분홍색 하이힐 짝이 나뒹굴고, 곱게 싼 상품 상자들이 이리저리 흩어졌다. 신사가 한옆으로 급히 비키다가 콘크리트 전봇대에 이마를 찧고, 군인이 앞사람의 뒤꿈치에 밟혀 기우뚱하다가 뒤에 오는 할아버지를 안고 넘어졌다. 배지를 단 여학생이 황망히˙ 길옆 제과점으로 도망치다가 안에서 나오던 청년과 마주쳐 나무토막 쓰러지듯 넘어지고, 아이스크림을 핥고 가던 꼬마들이 얼싸안고 넘어졌다.

 번화가 옆은 큰 시장이었다. 노새가 이번에는 그 시장 속으로 뚫고 들어갔다. 머리에 수건을 동이고 좌판 앞에 앉아 있던 아낙네들이 아이구 이걸 어쩌지, 하면서 벌떡 일어서는 것을 신호로 시장 안에 벌집 쑤신 듯한 소동이 사방으로 번져 갔다. 콩나물 통이 엎어지고, 시

˙ **백차** 차체에 흰 칠을 한, 경찰이나 헌병의 순찰차.
˙ **황망히** 마음이 몹시 급하여 당황하고 허둥지둥하는 면이 있게.

금치가 흩어지고, 도라지가 짓이겨지고, 사과 알이 데굴데굴 굴렀다. 미꾸라지 통이 엎어지고, 시루떡이 흩어지고, 테토론 옷감이 나풀거리고, 제주 밀감이 사방으로 굴렀다. 갈치가 뛰고 동태가 날고, 낙지가 미끈둥미끈둥 길바닥을 메웠다. 연락을 받고 달려왔는지 시장 경비원 세 명이 이놈의 노새, 이놈의 노새, 하면서 앞뒤를 막았으나 워낙 젖 먹던 힘까지 다 내서 길길이 뛰는 노새를 붙들지는 못하고, 저 노새 잡아라, 저 노새 하고 외치며 이리 뛰고 저리 뛰고 할 뿐이었다.

　골목을 뛰쳐나온 지 한 시간이 지났을까, 노새는 시장 안에서 한바탕 북새*를 떨고는 다시 한길로 나왔다. 이 무렵에는 경찰에 비상이 걸렸는지 곳곳에 모자 끈을 턱에까지 내린 경찰관들이 지키고 서 있었다. 서울 장안이 온통 야단이 난 모양이었다. 군데군데 무전차가 동원되어 자기네끼리 노새의 방향에 대해서 연락을 취하고 있었다. 그러나 노새는 미리 그것을 알고라도 있는 듯 용케도 경비가 허술한 길만을 찾아 잘도 달려갔다. 모가지는 물론, 갈기며 어깻죽지, 그리고 등허리에 땀이 비 오듯 해서 네 다리에 물이 주르르 흐르고 있었다. 검은 물이. 노새는 벌써 한강 다리를 건너고 있었다. 노새는 얼핏 좌우로 한강 물을 훑어보더니 여전히 뛰어가면서도 길게 심호흡을 하였다. 다리를 건너고 얼마를 가자 길이 넓어지고 앞이 툭 트였다. 고속 도로였다. 노새는 돈도 안 내고 톨게이트를 빠져나가더니 그때부터는 다소 속도를 늦추었다. 그러나 절대로 뛰는 일을 멈추지는 않았다.

　여느 날보다 다소 늦게 일어난 나는 간밤의 꿈으로 하여 어쩐지 마음이 헛헛했다. 꿈 그대로라면 우리는 다시는 그 노새를 찾지 못

* **북새** 많은 사람이 야단스럽게 부산을 떨며 법석이는 일.

할 것이 아닌가. 꿈대로라면 우리 노새는 고속 도로를 따라 멀리멀리 달아나서 우리가 도저히 찾을 수 없는 곳, 상상도 할 수 없는 곳에 가서 있는 것이 아닐까. 우리를 버리고 간 노새, 그는 매일매일 그 무거운, 그 시커먼 연탄을 끄는 일이 지겹고 지겨워서 다시는 돌아오지 못할 자기의 보금자리를 찾아 영 떠나가 버렸는가. 아버지와 내가 집을 나선 것은 사람들이 아직 출근하기도 전인 이른 새벽이었다. 큰길로 나오자 두 사람은 막상 어느 쪽부터 뒤져야 할지 막연하기만 했다. 둘 중 아무도 말을 꺼내지는 않았으나 부자는 잠깐 주춤하다가 동네와는 딴 방향으로 걷기 시작했다. 새벽이라 그런지 사람은 그리 많지 않은데 날씨가 몹시도 찼다. 길은 단단히 얼어붙고 바람은 매웠다. 귀가 따갑게 아려 오는 듯하자 아랫도리로 냉기가 찰싹찰싹 달라붙었다.

"아버지, 시장으로 가 봐요."

나는 언뜻 간밤의 꿈이 생각났다.

"시장은 왜?"

"혹시 알아요, 노새가 뛰어가다가 시장기가 들어 시장 쪽으로 갔는지."

나는 말해 놓고도 좀 우스웠지만 아버지도 별 싱거운 녀석 다 보겠다는 듯이 시큰둥한 태도였다. 아버지는 키가 컸다. 그래서 그런지 급히 서둘지도 않고 보통 걸음으로 걷는데도 나는 종종걸음을 쳐야 따라갈 수 있었다. 나는 할 수 없이 한 손을 내밀어 아버지의 손을 잡았다. 아버지의 손은 크고 투박하고 나무토막처럼 단단했다. 끌려가듯 따라가면서도 나는 좀 우스웠다. 이날까지는 이런 일을 생각할 수도 없었다. 아버지와 손을 잡고 길을 걷는다는 것은 꿈에도 상상

할 수 없는 일이었다. 그렇게 지내 왔는데, 오늘 나는 아주 자연스럽게 아버지와 손을 맞잡고 길을 걷고 있다. 좀 우쭐한 생각이 들었다. 하지만 아무도 그런 우리를 부러운 눈초리로 쳐다보지는 않았다.

아버지와 나는 한도 끝도 없이 걸었다. 어느새 거리는 점심때쯤 되었고, 눈발이 비치기 시작했다. 어느 곳을 가나 거리는 사람으로 붐벼 있었고, 그 많은 사람들은 우리 부자더러 어디를 그리 바삐 가느냐고, 노새를 찾아다니느냐고 묻지 않았고, 아버지와 나는 아무에게도 노새를 보지 못했느냐고 묻지 않았다. 다리는 쇠사슬을 단 것처럼 무겁고, 배가 고프고 쓰렸다. 나는 그런 우리가 옛날얘기에 나오는 길 잃은 나그네 같다고 생각했다. 길은 멀고 해는 저물었는데 쉬어 갈 곳이라고는 없는 그런 처지 같았다. 아무리 가도 인가는 나타나지 않고, 멀리서 깜박깜박 비치는 불빛도 없었다. 보이느니 거친 산과 들뿐, 사람이나 노새는 보이지 않았다.

아버지와 내가 동물원에 들어간 것은 거의 해가 질 무렵이었다. 어떻게 해서 동물원에 들어오게 되었는지 나는 잘 기억해 낼 수가 없다. 둘 중의 아무도 동물원에 들어가자고 말한 사람은 없었는데 어째서 발길이 이곳으로 돌려졌는지 모른다. 정처 없이 걷다가 마침 닿은 곳이 동물원이어서 그냥 대수롭지 않게 들어왔는지도 모르겠다. 하여튼 나는 희한한 곳엘 다 왔다 싶었다. 내 경우 동물원에 와 본 것은 지금까지 딱 한 번밖에 없었으니까. 그것도 어린이날 무료 공개한다는 바람에 동네 조무래기들과 함께 와 본 것뿐이었다. 그때는 사람들에 치여 제대로 구경도 못 했는데 지금 나는 구경꾼도 별로 없는 동물원을 더구나 아버지와 함께 오게 되었으니, 참 가다가는 별일도 있는 것이구나 하였다. 남들 눈에는 한가하게 동물원 구경을 온 다정한 부자로 비칠 것이 아닌가. 동물원 안은 조용하고 을씨년스러웠다. 동물들은 제집에 처박혀 있거나 가느다란 석양이 비치는 곳에 웅크리고 있거나 하였다. 막상 들어온 아버지는 그런 동물들을 별로 눈여겨보지 않았다. 동물들의 우리를 보다가 하늘을 보다가 할 뿐, 눈에 초점이 없었다. 칠면조도 사자도 호랑이도 원숭이도 사슴도 그런 눈으로 건성건성 보고 지나갈 뿐이었다. 그러던 아버지가 잠시 발을 멈춘 곳은 얼룩말이 있는 우리 앞이었다. 얼룩말은 두 마리였다. 아버지는 그러나 그 앞에서도 멍하니 서 있기만 하지 이렇다 할 감정의 표시를 하지 않았다. 나는 그런 아버지를 한 번 쳐다보고, 얼룩말을 한 번 쳐다보고 하였다. 그러다가 아버지의 얼굴이 어쩌면 그렇게 말이나 노새와 닮았는지 모르겠다고 생각하였다. 그렇게 생각하고 보니 꼭 그랬다. 길게 째진, 감정이 없는 눈이며 노상 벌름벌름한 코, 하마 같은 입, 그리고 덜렁하니 큰 귀가 그랬다. 아버지가 너무 오래 말이나 노새를 다뤄 와서 그런 건지, 애당초 말이나 노새 같은 사람이어서 그런 짐승과 평생을 같이해 온 것인지는 알 수 없으나, 막상 얼룩말 앞에 세워 놓은 아버지는 영락없는 말의 형상이었다.

　동물원을 나왔을 때 이미 거리는 밤이었다. 이번엔 집 쪽으로 걸었다. 그럴 수밖에 우리는 더 갈 데가 없었던 것이다. 우리 동네가 저만치 보였을 때 아버지는 바로 눈앞에 있는 대폿집에서 발을 멈추었다. 힐끗 나를 돌아보고 나서 다짜고짜 나를 술집으로 끌고 들어갔다. 이런 일도 전에는 없던 일이었다. 술집 안에는 사람들이 가득 차서 왁왁 떠들어 대고 있었다. 돼지고기를 굽는 냄새, 찌개 냄새, 김치 냄새가 집 안에 가득했다. 사람들은 우리를 의아스런 눈초리로 쳐다보았으나 이내 시선을 거두고 자기들의 얘기 속으로 다시 들어갔다. 나는 들어가자마자 그 냄새들을 힘껏 마셨다. 쓰러질 것 같았다. 아버지는 소주 한 병과 안주를 시키더니 안주는 내 쪽으로 밀어 주고 술만 거푸 마셔 댔다. 아버지는 술이 약한 편이어서 저러다가 어쩌나 하고 걱정이 되었다.

"아버지, 고만 드세요. 몸에 해로워요."
"으응."

대답하면서도 아버지는 술잔을 놓지 않았다. 얼마나 지났을까, 안주를 계속 주워 먹었으므로 어느 정도 시장기를 면한 나는 비로소 아버지를 쳐다보았다.

"이제부터 내가 노새다. 이제부터 내가 노새가 되어야지 별수 있니? 그놈이 도망쳤으니까 이제 내가 노새가 되는 거지."

기분 좋게 취한 듯한 아버지는 놀라는 나를 보고 히힝 한번 웃었다. 나는 어쩐지 그런 아버지가 무섭지만은 않았다. 그러면 형들이나 나는 노새 새끼고, 어머니는 암노새고, 할머니는 어미 노새가 되는 것일까? 나도 아버지를 따라 히히힝 웃었다. 어른들은 이래서 술집에 오는 모양이었다. 나는 안주만 집어 먹었는데도 술 취한 사람마냥 턱없이 즐거웠다. 노새 가족—노새 가족은 우리 말고는 이 세상에 또 없을 것이다.

그러나 이러한 생각은 아버지와 내가 집에 당도했을 때 무참히 깨어지고 말았다. 우리를 본 어머니가 허둥지둥 달려 나와 매달렸다.

"이걸 어쩌우, 글쎄 경찰서에서 당신을 오래요. 그놈의 노새가 사람을 다치게 하고 가게 물건들을 박살을 냈대요. 이걸 어쩌지."
"노새는 찾았대?"

"찾고나 그러면 괜찮게요? 노새는 간데온데없고 사람들만 다치고 하니까, 누구네 노새가 그랬는지 수소문 끝에 우리 집으로 순경이 찾아왔지 뮈유."

오늘 낮에 지서에서 나온 사람이 우리 노새가 튀는 바람에 여기저기서 많은 피해를 입었으니 도로 무슨 법이라나 하는 법으로 아버지를 잡아넣어야겠다고 이르고 갔다는 것이었다. 아버지는 술이 확 깨는 듯 그 자리에 선 채 한동안 눈만 데룩데룩 굴리고 서 있더니 힝 하고 코를 풀었다. 그러고는 아무 말 없이 스적스적 문밖으로 걸어 나갔다. 나는 '아버지' 하고 뒤를 따랐으나 아버지는 돌아보지도 않고 어두운 골목길을 나가고 있었다.

나는 그 순간 또 한 마리의 노새가 집을 나가는 것 같은 착각을 일으켰다. 그러고는 무엇인가가 뒤통수를 때리는 것을 느꼈다. 아, 우리 같은 노새는 어차피 이렇게 비행기가 붕붕거리고, 헬리콥터가 앵앵거리고, 자동차가 빵빵거리고, 자전거가 쌩쌩거리는 대처에서는 발붙이기 어려운 것인가 하는 생각이 들었다. 언젠가 남편이 택시 운전사인 칠수 어머니가 하던 말,

"최소한도 자동차는 굴려야지 지금이 어느 땐데 노새를 부려."

했다는 말이 생각났다. 그러나 그것은 잠깐 동안이고 나는 금방 아버지를 쫓았다. 또 한 마리의 노새를 찾아 캄캄한 골목길을 마구 뛰었다.

 활동하기

❶ 이 소설에서, 구동네 사람들과 새 동네 사람들은 노새에 대해 아래와 같은 반응을 보입니다. 두 동네 사람들의 반응에 차이가 있는 이유는 무엇일까요?

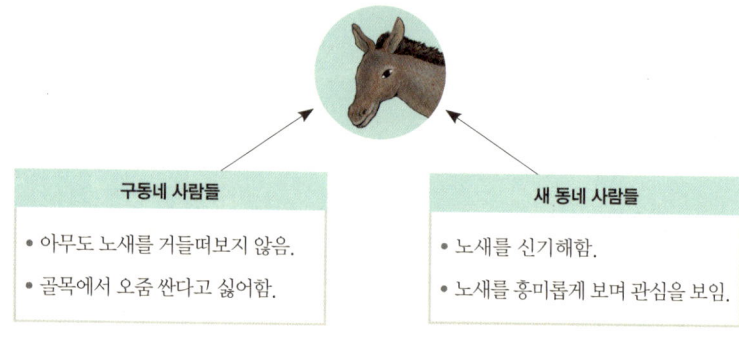

구동네 사람들
- 아무도 노새를 거들떠보지 않음.
- 골목에서 오줌 싼다고 싫어함.

새 동네 사람들
- 노새를 신기해함.
- 노새를 흥미롭게 보며 관심을 보임.

❷ 이 소설에 등장하는 아버지와 '나'에 대해 파악해 봅시다.

	아버지	나
소개	시골에서 ① _____을/를 했으나, 서울로 올라와 가파른 변두리 마을에서 ② _____을/를 하는 가난한 가장이다.	아버지의 ⑥ _____을/를 자랑스러워하며 힘들게 일하는 아버지를 돕는 착한 마음씨를 가지고 있다.
역할	산업화 시대의 변화에 적응하지 못하고 힘겹게 살아가는 ③ _____을/를 대변한다.	주인공인 아버지를 관찰하여 독자들에게 전달하는 서술자이다.
성격	• 과묵하고 차분하다. • 배달할 집을 잘 찾아 사람들에게 ④ _____을/를 얻고 있다. • 가장으로서 ⑤ _____이/가 강하다.	• 어린아이답게 순수하다. • 아버지를 ⑦ _____하는 마음이 있다. • 마음이 따뜻하고 ⑧ _____이다.

108 중학교 소설 읽기

❸ 다음 부분과 '노새 두 마리'라는 제목을 바탕으로 이 작품의 주제를 써 봅시다.

> 나는 그 순간 또 한 마리의 노새가 집을 나가는 것 같은 착각을 일으켰다. 그러고는 무엇인가가 뒤통수를 때리는 것을 느꼈다. 아, 우리 같은 노새는 어차피 이렇게 비행기가 붕붕거리고, 헬리콥터가 앵앵거리고, 자동차가 빵빵거리고, 자전거가 쌩쌩거리는 대처에서는 발붙이기 어려운 것인가 하는 생각이 들었다.

다르게 읽기

❹ 아버지가 집을 나간 결말 이후 장면은 어떻게 될지 상상해서 써 봅시다.

> 작품 해설

도시화·산업화에 떠밀린 자들의 슬픈 자화상

　1970년대는 도시화, 산업화로 인해 한국 사회가 급격하게 변화하는 시기였습니다. 이 작품에는 이러한 변화상을 보여 주는 배경인 비행기, 헬리콥터가 날아다니고, 자동차와 자전거가 굴러다니는 거리에서 그에 맞지 않는 노새가 등장합니다. 아버지와 '나' 의 가족은 그런 현대화된 도시에서 노새를 이용하여 연탄을 배달하면서 빈곤한 삶을 살아갑니다. 새로운 동네가 형성되면서 연탄 배달의 수효가 많아지고, 덩달아 노새가 사람들의 관심 대상이 되자 많은 주문이 들어옵니다. 그러나 그것도 잠시 노새가 사람들의 관심 밖으로 밀려 나면서 연탄 배달 주문은 눈에 띄게 줄어들죠. 어느 날 힘겹게 고갯길을 오르던 연탄 배달 마차가 미끄러져 전복되고 노새는 그대로 달아나 버립니다. 아버지와 '나'는 어떻게든 노새를 찾으려고 발버둥 치지만 결국은 노새를 찾지 못합니다. '나'는 이날 밤 술을 먹는 아버지의 모습이 산업화로 떠밀려 나간 노새의 모습과 비슷하다는 것을 느낍니다.

　이 소설은 급격하게 산업화, 도시화되어 가는 1970년대에 고향을 떠나 도시 변두리에서 살아 보려고 애쓰는 사람들의 이야기를 노새를 통해 풀어 나가고 있습니다. 무거운 짐을 지고 가파른 언덕을 올라가는 노새와 대도시에서의 삶에 소외된 아버지의 모습은 묘하게 닮아 있습니다. 이는 '노새 두 마리'라는 제목으로 상징되고 있죠. 즉 이 작품은 도시에서 볼 수 없는 노새를 통해 산업화, 도시화 속에서 소외된 도시 빈민들의 불행한 삶을 그리고 있는 것입니다.

> 엮어 읽기

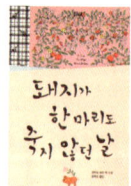

로버트 뉴튼 펙, 『돼지가 한 마리도 죽지 않던 날』
이 작품은 주인공 로버트가 어린이에서 어른으로 성장해 가는 모습을 보여 줍니다. 주인공의 아버지는 도살업자로 아들이 키우는 돼지 '핑키'가 새끼를 낳지 못하는 것을 알고 눈물을 흘리며 돼지를 죽입니다. 이듬해 아버지의 병세가 악화되어 돌아가시고, 그날은 마을의 돼지가 한 마리도 죽지 않은 날이 됩니다. 로버트는 핑키와 아버지의 죽음을 통해 세상으로 한 걸음 나아갑니다.

메밀꽃 필 무렵

이효석(1907~1942)

이효석 작가는 강원도 평창에서 태어났습니다. 1928년 『조선지광』에 「도시와 유령」을 발표하면서 작품 활동을 시작했습니다. 시적인 문체와 세련된 언어, 서정적인 분위기가 드러나는 작품들을 주로 썼습니다. 주요 작품에는 단편 소설 「돈(豚)」, 「산」, 「들」, 「분녀」와 장편 소설 「화분」, 수필 「낙엽을 태우면서」 등이 있습니다.

 '장돌뱅이'라는 말을 들어 보셨나요? '장돌림'이라고도 부르는데, 여러 장으로 돌아다니며 물건을 파는 사람을 말한답니다. 예전에는 교통이 발달하지 못해서 깊은 산속이나 시골에 사는 사람들은 물건을 사거나 거래하기가 쉽지 않았어요. 장돌림은 그런 곳에 물품을 제공하는 장사꾼이었지요. 이들은 나귀에 물건을 싣거나 직접 등에 지고 걸어 다니며 장사를 했는데, 이동 거리가 먼 데다 물건을 살 사람과 장이 서는 곳을 찾아 정처 없이 떠돌아다녀야 했기 때문에 무척 고되고 외로운 생활을 해야 했답니다.

 하지만 평생 외롭고 힘든 생활을 한 사람도 인생에서 좋은 추억 한 가지쯤은 가지고 있기 마련이죠. 장돌림 허 생원에게도 짧지만 결코 잊지 못할 행복한 시절이 있었다고 해요. 메밀꽃 피는 가을날의 경치를 떠올리며 허 생원의 이야기 속으로 빠져 볼까요?

 내 인생에서 가장 행복했던 때는 언제였나요? 그때를 기억하는 이유는 무엇인가요?

메밀꽃 필 무렵

• 이효석 •

 여름 장이란 애시당초에 글러서 해는 아직 중천에 있건만 장판은 벌써 쓸쓸하고 더운 햇발이 벌여 놓은 전 휘장 밑으로 등줄기를 훅훅 볶는다. 마을 사람들은 거지반 돌아간 뒤요 팔리지 못한 나무꾼 패가 길거리에 궁싯거리고들● 있으나 석유병이나 받고 고기 마리나 사면 족할 이 축들을 바라고 언제까지든지 버티고 있을 법은 없다. 츱츱스럽게 날아드는 파리 떼도 장난꾼 각다귀●들도 귀찮다. 얼금뱅이●요 왼손잡이인 드팀전●의 허 생원은 기어코 동업의 조 선달을 나꾸어 보았다.
 "그만 걷을까?"
 "잘 생각했네. 봉평 장에서 한번이나 흐붓하게 사 본 일 있었을까. 내일 대화 장에서나 한몫 벌어야겠네."
 "오늘 밤은 밤을 새서 걸어야 될걸."
 "달이 뜨렷다."

● **궁싯거리고들** 어찌할 바를 몰라 이리저리 머뭇거리고들.
● **각다귀** ① 모양은 모기와 비슷하나 크기는 더 큰 곤충의 한 종류. ② 남의 것을 뜯어먹고 사는 사람을 비유적으로 이르는 말.
● **얼금뱅이** 얼굴이 얼금얼금 얽은 사람을 낮잡아 이르는 말.
● **드팀전** 예전에, 온갖 피륙(베, 무명, 비단 따위의 천)을 팔던 가게.

절렁절렁 소리를 내며 조 선달이 그날 산 돈을 따지는 것을 보고 허 생원은 말뚝에서 넓은 휘장을 걷고 벌여 놓았던 물건을 거두기 시작하였다. 무명필과 주단 바리˙가 두 고리짝에 꼭 찼다. 멍석 위에는 천 조각이 어수선하게 남았다.

다른 축들도 벌써 거진 전들을 걷고 있었다. 약빠르게 떠나는 패도 있었다. 어물 장수도 땜장이도 엿장수도 생강 장수도 꼴들이 보이지 않았다. 내일은 진부와 대화에 장이 선다. 축들은 그 어느 쪽으로든지 밤을 새며 육칠십 리 밤길을 타박거리지 않으면 안 된다. 장판은 잔치 뒷마당같이 어수선하게 벌어지고 술집에는 싸움이 터져 있었다. 주정꾼 욕지거리에 섞여 계집의 앙칼진 목소리가 찢어졌다. 장날 저녁은 정해 놓고 계집의 고함 소리로 시작되는 것이다.

"생원, 시침을 떼두 다 아네……. 충주집 말야."

계집 목소리로 문득 생각난 듯이 조 선달은 비죽이 웃는다.

"화중지병˙이지. 연소 패들을 적수로 하구야 대거리가 돼야 말이지."

"그렇지두 않을걸. 축들이 사족을 못 쓰는˙ 것두 사실은 사실이나 아무리 그렇다군 해두 왜 그 동이 말일세. 감쪽같이 충주집을 후린 눈치거든."

"무어 그 애숭이가 물건 가지구 낚었나 부지. 착실한 녀석인 줄 알었더니."

"그 길만은 알 수 있나……. 궁리 말구 가 보세나그려. 내 한턱

˙ **바리** 마소의 등에 잔뜩 실은 짐.
˙ **화중지병** 그림의 떡.
˙ **사족을 못 쓰는** 무슨 일에 반하거나 혹하여 꼼짝 못 하는.

씀세."

 그다지 마음이 당기지 않는 것을 쫓아갔다. 허 생원은 계집과는 연분이 멀었다. 얼금뱅이 상판을 쳐들고 대어 설 숫기도 없었으나 계집 편에서 정을 보낸 적도 없었고 쓸쓸하고 뒤틀린 반생이었다. 충주집을 생각만 하여도 철없이 얼굴이 붉어지고 발밑이 떨리고 그 자리에 소스라쳐 버린다. 충주집 문을 들어서서 술좌석에서 짜장* 동이를 만났을 때에는 어찌 된 서슬엔지 빨끈 화가 나 버렸다. 상 위에 붉은 얼굴을 쳐들고 제법 계집과 농탕치는 것을 보고서야 견딜 수 없었던 것이다. 녀석이 제법 난질꾼*인데 꼴사납다. 머리에 피도 안 마른 녀석이 낮부터 술 처먹고 계집과 농탕이야. 장돌뱅이 망신만 시키고 돌아다니누나. 그 꼴에 우리들과 한몫 보자는 셈이지. 동이 앞에 막아서면서부터 책망이었다. 걱정두 팔자요 하는 듯이 빤히 쳐다보는 상기된 눈망울에 부딪힐 때, 결김*에 따귀를 하나 갈겨 주지 않고는 배길 수 없었다. 동이도 화를 쓰고 팩하게 일어서기는 하였으나 허 생원은 조금도 동색하는 법 없이 마음먹은 대로는 다 지껄였다. 어디서 줏어 먹은 선머슴인지는 모르겠으나 네게도 아비 어미 있겠지. 그 사나운 꼴 보면 맘 좋겠다. 장사란 탐탁하게 해야 되지, 계집이 다 무어야 나가거라 냉큼 꼴 치워.

 그러나 한마디도 대거리하지 않고 하염없이 나가는 꼴을 보려니 도리어 측은히 여겨졌다. 아직도 서름서름한 사인데 너무 과하지 않았을까 하고 마음이 섬짓해졌다. 주제도 넘지 같은 술손님이면서두

---

* **짜장** 과연 정말로.
* **난질꾼** 술과 색에 빠져 방탕하게 놀기를 잘하는 사람을 낮잡아 이르는 말.
* **결김** 화가 난 나머지.

아무리 젊다고 자식 낳게 되는 것을 붙들고 치고 닦아셀* 것은 무어야 원. 충주집은 입술을 쫑긋하고 술 붓는 솜씨도 거칠었으나 젊은 애들한테는 그것이 약이 된다나 하고 그 자리는 조 선달이 얼버무려 넘겼다. 너 녀석한테 반했지. 애숭이를 빨면 죄 된다. 한참 법석을 친 후이다. 담도 생긴 데다가 웬일인지 흠뻑 취해 보고 싶은 생각도 있어서 허 생원은 주는 술잔이면 거의 다 들이켰다. 거나해짐을 따라 계집 생각보다도 동이의 뒷일이 한결같이 궁금해졌다. 내 꼴에 계집을 가로채서는 어떡할 작정이었누 하고 어리석은 꼬락서니를 모질게 책망하는 마음도 한편에 있었다. 그러기 때문에 얼마나 지난 뒤인지 동이가 헐레벌떡거리며 황급히 부르러 왔을 때에는 마시던 잔을 그 자리에 던지고 정신없이 허덕이며 충주집을 뛰어나간 것이다.

"생원 당나귀가 바를 끊구 야단이에요."

"각다귀들 장난이지 필연코."

짐승도 짐승이려니와 동이의 마음씨가 가슴을 울렸다. 뒤를 따라 장판을 달음질하려니 게슴츠레한 눈이 뜨거워질 것 같다.

"부락스런* 녀석들이라 어쩌는 수 있어야죠."

"나귀를 몹시 구는 녀석들은 그냥 두지는 않을걸."

반평생을 같이 지내 온 짐승이었다. 같은 주막에서 잠자고 같은 달빛에 젖으면서 장에서 장으로 걸어 다니는 동안에 이십 년의 세월이 사람과 짐승을 함께 늙게 하였다. 까스러진* 목 뒤 털은 주인의 머리털과도 같이 바스러지고 개진개진 젖은 눈은 주인의 눈과 같이 눈곱

* **닦아셀** 닦아세울. 꼼짝 못 하게 휘몰아 나무랄.
* **부락스런** 그악스런. 끈질기고 억척스러운 데가 있는.
* **까스러진** 잔털 따위가 거칠게 일어난.

을 흘렸다. 몽당비처럼 짧게 쓸리운 꼬리는 파리를 쫓으려고 기껏 휘저어 보아야 벌써 다리까지는 닿지 않았다. 닳아 없어진 굽을 몇 번이나 도려내고 새 철을 신겼는지 모른다. 굽은 벌써 더 자라나기는 틀렸고 닳아 버린 철 사이로는 피가 빼짓이 흘렀다. 냄새만 맡고도 주인을 분간하였다. 호소하는 목소리로 야단스럽게 울며 반겨한다.

　어린아이를 달래듯이 목덜미를 어루만져 주니 나귀는 코를 벌름거리고 입을 투르르거렸다. 콧물이 튀었다. 허 생원은 짐승 때문에 속도 무던히도 썩였다. 아이들의 장난이 심한 눈치여서 땀 밴 몸뚱어리가 부들부들 떨리고 좀체 흥분이 식지 않는 모양이었다. 굴레가 벗어지고 안장도 떨어졌다. 요 몹쓸 자식들 하고 허 생원은 호령을 하였으나 패들은 벌써 줄행랑을 논 뒤요 몇 남지 않은 아이들이 호령에 놀라 비슬비슬 멀어졌다.

　"우리들 장난이 아니우. 암놈을 보고 저 혼자 발광이지."

　코흘리개 한 녀석이 멀리서 소리를 쳤다.

　"고 녀석 말투가."

　"김 첨지 당나귀가 가 버리니까 왼통 흙을 차고 거품을 흘리면서 미친 소같이 날뛰는걸. 꼴이 우스워 우리는 보고만 있었다우. 배를 좀 보지."

　아이는 앵돌아진 투로 소리를 치며 깔깔 웃었다. 허 생원은 모르는 결에 낯이 뜨거워졌다. 뭇시선을 막으려고 그는 짐승의 배 앞을 가려 서지 않으면 안 되었다.

　"늙은 주제에 암샘을 내는 셈야, 저놈의 짐승이."

　아이의 웃음소리에 허 생원은 주춤하면서 기어코 견딜 수 없어 채찍을 들더니 아이를 쫓았다.

"쫓으려거든 쫓아 보지. 왼손잡이가 사람을 때려."

줄달음에 달아나는 각다귀에는 당하는 재주가 없었다. 왼손잡이는 아이 하나도 후릴 수 없다. 그만 채찍을 던졌다. 술기도 돌아 몸이 유난스럽게 화끈거렸다.

"그만 떠나세. 녀석들과 어울리다가는 한이 없어. 장판의 각다귀들이란 어른보다도 더 무서운 것들인걸."

조 선달과 동이는 각각 제 나귀에 안장을 얹고 짐을 싣기 시작하였다. 해가 꽤 많이 기울어진 모양이었다.

드팀전 장돌림을 시작한 지 이십 년이나 되어도 허 생원은 봉평장을 빼논 적은 드물었다. 충주 제천 등의 이웃 군에도 가고, 멀리 영남 지방도 헤매기는 하였으나 강릉쯤에 물건 하러 가는 외에는 처음부터 끝까지 군내를 돌아다녔다. 닷새만큼씩의 장날에는 달보다도 확실하게 면에서 면으로 건너간다. 고향이 청주라고 자랑삼아 말하였으나 고향에 돌보러 간 일도 있는 것 같지는 않았다. 장에서 장으로 가는 길의 아름다운 강산이 그대로 그에게는 그리운 고향이었다. 반날 동안이나 뚜벅뚜벅 걷고 장터 있는 마을에 거지반 가까웠을 때 지친 나귀가 한바탕 우렁차게 울면—더구나 그것이 저녁녘이어서 등불들이 어둠 속에 깜박거릴 무렵이면 늘 당하는 것이건만 허 생원은 변치 않고 언제든지 가슴이 뛰놀았다.

젊은 시절에는 알뜰하게 벌어 돈푼이나 모아 본 적도 있기는 있었으나 읍내에 백중이 열린 해 호탕스럽게 놀고 투전을 하고 하여 사흘 동안에 다 털어 버렸다. 나귀까지 팔게 된 판이었으나 애끊는 정분에 그것만은 이를 물고 단념하였다. 결국 도로 아미타불로 장돌이를 다시 시작할 수밖에는 없었다. 짐승을 데리고 읍내를 도망해 나왔을 때에는 너를 팔지 않기 다행이었다고 길가에서 울면서 짐승의 등을 어루만졌던 것이었다. 빚을 지기 시작하니 재산을 모을 염˙은 당초에 틀리고 간신히 입에 풀칠을 하러 장에서 장으로 돌아다니게 되었다.

호탕스럽게 놀았다고는 하여도 계집 하나 후려 보지는 못하였다. 계집이란 쌀쌀하고 매정한 것이었다. 평생 인연이 없는 것이라고 신세가 서글퍼졌다. 일신에 가까운 것이라고는 언제나 변함없는 한 필의 당나귀였다.

그렇다고는 하여도 꼭 한 번의 첫 일을 잊을 수는 없었다. 뒤에도 처음에도 없는 단 한 번의 괴이한 인연. 봉평에 다니기 시작한 젊은 시절의 일이었으나 그것을 생각할 적만은 그도 산 보람을 느꼈다.

"달밤이었으나 어떻게 해서 그렇게 됐는지 지금 생각해두 도무지 알 수 없어."

허 생원은 오늘 밤도 또 그 이야기를 꺼집어내려는 것이다. 조 선달은 친구가 된 이래 귀에 못이 박이도록 들어 왔다. 그렇다고 싫증을 낼 수도 없었으나 허 생원은 시침을 떼고 되풀이할 대로는 되풀이하고야 말았다.

"달밤에는 그런 이야기가 격에 맞거든."

조 선달 편을 바라는 보았으나 물론 미안해서가 아니라 달빛에 감동하여서였다. 이지러는 졌으나 보름을 가제 지난 달은 부드러운 빛을 흐뭇이˙ 흘리고 있다. 대화까지는 칠십 리의 밤길 고개를 둘이나

˙**염** 무엇을 하려고 하는 생각이나 마음.
˙**흐뭇**이 그득히, 가득히 정도의 뜻.

넘고 개울을 하나 건너고 벌판과 산길을 걸어야 된다. 길은 지금 긴 산허리에 걸려 있다. 밤중을 지난 무렵인지 죽은 듯이 고요한 속에서 짐승 같은 달의 숨소리가 손에 잡힐 듯이 들리며 콩 포기와 옥수수 잎새가 한층 달에 푸르게 젖었다. 산허리는 온통 메밀밭이어서 피기 시작한 꽃이 소금을 뿌린 듯이 흐뭇한 달빛에 숨이 막힐 지경이다. 붉은 대궁이 향기같이 애잔하고 나귀들의 걸음도 시원하다. 길이 좁은 까닭에 세 사람은 나귀를 타고 외줄로 늘어섰다. 방울 소리가 시원스럽게 딸랑딸랑 메밀밭께로 흘러간다. 앞장선 허 생원의 이야기 소리는 꽁무니에 선 동이에게는 확적히는 안 들렸으나, 그는 그대로 개운한 제멋에 적적하지는 않았다.

"장 선 꼭 이런 날 밤이었네. 객줏집 토방이란 무더워서 잠이 들어야지. 밤중은 돼서 혼자 일어나 개울가에 목욕하러 나갔지. 봉평은 지금이나 그제나 마찬가지나 보이는 곳마다 메밀밭이어서 개울가가 어디 없이 하얀 꽃이야. 돌밭에 벗어도 좋을 것을 달이 너무나 밝은 까닭에 옷을 벗으러 물방앗간으로 들어가지 않았나. 이상한 일도 많지. 거기서 난데없는 성 서방네 처녀와 마주쳤단 말이네. 봉평서야 제일가는 일색•이었지."

"팔자에 있었나 부지."

아무렴 하고 응답하면서 말머리를 아끼는 듯이 한참이나 담배를 빨 뿐이었다. 구수한 자줏빛 연기가 밤기운 속에 흘러서는 녹았다.

"날 기다린 것은 아니었으나 그렇다고 달리 기다리는 놈팽이가 있는 것두 아니었네. 처녀는 울고 있단 말야. 짐작은 대고 있었으

• 일색 뛰어난 미인.

나 성 서방네는 한창 어려워서 들고날 판인 때였지. 한집안 일이니 딸에겐들 걱정이 없을 리 있겠나. 좋은 데만 있으면 시집도 보내련만 시집은 죽어도 싫다지……. 그러나 처녀란 울 때같이 정을 끄는 때가 있을까. 처음에는 놀라기도 한 눈치였으나 걱정 있을 때는 누그러지기도 쉬운 듯해서 이럭저럭 이야기가 되었네……. 생각하면 무섭고도 기막힌 밤이었어."

"제천인지로 줄행랑을 놓은 건 그다음 날이었다."

"다음 장도막●에는 벌써 왼 집안이 사라진 뒤였네. 장판은 소문에 발끈 뒤집혀 고작해야 술집에 팔려 가기가 상수라고 처녀의 뒷공론이 자자들 하단 말이야. 제천 장판을 몇 번이나 뒤졌겠나. 하나 처녀의 꼴은 꿩 귀 먹은 자리야. 첫날밤이 마지막 밤이었지. 그때부터 봉평이 마음에 든 것이 반평생을 두고 다니게 되었네. 평생인들 잊을 수 있겠나."

"수 좋았지. 그렇게 신통한 일이란 쉽지 않아. 항용● 못난 것 얻어 새끼 낳고 걱정 늘고 생각만 해두 진저리 나지……. 그러나 늘그막바지까지 장돌뱅이로 지내기도 힘드는 노릇 아닌가. 난 가을까지만 하구 이 생애와두 하직하려네. 대화쯤에 조그만 전방●이나 하나 벌이구 식구들을 부르겠어. 사시장철 뚜벅뚜벅 걷기란 여간이래야지."

"옛 처녀나 만나면 같이나 살까……. 난 거꾸러질 때까지 이 길 걷고 저 달 볼 테야."

● **장도막** 한 장날로부터 다음 장날 사이의 동안을 세는 단위.
● **항용** 흔히 늘.
● **전방** 물건을 늘어놓고 파는 가게.

산길을 벗어나니 큰길로 틔어졌다. 꽁무니의 동이도 앞으로 나서 나귀들은 가로 늘어섰다.

"총각두 젊겠다 지금이 한창 시절이렷다. 충주집에서는 그만 실수를 해서 그 꼴이 되었으나 섧게 생각 말게."

"처, 천만에요. 되려 부끄러워요. 계집이란 지금 웬 제격인가요. 자나 깨나 어머니 생각뿐인데요."

허 생원의 이야기로 실심해 한 끝이라 동이의 어조는 한풀 수그러진 것이었다.

"아비 어미란 말에 가슴이 터지는 것도 같았으나 제겐 아버지가 없어요. 피붙이라고는 어머니 하나뿐인걸요."

"돌아가셨나?"

"당초부터 없어요."

"그런 법이 세상에."

생원과 선달이 야단스럽게 껄껄들 웃으니 동이는 정색하고 우길 수밖에는 없었다.

"부끄러워서 말하지 않으려 했으나 정말예요. 제천 촌에서 달도 차지 않은 아이를 낳고 어머니는 집을 쫓겨났죠. 우스운 이야기나 그러기 때문에 지금까지 아버지 얼굴도 본 적 없고 있는 고장도 모르고 지내 와요."

고개가 앞에 놓인 까닭에 세 사람은 나귀를 내렸다. 둔덕•은 험하고 입을 벌리기도 대근하여• 이야기는 한동안 끊겼다. 나귀는 건듯

• **둔덕** 가운데가 솟아서 불룩하게 언덕이 진 곳.
• **대근하여** 견디기가 어지간히 힘들고 만만하지 않아.

하면 미끄러졌다. 허 생원은 숨이 차 몇 번이고 다리를 쉬지 않으면 안 되었다. 고개를 넘을 때마다 나이가 알렸다. 동이 같은 젊은 축이 그지없이 부러웠다. 땀이 등을 한바탕 쪽 씻어 내렸다.

고개 너머는 바로 개울이었다. 장마에 흘러 버린 널다리가 아직도 걸리지 않은 채로 있는 까닭에 벗고 건너야 되었다. 고의를 벗어 따로 등에 얽어매고 반벌거숭이의 우스꽝스러운 꼴로 물속에 뛰어들었다. 금방 땀을 흘린 뒤였으나 밤 물은 뼈를 찔렀다.

"그래, 대체 기르긴 누가 기르구?"

"어머니는 하는 수 없이 의부를 얻어 가서 술장사를 시작했죠. 술이 고주•래서 의부라고 전 망나니예요. 철들어서부터 맞기 시작한 것이 하룬들 편한 날 있었을까. 어머니는 말리다가 채이고 맞고 칼부림을 당하고 하니 집 꼴이 무어겠소. 열여덟 살 때 집을 뛰어나와서부터 이 짓이죠."

"총각 낫세론 동이 무던하다고 생각했더니 듣고 보니 딱한 신세로군."

물은 깊어 허리까지 찼다. 속 물살도 어지간히 센 데다가 발에 차이는 돌멩이도 미끄러워 금시에 훌칠• 듯하였다. 나귀와 조 선달은 재빨리 거의 건넜으나 동이는 허 생원을 붙드느라고 두 사람은 훨씬 떨어졌다.

"모친의 친정은 원래부터 제천이었던가?"

"웬걸요. 시원스리 말은 안 해 주나 봉평이라는 것만은 들었죠."

• **고주** 고주망태. 술에 몹시 취하여 정신을 가누지 못하는 상태. 또는 그런 사람.
• **훌칠** 물체가 바람 따위를 받아서 휘우듬하게 쏠릴.

"봉평? 그래 그 아비 성은 무엇이구?"

"알 수 있나요. 도무지 듣지를 못했으니까."

그 그렇겠지 하고 중얼거리며 흐려지는 눈을 까물까물하다가 허생원은 경망하게도 발을 빗디뎠다. 앞으로 고꾸라지기가 바쁘게 몸째 풍덩 빠져 버렸다. 허우적거릴수록 몸을 걷잡을 수 없어 동이가 소리를 치며 가까이 왔을 때에는 벌써 퍽이나 흘렀었다. 옷째 쫄딱 젖으니 물에 젖은 개보다도 참혹한 꼴이었다. 동이는 물속에서 어른을 해깝게 업을 수 있었다. 젖었다고는 하여도 여윈 몸이라 장정 등에는 오히려 가벼웠다.

"이렇게까지 해서 안됐네. 내 오늘은 정신이 빠진 모양이야."

"염려하실 것 없어요."

"그래 모친은 아비를 찾지는 않는 눈치지?"

"늘 한번 만나고 싶다고는 하는데요."

"지금 어디 계신가?"

"의부와도 갈라져 제천에 있죠. 가을에는 봉평에 모셔 오려고 생각 중인데요. 이를 물고 벌면 이럭저럭 살아갈 수 있겠죠."

"아무렴, 기특한 생각이야. 가을이랬다?"

동이의 탐탁한 등어리가 뼈에 사무쳐 따뜻하다. 물을 다 건넜을 때에는 도리어 서글픈 생각에 좀 더 업혔으면도 하였다.

"진종일 실수만 하니 웬일이오, 생원."

조 선달이 바라보며 기어코 웃음이 터졌다.

"나귀야. 나귀 생각하다 실족을 했어. 말 안 했던가. 저 꼴에 제법 새끼를 얻었단 말이지. 읍내 강릉집 피마●에게 말일세. 귀를 쫑긋 세우고 달랑달랑 뛰는 것이 나귀 새끼같이 귀여운 것이 있을까.

그것 보러 나는 일부러 읍내를 도는 때가 있다네."

"사람을 물에 빠치울 젠 딴은 대단한 나귀 새끼군."

허 생원은 젖은 옷을 웬만큼 짜서 입었다. 이가 덜덜 갈리고 가슴이 떨리며 몹시도 추웠으나 마음은 알 수 없이 둥실둥실 가벼웠다.

"주막까지 부지런히들 가세나. 뜰에 불을 피우고 훗훗이 쉬어. 나귀에겐 더운 물을 끓여 주고. 내일 대화 장 보고는 제천이다."

"생원도 제천으로?"

"오래간만에 가 보고 싶어. 동행하려나 동이?"

나귀가 걷기 시작하였을 때 동이의 채찍은 왼손에 있었다. 오랫동안 아둑시니•같이 눈이 어둡던 허 생원도 요번만은 동이의 왼손잡이가 눈에 띄지 않을 수 없었다.

걸음도 해깝고 방울 소리가 밤 벌판에 한층 청청하게 울렸다.

달이 어지간히 기울어졌다.

• **피마** 다 자란 암말.
• **아둑시니** '정맹과니'의 방언인 듯함. 사리에 밝시 못하여 눈을 뜨고도 사물을 제대로 분간하지 못하는 사람.

 활동하기

❶ 다음 문제를 풀어 봅시다.

㉠ 허 생원은 이십 년째 장터를 떠도는 장돌뱅이이다. (O, X)

㉡ 허 생원이 성 서방네 처녀를 처음 보았던 밤은 (   )이/가 활짝 핀 달밤이었다.

㉢ 동이가 (   )(이)라는 사실은 허 생원과 동이가 부자지간일지도 모른다는 것을 미루어 짐작하게 한다.

㉣ 허 생원은 동이의 어머니를 만나기 위해 대화장으로 가기로 결정했다. (O, X)

❷ 장소의 변화에 따른 허 생원의 행동을 바탕으로 심리를 파악해 봅시다.

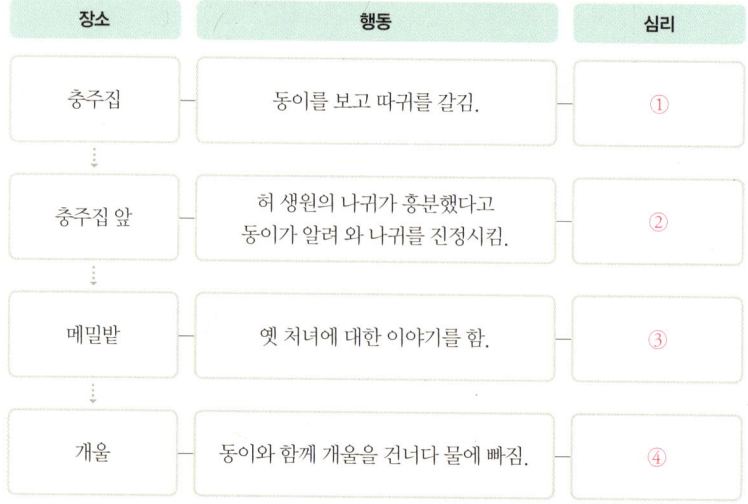

장소	행동	심리
충주집	동이를 보고 따귀를 갈김.	①
충주집 앞	허 생원의 나귀가 흥분했다고 동이가 알려 와 나귀를 진정시킴.	②
메밀밭	옛 처녀에 대한 이야기를 함.	③
개울	동이와 함께 개울을 건너다 물에 빠짐.	④

❸ 다음은 이 작품에서 달밤을 묘사한 부분입니다. 작품 속 달밤의 역할에 대한 설명으로 옳지 않은 것을 골라 봅시다.

> 이지러는 졌으나 보름을 가제 지난 달은 부드러운 빛을 흐붓이 흘리고 있다. 대화까지는 칠십 리의 밤길 고개를 둘이나 넘고 개울을 하나 건너고 벌판과 산길을 걸어야 된다. 길은 지금 긴 산허리에 걸려 있다. 밤중을 지난 무렵인지 죽은 듯이 고요한 속에서 짐승 같은 달의 숨소리가 손에 잡힐 듯이 들리며 콩 포기와 옥수수 잎새가 한층 달에 푸르게 젖었다. 산허리는 온통 메밀밭이어서 피기 시작한 꽃이 소금을 뿌린 듯이 흐붓한 달빛에 숨이 막힐 지경이다.

㉠ 허 생원의 과거와 현재를 연결해 주는 매개체
㉡ 허 생원이 성 서방네 처녀를 떠올리게 하는 소재
㉢ 허 생원이 저지른 과거의 부끄러운 행동을 반성하게 하는 소재
㉣ 낭만적 분위기를 형성해 허 생원과 성 서방네 처녀의 사랑이 쉽게 이루어지도록 돕는 소재

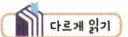

❹ 다음을 참고하여 성 서방네 처녀의 관점에서 허 생원의 행동을 비판해 봅시다.

> 1930년대 소설인 「메밀꽃 필 무렵」을 2000년대의 시선으로 읽어 보면, 30년대에는 들리지 않았던 여성의 목소리가 들리기 시작합니다. 그 달 아래에서의 하룻밤이 허 생원에게는 잊지 못할 추억이었겠지만 성 서방네 처녀에게는 힘들고 고단한 삶의 원인이었기 때문입니다.

작품 해설

인간에 대한 그리움과 외로움이 낭만으로 피어난 달밤

이 작품은 여러 장(場)을 떠돌아다니면서 물건을 파는 한 장사꾼의 이야기입니다. 왼손잡이인 주인공 허 생원은 가난한 데다 얽은 얼굴에 소심한 성격으로 인해 결혼도 하지 못한 채 평생 5일장을 떠돌며 살아온 외로운 사람입니다. 허 생원의 처지를 가장 잘 대변해 주는 것이 바로 이십 년 동안 함께한 그의 나귀입니다. 늙은 나귀와 허 생원은 둘 다 못생기고 볼품없다는 공통점을 가지고 있습니다.

그런 허 생원의 인생에서 유일하게 행복한 추억은 바로 성 서방네 처녀와의 하룻밤입니다. 평생 떠돌아다니면서 달이 뜬 밤이면 그날 밤과 그녀를 떠올리며 추억을 곱씹곤 하는 것이지요. 이제는 나이가 들어 장돌림을 계속 할 수 있을지도 의문인 상황에서 허 생원은 젊은 청년 동이와 마주치게 됩니다. 나귀가 새끼를 봤듯 허 생원도 성 서방네 처녀와의 사이에서 난 아이가 있다면 과연 어떨까요? 평생 인간에 대한 그리움과 외로움으로 살아온 이가 한번쯤 꿈꿔 볼 만한 결말이지 않나요?

마지막 부분에서 동이 역시 왼손잡이라는 설정은 동이가 허 생원의 아들일지도 모른다는 생각을 갖게 합니다. 이는 허 생원이 만든 낭만적 상상력일 수도 있고, 거부할 수 없는 '혈육 찾기'의 결정적 장면일 수도 있습니다. 그러나 이 작품에서 동이가 진짜 허 생원의 아들인지 아닌지는 크게 중요하지 않습니다. 이날, 이들이 환상의 세계에 들어가듯 달밤의 거대한 서사 속으로 빠져 들어가 자신의 과거와 만나고 새로운 희망을 꿈꾸는 모습 자체가 바로 작가가 보여 주고자 하는 문학적 아름다움의 세계이기 때문입니다.

작가는 뛰어난 묘사력과 세련된 언어 표현을 통해 달밤을 낭만적이고 몽환적인 공간으로 만듭니다. 다 읽고 나니 달빛 아래 소금처럼 반짝이는 메밀꽃밭을 나귀를 타고 지나가는 세 명의 장돌뱅이의 모습이 눈에 선하게 그려지지 않나요?

엮어 읽기

이순원, 『말을 찾아서』

이효석의 「메밀꽃 필 무렵」을 모티프로 한 소설입니다. 집안 사정으로 노새를 키우는 당숙의 양자가 된 주인공이 당숙을 아버지로 받아들이고 서로 화해하는 과정이 봉평의 메밀꽃밭과 달밤, 노새를 배경으로 따뜻하게 그려집니다. 「메밀꽃 필 무렵」에서 동이와 허 생원의 다음 이야기가 궁금하다면 함께 엮어 읽어 볼 만한 작품입니다.

심청전

어두운 눈을 뜨니 온 세상이 장관이라

판소리계 소설은 대부분 입에서 입으로 전해지다가, 전문적인 소리꾼에 의해 판소리로 불리고, 한글 창제 이후에 소설로 기록되었습니다. 「심청전」은 '효녀 지은 설화', '거타지 설화', '관음사 연기 설화'가 섞여 구전되다가, 판소리 「심청가」로 불렸습니다. 이후 「심청전」이란 이름으로 기록된 소설은 수십여 종에 이릅니다. 근대에는 「강상련」이라는 신소설로 만들어지기도 했으며 오페라, 발레, 뮤지컬, 애니메이션 등 다양한 매체로 변용되고 있습니다.

孝. 이 글자가 무엇인지 아세요? 부모를 섬긴다는 뜻을 지닌 '효' 자입니다. 효(孝)는 耂(늙을 노) 자와 子(아들 자) 자가 결합한 모습이지요. 아들이 늙으신 부모님을 업고 있는 모습을 그려 놓은 글자랍니다. 여러분이 지금 부모님께 효도를 한다면 어떻게 해 드릴 것 같나요? 아마도 집안일을 도와드리거나, 부모님 말씀을 어기지 않기 위해 노력하거나 공부를 열심히 한다 등을 떠올리나요?

유교 이념이 강하게 지배했던 조선 시대에 효의 개념은 지금과는 조금 달랐어요. 부모님이 자신을 낳아 주셨으니 그 은혜가 하늘 같이 높고 바다 같이 깊어서 자신의 몸을 다 바쳐서라도 갚아야 한다고 생각했지요. 그런 시대에 앞 못 보는 아버지를 모시는 가난한 소녀, 청이의 이야기를 지금부터 읽을 것입니다. 이야기 속의 청이의 삶은 어떨까요?

 자신의 이익을 포기해 가며 다른 사람을 위해 희생한 경험이나 반대로 다른 사람이 희생해 주는 것을 본 적이 있나요?

심청전
어두운 눈을 뜨니 온 세상이 장관이라

• 작자 미상 / 정출헌 풀이 •

✎ **앞부분 줄거리** 황주 도화동에 심학규라는 장님이 살았는데, 그는 늘 바르게 행세하여 어진 군자라고 칭송받았다. 자식이 없음을 아쉬워하던 심 봉사와 그의 아내 곽씨 부인은 정성껏 치성을 드리고, 서왕모의 딸을 안는 태몽을 꾼 뒤 딸 청이를 얻는다. 곽씨 부인은 해산한 지 이레도 못 되어 병이 나 죽고, 심 봉사는 젖동냥을 다니는 등 온갖 고생을 하며 홀로 딸을 키운다. 심청은 자라면서 아버지를 지극 정성으로 봉양한다. 건넛마을 무릉촌의 장 승상 부인은 심청의 효행을 듣고 집으로 불러, 심청에게 자신의 수양딸로 들어올 것을 바라지만 심청은 부친을 공양해야 한다며 거절한다. 심 봉사는 딸을 마중하러 나섰다가 개천에 빠지고, 때마침 지나가던 몽운사 화주승에게 도움을 받는다. 심 봉사는 몽운사 화주승에게서 공양미 삼백 석을 시주하면 눈을 뜨게 된다는 말을 듣고는 시주를 약속한다. 뒤늦게 이 일을 후회하며 근심하는 아버지를 위해, 심청은 제물로 바칠 처녀를 사러 다니는 남경 뱃사람들에게 공양미 삼백 석을 받고 자신을 판다. 심청은 아버지에게 사실대로 말할 수 없어 장 승상 댁 수양딸로 들어가게 되었다고 거짓말을 한다. 그날부터 심청은 홀로 남을 아버지가 불편하지 않게 챙겨 두고, 인당수로 떠나기 전날 밤 아버지를 걱정하며 밤새 눈물을 흘린다.

동쪽 하늘이 서서히 밝아 오는 것을 보고 심청은 아버지 아침진지나 마지막으로 지어 드리려고 방문을 열고 나섰다. 그런데 사립문 밖에는 벌써 뱃사람들이 찾아와 웅성거리고 있었다. 뱃사람들이 죽으러 가는 사람 마지막 새벽에 자는 것을 깨우지는 못하고 문밖에서 그저 기다리고만 있다가 심청이 나오는 것을 보고는 미안스레 재촉한다.

"심 낭자, 날이 밝았소."

"오늘이 배 떠나는 날이니 이제 그만 가십시다."

심청이 뱃사람들을 보고 이 말을 들더니만, 어느새 얼굴빛이 파래지고 손발에는 힘이 빠졌다. 겨우 정신을 차려 우두커니 서 있다가 목이 메는 소리로,

"여보시오, 사공님들! 오늘이 약속한 날인 줄은 알고 있지만, 우리 부친께서 내 몸 팔린 것을 아직 모르고 계신다오. 만일 아시게 되면, 야단이 날 터이니 잠깐 기다리오. 진지나 마지막으로 지어 드린 후에 따라가겠나이다."

뱃사람들이 심청의 그 말을 가련하게 여겨 허락하자, 심청이 부엌으로 들어가 눈물로 밥을 지어 부친께 올린다. 밥상머리에 앉아 아무쪼록 많이 잡수시게 하느라고 고등어자반도 떼어 입에 넣어 드리고 김도 싸서 수저에 놓으며,

"아버지, 진지 많이 잡수셔요."

하니, 심 봉사는 영문도 모르고 환한 낯빛으로 말한다.

"아가, 오늘은 반찬이 유난히 좋구나. 뉘 집에 제사 지냈느냐? 그런데 아가, 이상한 일도 참 많더구나. 내가 간밤에 꿈을 꾸었는데 네가 큰 수레를 타고 한없이 먼 곳으로 가더구나. 수레라 하는 것이 본래 귀한 사람이 타는 것인데, 장 승상 댁에서 너를 가마에 태워 가려는가 보다."

심청은 듣고 자기가 죽을 꿈인 줄 짐작하였건만, 아버지가 편하게 진지나 드시라고 또 거짓말을 한다.

"아버지, 그 꿈 참으로 좋습니다."

상을 물리고 담배 태워 올린 뒤에, 남은 밥을 앞에 놓고 한 술을 뜨려 하니 눈물로 목이 멘다. 아버지 신세 생각하고, 저 죽을 일 생각하니 정신이 아득하고 몸이 벌벌 떨려 숟가락을 내려놓고 일어선다. 이렇게 심청이 방 안에 아버지와 있는데, 바깥에서 기다리던 뱃사람들의 목소리가 들려온다.

"심 낭자! 물때가 늦어 가니 어서 배 타러 떠납시다."

심 봉사가 깜짝 놀라,

"아가, 이게 무슨 소리냐? 밖에 저 사람들은 다 누구냐? 승상 댁에 가면 가마를 타고 가면 되는데, 배를 타고 어디를 간단 말이냐?"

심청이 더 이상 울음을 참지 못하고 심 봉사의 목을 끌어안고 통곡하며 말한다.

"아이고, 아버지! 못난 딸자식이 아버지를 속였어요. 우리에게 공양미 삼백 석을 누가 주겠어요. 남경으로 장사하러 가는 뱃사람들에게 인당수 제물로 몸을 팔았으니, 오늘이 죽으러 가는 날입니다. 아버지!"

심 봉사가 눈을 뜨기는커녕 눈 빠질 말을 듣더니만, 심청을 붙들고 실성 발광을 한다.

"뭣이라? 다시 말해 보아라. 이것이 웬 말이냐? 청아! 무엇이 어쩌고 어째? 못 간다, 못 가. 네가 나한테는 묻지도 않고 네 마음대로 정했느냐? 누가 그리 가르쳤느냐? 네가 살아 눈을 떠야지 자식 죽여 눈을 뜬들 그게 차마 할 짓이냐? 자식이 죽으면 멀쩡히 보던 눈도 먼다는데, 자식을 죽이고 멀었던 눈이 뜬단 법이 어디 있냐? 너는 못 간다, 절대 못 가!"

심청전 · 작자 미상

"돈을 이미 받았으니 어쩔 수 없어요."

"몽운사에 기별하여 쌀을 도로 찾아다 주면 되지. 어서 몽운사로 가자."

"한 번 시주한 것을 어찌 도로 찾나요. 벌써 쓰고 없을 거예요."

"인당수 용왕님이 사람 제물을 받는다면, 그러면 내가 대신 가마. 이보게, 나를 대신 데려가게!"

"나이 십오 세 여자라야 된대요. 아버지는 못 가요."

심 봉사는 딸이 말을 듣지 않자, 엎더지며 자빠지며 달려 나가 문밖에 선 사람들을 향해 억지를 부린다.

"네 이놈, 천하에 몹쓸 놈아! 장사도 좋지마는 사람 사다 제사 지내는 법을 어디서 보았느냐? 눈먼 놈의 철모르는 어린애를, 나 모르게 유인하여 값을 주고 산단 말이냐? 돈도 싫고 쌀도 싫다. 눈 뜨기도 다 싫다. 무지한 뱃놈들아, 옛글을 모르느냐? 칠 년 큰 가뭄에 사람 잡아 하늘에 빌려 하니, 어지신 탕 임금이 사람을 죽여 빌 것이면 차라리 백성을 잡지 말고 차라리 내 몸을 바치리라 하셨느니라.

내가 딸 대신 가면 어떠하냐? 여보시오, 동네 사람! 저런 무지한 놈들을 그저 두고 보시려오?"

뱃사람과 동네 사람들은 무안하고 할 말이 없어 그저 서 있고, 심청은 아버지를 말리며 위로하고 있는데, 장 승상 댁 부인이 그제야 이런 소식을 듣고 급히 심청을 찾았다. 심청이 뱃사람들에게 잠시 허락을 받아 무릉촌으로 건너가니, 부인이 문밖으로 뛰어나와 손을 부여잡고 눈물로 꾸짖는다.

"이 무정한 아이야! 나는 너를 자식으로 알았는데, 너는 나를 어미로 여기지 않았구나. 쌀 삼백 석에 몸을 팔았다 하니, 나와 진작 의논했더라면 내가 선뜻 주었을 것을 날 이리도 속였느냐? 이제라도 쌀 삼백 석을 내어 줄 테니, 뱃사람들에게 돌려주고 가당치 않은 길 가지 마라."

"먼저 말씀드리지 못한 것을 이제 와서 후회한들 어쩌겠습니까? 그러나 부인께서 저를 아껴 주시고 은혜를 베풀어 주셨는데, 제가 그것을 믿고 부인께 염치없이 돈을 내놓으라 했다면 그것은 사람의 도리가 아닌 것 같습니다. 또한 부모를 위해 정성을 다할 때, 어찌 남의 재물에 의지하겠습니까? 게다가 뱃사람들과 이미 약속하였으니 이제 와서 말을 바꾸기는 차마 못할 일입니다. 저는 이미 마음을 정했고, 제 운명도 이미 정해진 것 같사오니, 말씀은 고맙기 그지없으나 따르지는 못하겠나이다. 부인의 하늘같은 은혜와 어진 말씀은 저승에 가서도 결코 잊지 않겠습니다."

심청은 눈물로 옷깃을 흠뻑 적시며, 진심으로 아뢰었다. 장 승상 부인은 심청의 엄숙한 태도에 더 말리지를 못하고 다만 손만 부여잡고 어루만진다.

"내가 너를 만난 뒤로 친딸 같은 정을 느꼈더란다. 잠시만 떨어져도 보고 싶고 잊히지 않았는데, 네가 죽으러 가는 것을 그저 두고만 볼 수 없구나. 네 잠깐 기다리면, 네 얼굴과 네 모습을 그림으로 그려 두고 내 평생에 그 그림이라도 보고 싶구나. 잠시만 기다려라."

장 승상 부인은 급히 화공을 불러 분부하기를,

"여보시게, 정성을 다해서 지금 심청의 얼굴과 태도, 입은 옷과 수심 겨워 우는 모습을 조금도 빠짐없이 그대로 그려 주게. 많은 상을 줄 것이니, 부디 잠깐의 노고를 아끼지 말게나."
 화공이 부인의 간절한 말을 듣고 공손한 자세로 족자를 펼쳐 놓고 심청을 똑똑히 바라본 후 이리저리 그려 낸다. 푸른 머리는 광채가 찬란하고, 근심 머금은 얼굴엔 눈물 흔적이 뚜렷하며, 고운 손발 아름다운 자태가 분명한 심청이라. 심청의 화상을 끌어안고 통곡하는 부인에게 심청은 마지막 절을 하고는 집으로 돌아와 심 봉사를 마주한다.
 심청이 이제는 가야 한다며 아버지를 마지막으로 부르고 절을 하려고 일어설 때, 심 봉사가 기가 막혀 죽을 듯이 버둥거리니, 이리 구르고 저리 구르며 마른 땅에 새우 뛰듯 펄떡대고, 석쇠에 고등어를 굽는 모양으로 아주 자반뒤집기•를 하는구나.
 "안 된다. 안 돼! 날 버리고는 못 가지야! 아이고, 이놈의 신세 보소. 마누라도 죽고, 자식까지 마저 잃네. 네가 나를 죽이고 가지, 그냥은 못 가리라. 차라리 날 데리고 가거라. 네 혼자는 못 가리라. 아아아."
 심 봉사가 미쳐 갈수록 심청은 오히려 마음을 다잡고 더욱 의연해진다.
 "아버지, 부녀간의 인연을 끊고 싶어 끊사오며, 죽고 싶어 죽겠습니까? 다 하늘이 정하신 일이라 생각하시고 부디 마음을 편케 가지세요. 저는 비록 죽더라도 아버지는 눈을 떠서 밝은 세상 보시고, 착한 사람 구하셔서 아들 낳고 딸을 낳아 만수무강하세요."
 이 모습을 지켜보고 있는 동네 사람들이며 뱃사람들이 모두다 눈

• **자반뒤집기** 몹시 아플 때에, 몸을 엎치락뒤치락하는 짓.

물을 짓는다. 이때 뱃사람들이 의논하기를,

"심 낭자의 효성과 심 봉사의 처지를 생각하니, 속에서 눈물 나고 도리어 부끄럽네그려. 이왕 이렇게 되었으니 물릴 수는 없고, 봉사님이 굶고 헐벗지 않게 한 살림 꾸려 주면 그것이 어떻겠나?"

"그 말이 옳소. 그리하면 우리 마음도 좀 편하겠네."

뱃사람들은 쌀과 돈, 그리고 옷감을 가진 대로 각자 내어놓아 동네 사람들에게 맡기고는 심 봉사를 돌보아 줄 것을 당부했다.

"쌀 이십 석은 올해 양식으로 남겨 두고, 나머지는 빚을 주어 달마다 해마다 이자를 받으면 평생 먹고 쓸 밑천으로 넉넉할 듯하오."

마침내 심청은 부여잡은 부친의 손길을 뿌리치고 마지막 절을 올린 후에, 동네 사람들에게 아버지를 부탁하고 떠나간다. 심 봉사는 심청의 가는 길을 말리다 못해 기절하니 동네 사람들이 달려들어 부축하고, 심청은 비틀비틀 뱃사람들을 따라간다. 낡은 치맛자락은 바닥에 끌리고, 흐트러진 머리채는 눈물에 젖은 채로 헝클어져 늘어졌다. 심청이 설운 눈물로 노래를 부르니, 심청이 어릴 때 젖 주던 아낙들과 같이 놀던 동무들이 비 같은 눈물을 흘리며 그 뒤를 따른다.

아무개네, 큰 아가!
작년 오월 단옷날에 그네 뛰고 놀던 일이 너도 생각나느냐?
아무개네, 작은 아가!
금년 칠월 칠석 밤에 함께 소원 빌자 하였는데 이제는 허사로다.
이제 가면, 언제나 다시 보랴?
너희들은 팔자 좋아 부모 모시고 잘 있어라,
나는 오늘 우리 부친 이별하고 죽으러 가는 길이로다.

심청이 떠나가는 아침에 하늘도 그 슬픈 모습을 굽어보셨는지, 밝은 해는 빛을 잃고 어두침침한 구름만 자욱하다. 푸른 산 맑은 물도 슬픔에 잠기니 흐드러진 들꽃들도 시들어 제 빛을 잃고, 바람에 하늘거리던 버들가지도 흐느끼는 듯 늘어지고, 다정한 복사꽃만이 점점 떨어져 심청의 옷깃을 붙드는 듯이 휘날려 온다. 한 걸음에 돌아보고 두 걸음에 눈물지으며 포구에 다다르니, 무쇠 같은 뱃사람들은 심청을 인도하여 배에 태운 뒤에, 닻을 올리고 돛을 달고, 키를 돌리고, 노를 들어 바다로 나아간다.

"어기야, 어기어차!"
"어기야, 어기어차!"
"두리둥 둥둥."
"두리둥 둥둥."

북을 둥둥 울리면서 뱃노래에 장단을 맞추니, 뱃노래를 좇아 물결이 굽이굽이 흐르고, 북 장단에 맞추어 노를 힘껏 저으니, 순풍에 돛 단 배는 쏜살같이 나아간다. 곧이어 너르고 너른 바다가 눈앞에 펼쳐지고, 잔물결은 깊어져서 고래가 뒤척이는 듯하다. 육지가 점점 멀어지니 배를 따라오던 갈매기는 뭍으로 돌아가고 저 멀리 산봉우리는 물결 위에 오락가락한다. 심청이 탄 배는 망망대해로 나가고, 배 위에서 날이 저문다.

심청은 난생 처음 보는 바다가 살아서 마지막으로 보는 경치인지라 마음이 서글플수록 바다는 더욱 아름다워 보인다. 지는 노을에 붉게 물든 바다는 주홍 비단을 펼친 듯이 황홀하고, 달 뜨고 별이 총총 하늘에 박히니 바다에도 달 뜨고 별이 떠서 물결마다 눈물을 머금은 듯 눈부시다. 이태백이 시를 지은 장강이 이러한가, 소동파가 술에 취한 적

벽강의 밤이 이러한가, 백거이가 이별을 노래한 심양강이 이러한가, 소상강의 여덟 가지 빼어난 경치가 이러한가. 심청이 바다를 하릴없이 바라보다가 자신의 처지를 돌아보니 한숨이 절로 난다.

'물 위에서 잠을 잔 지 몇 밤이며, 배 위에서 밥을 먹은 지 몇 날 며칠이냐? 가다가 죽자 해도 뱃사람이 지키고 섰고, 살아서 돌아가자 하니 고향 땅이 멀고도 멀다.'

이처럼 탄식하고 있는데, 잠시 꿈을 꾼 것일까 아니면 슬픔이 깊어 잠시 정신을 잃은 것일까. 바다 위 저만치서 신기루가 어린다. 향기로운 바람이 일어나며 노리개 소리 쟁강쟁강 들리더니 어떠한 두 부인이 대숲 사이로 나온다.

"저기 가는 심 낭자야, 우리 이야기를 들어 보렴. 순임금이 돌아가신 후로 수천 년이 지났지만, 소상강의 대나무에는 우리가 흘린 눈물 자국이 지워질 줄 모른단다. 지아비를 잃은 한과 그리움을 하소연할 곳이 없다가 지극한 너의 효성을 듣고 반겨 찾아왔노라. 물길 먼먼 길을 조심하여 다녀가라."

하고는 문득 간 데 없기에 심청이 기이하게 생각하니,

'그 두 사람은 순임금의 왕비인 아황, 여영● 두 부인이로구나. 그런데 두 분이 어찌 나를 알고 오셨는고?'

이어서 햇빛이 밝게 비치고 물결은 잔잔한데, 또 한 사람이 나온다. 이 사람은 파리한 얼굴에 바싹 마른 몸을 하고 있다.

"심 낭자는 나를 보아라. 나는 간신배의 모함으로 나라에서 쫓겨

● **아황, 여영** 요임금의 두 딸로서, 순임금의 아내가 되었던 자매. 순임금이 죽자 두 부인이 달려와 슬피 울다 강에 몸을 던져 남편을 따라 죽었다.

나고 나라를 걱정하다 물에 몸을 던져 물고기의 밥이 되었으니, 나라를 걱정하는 나의 충절은 멱라수의 고기 배 속에 들어 있을 것이다. 그대는 부모 위해 효성으로 죽고, 나는 나라 위해 충성으로 죽었으니, 충과 효는 같은지라. 내 너를 위로코자 여기에 나왔으니, 너르고 너른 바닷길에 평안히 다녀가라."

심청이 곰곰이 생각한다.

'이 사람은 분명 초나라 굴원이로구나. 죽은 지 수천 년 넘은 혼백들이 눈에 보이니, 내가 벌써 귀신이 되었나? 어찌되었든 나 죽을 징조가 분명하구나.'

그러다 문득 정신을 차려 보니 갑자기 천지가 요동치고 잔잔하던 바다는 온데간데없다. 광풍이 크게 일고 파도가 세차게 일어나니, 천둥과 파도 소리에 자던 용이 놀라 울고 성난 고래가 물을 뿜는 듯하다. 이곳이 바로 인당수라, 심청이 탄 배는 너른 바다 한가운데 노도 잃고 닻도 부러지고 용총줄•도 끊어지며 키도 빠졌는데 바람 불어 돛대가 우지끈 딱 하며 태산 같은 물결에 뱃머리가 빙빙 돌아간다. 갈 길은 천 리 만 리 남아 있고, 사면은 어둑하여 지척•을 분별할 수 없는데 배가 순식간에 위태하니 사람들은 겁이 나서 혼백이 다 달아날 지경이다. 뱃사람들이 황급히 고사상을 차려 낸다. 한 섬 쌀로 밥을 짓고, 한 동이 술을 내고, 큰 소 잡아 삶아 내고, 큰 돼지 삶아 통째로 놓고, 삼색 과일 오색 탕국을 방위 맞추어 벌여 놓고, 심청을 데려다가 맑은 소복 입혀서 상 앞에 앉혀 놓고, 우두머리 뱃사공이 앞에

• **용총줄** 돛대에 매어 놓은 줄. 돛을 올리거나 내리는 데 쓴다.
• **지척** 아주 가까운 거리.

나서 고사를 지낸다. 두리둥 두리둥 북을 울리면서 비는 말이,

"하늘에 계신 옥황상제, 동서남북과 중앙에 오방신장●, 네 바다의 사해용왕●, 저승의 염라대왕 모두 굽어 살피소서. 하늘 아래 만물이 제각각 역할을 타고나니 우리는 배를 타고 장사하기가 직업이옵니다. 헌원씨는 배를 만들어 막힌 곳 건너다니게 하고, 하우씨는 구 년 홍수를 다스려 물길을 내시고, 신농씨는 상업을 가르치시어 후생들이 이어받아 편히 살게 하셨으니, 우리의 직업은 세 임금이 주신 일이옵나이다. 바다에 배를 띄워 남경 장사 가옵는데, 인당수 용왕님은 사람 제물을 받으시니 황주 땅 도화동에 흠 없고 행실 바르고 효심 지극한 십오 세 처녀 심청을 제물로 바치오니, 부디 굽어 살피소서. 순풍에 돛 달고 접시 물에 배 띄운 듯이 배는 무쇠 배가 되고 닻도 무쇠 닻이 되어 너르고 깊은 바다 무사히 건너게 해 주시고, 재물을 많이 얻어 춤추며 돌아오게 돌보아 주옵소서!"

우두머리 뱃사람은 제문 읽기를 마치고는 북을 둥둥 울리고 심청을 쳐다보며 성화같이 재촉한다.

"여보게, 심 낭자! 시간이 늦어 가니, 어서 급히 물에 드시게."

심청이 이 말 듣고, 정신이 혼미해졌다. 겨우 뱃전을 붙들고서 손발을 벌벌 떤다. 그래도 부친 생각에,

"여보시오, 선인님네. 우리 부친 계신 도화동이 어느 쪽이오?"

뱃사람이 손을 들어 멀리 도화동을 가리킨다.

"저기 허공이 적막하고 흰 구름이 담담한 곳, 그 아래가 도화동

● **오방신장** 다섯 방위를 지키는 다섯 신.
● **사해용왕** 전설에서, 동서남북의 네 바다 가운데 있다고 하는 용왕.

일세!"

심청이 그곳을 바라보며 두 손을 합장한 채 뱃전에 꿇어 엎드린다.

"아이고, 아버지! 심청은 죽거니와 아버지는 눈을 떠 천지만물을 보옵소서. 나 같은 불효여식을 생각지 마옵소서. 나 죽기는 섧지 않으나, 혈혈단신 우리 아버지 누구를 의지하실꼬?"

가슴을 뚜드리며 애걸복걸하다● 자세를 고쳐 앉아 하느님께 비는구나.

"비나이다, 비나이다. 하느님 전 비나이다. 부친의 깊은 한을 생전에 풀려 하고 이 죽음을 받사오니, 부디 아비 눈을 뜨게 하여 주옵소서."

그러고는 뱃사람들을 돌아보며,

"여러 선임님네, 남은 길을 평안히 가옵소서. 억만금 이익을 남겨 이곳을 오고 갈 때, 나의 혼백 불러내어 부친 소식이라도 전해 주오."

"그것일랑 걱정 말고, 어서 급히 물에 드소."

심청이 뱃머리에 서서 물결을 굽어본다. 태산 같은 파도가 뱃전을 두드리고, 풍랑은 우르르르 들이쳐 물거품이 북적인다. 심청이 물로 뛰어들려다가 겁이 나서 뒷걸음질 치다가 뒤로 벌떡 자빠진다. 망연자실 앉았다가, 바람 맞은 사람처럼 이리 비틀 저리 비틀 뱃전으로 다가가서 다시 한 번 생각한다.

'내가 이리 겁을 내며 주저주저하는 것은 부친에 대한 정이 부족한 때문이라. 이래서야 자식 도리 되겠느냐?'

● **애걸복걸하다** 소원 따위를 들어 달라고 애처롭게 사정하며 간절히 빌다.

마음을 다잡고서 치마폭을 뒤집어쓰고, 두 눈을 딱 감았다. 그러고는 뱃전으로 우루루루루 달려 나가 손 한번 헤치고 넘실거리는 바닷속으로 몸을 던지면서,

"아이고, 아버지! 나는 죽으오."

뱃머리에서 거꾸러져 깊은 물로 풍덩.

꽃 같은 몸은 풍랑에 휩쓸리고, 밝은 달은 물속에 잠긴 듯 고요하다. 하늘을 날던 외기러기는 북쪽 하늘로 울고 가고, 만경창파* 너른 바다 위에 무심한 백구는 쓸쓸히 날아든다.

중략 부분 줄거리 뱃사람들은 심청의 죽음을 보고 죄책감을 느끼고 심청의 덕을 기리며 떠나간다. 심청은 옥황상제의 명으로 수궁의 극진한 보살핌을 받는다. 어느 날 심청은 광한전의 선녀 옥진 부인이 된 어머니를 만나 모녀의 정이 깊어진다.

한편 심 봉사는 심청을 그리워하며 밤낮없이 울고 다닌다. 도화동 사람들은 남경 뱃사람들이 맡기고 간 돈과 곡식으로 심 봉사를 돌봐 준다. 한 마을에 살던 뺑덕 어미는 심 봉사에게 돈과 곡식이 좀 있다는 소문을 듣고 자청하여 첩으로 들어온다. 뺑덕 어미는 심 봉사의 재물을 마구 써 버리고, 심 봉사는 다시 빌어먹을 처지가 되자 뺑덕 어미에게 타향으로 이사를 가자고 한다. 뺑덕 어미는 도망갈 심보를 품고 심 봉사를 따라간다.

심청은 호화로운 수궁에서의 생활이 편안하기는 하지만, 홀로 계실 아버지를 생각하면 하루도 시름에 잠기지 않은 날이 없었다. 인간 세상의 일 년이 수궁에서는 순식간이라 심청이 수궁에 머문 지도 어느덧 삼 년이 되었다. 하루는 옥황상제께서 용왕을 불러 다시 명을 내리신다.

* **만경창파** 만 이랑의 푸른 물결이라는 뜻으로, 한없이 넓고 넓은 바다를 이르는 말.

"심 낭자의 혼기가 머지않았도다. 이제, 인당수로 돌려보내어 좋은 인연을 놓치지 않게 하라."

용왕이 명을 듣고 심청 보낼 채비를 한다. 꽃송이에 심청을 모셔 놓고, 시녀 둘은 곁에서 모시고, 먹을 것 입을 것과 온갖 패물을 가득 실었다. 그러고는 시녀들을 거느리고 친히 나와 심청을 전송하는데,

"심 낭자는 인간 세상에 다시 나가 부귀영화를 누리시오."

심청이 대답하기를,

"용왕님의 도움으로 죽었다가 다시 살아 세상으로 나가게 되니 은혜를 잊을 수 없겠나이다. 여러 시녀들과도 정이 깊었기로 떠나기 섭섭합니다만, 인간 세상과 수궁이 다르기에 제가 있던 곳으로 보내 주신다니 기뻐하며 가옵니다. 저는 이제 가오니 수궁의 귀하신 몸 내내 평안하옵소서."

공손하게 인사하고 연꽃 봉오리 속에 들어가 물 위로 올라간다. 곧이어 꽃봉오리가 인당수 물 위에 둥둥 뜨니 심청은 그 기척을 알고 꽃잎을 조금 열어 주변을 둘러보았다.

그때 마침, 남경 갔던 뱃사람들이 장사가 잘 되어 억만금의 이익을 내고 고국으로 돌아가는 길에 인당수에 도착했다. 사람들이 고사상을 차려 놓고 다시 용왕에게 제사를 지내는데,

"우리 일행의 재액•을 막아 주고, 바라던 큰 이익을 얻게 하니 용왕님의 넓으신 덕택인 줄 아옵니다. 고기와 술을 정성껏 마련하였사오니, 어여삐 여기시고 이 정성을 받아 주옵소서."

그리고 이어서 상을 차리고 이번에는 심청의 넋을 위로한다.

• **재액** 재앙으로 인한 불운.

"넋이여, 넋이여! 하늘이 내린 효녀 심 낭자는 늙은 부친 눈 뜨기를 바라, 바닷속 외로운 넋이 되었습니다. 무정한 우리들은 심 낭자 덕분에 고국으로 무사히 돌아가건만, 심 낭자의 넋은 어느 날에 아버지 곁으로 돌아가리오? 한잔 술을 정성껏 올리오니, 만일 넋이 오셨거든 부디 받아 주소서."

모든 뱃사람들이 심청이 죽던 날을 생각하며 눈물을 흩뿌리다가 고개를 들어 망망대해를 바라보니, 난데없이 연꽃 한 송이가 너른 바다 가운데 둥덩실 떠 있는 게 아닌가? 인당수 너른 바다에 영롱하게 두둥실 뜬 연꽃송이는 조물주의 조화요 용왕의 신통이라, 바람이 분들 끄떡하며, 비가 온들 젖을쏘냐? 오색 무지개가 연꽃 주변에 어리어 있으니 분명 예사 꽃은 아니다. 뱃사람들이 이상하게 생각하고,

"아마도 심 낭자의 넋이 꽃이 되어 떠다니는가 보다."

가까이 다가가서 살펴보니 과연 심청이 몸을 던진 곳이었다. 감동하여 꽃을 건져 배에 올려놓고 보니, 향기는 천지에 진동하고 크기는 수레바퀴만 하여 두세 사람이 넉넉히 들어앉을 만했다.

"우리가 장사한다고 온 세상을 돌아다녔건만, 그 어디서도 보지 못한 기이한 꽃이로다. 세상에 다시없는 꽃이니 분명 귀한 꽃일 텐데, 바다 한가운데 떠 있으니 이상하기도 하다."

고사를 지냈던 우두머리 뱃사공은 꽃에 기이한 기운이 감도는 것을 느끼고 소중히 생각하여 꽃잎이 상하지 않도록 조심해서 배에 싣고 돌아왔다. 험하던 인당수 바닷길도 한없이 잔잔하여 배가 쏜살같이 물살을 가르고 나아가니, 서너 달 걸리는 뱃길을 순식간에 건너왔다. 고국으로 돌아온 뱃사람들은 억만금이 넘는 재물을 분배하는데, 그 우두머리는 재물을 마다하고 꽃송이만 집으로 가져와 후

원에 단을 높이 쌓고 곱게 모셔 두니, 그윽한 향기가 사라질 줄을 모르고 오색 무지개도 처음처럼 늘 걸려 있었다.

　이때 나라의 황제는 황후가 죽은 뒤로 궁궐에다 온갖 진귀한 화초들을 심어 놓고 정원을 가꾸고 꽃구경하는 것으로 부인에 대한 그리움을 달래고 있었다. 우두머리 뱃사공은 이 소식을 듣자, 세상의 모든 일은 다 이유가 있는 법이라 여겼다. 황제가 황후를 잃으시고 꽃으로 벗을 삼으시니 바다 한가운데 신비로운 연꽃이 나타난 것이 모두 황제와 인연이 있기 때문이라 생각한 것이다. 이에, 연꽃을 화분에 담아 황제께 바쳤다. 황제는 커다란 연꽃을 보고 크게 반겨 들여놓고 자세히 살펴보았는데, 찬란하기 해와 같고 향기가 야릇하니 분명 인간 세상의 꽃이 아닌 듯했다. 황제께서는 선녀가 내려온 꽃이라는 뜻으로 강선화(降仙花)라 이름을 짓고, 이 연꽃을 특히 아끼고 사랑했다.

　하루는 황제가 은은한 달빛을 받으며 화단 주변을 산책하고 있었다. 밝은 달은 뜰에 가득하고 가을바람은 산들산들 부는데, 문득 강선화 꽃봉오리가 가만히 벌어졌다. 황제는 기이한 기운에 놀라 기둥 뒤로 몸을 숨기고 숨을 죽인 채 지켜보았다. 그러자 예쁜 선녀 둘이 얼굴을 반만 내밀고 꽃송이 밖을 내다보다가 사람이 숨어 있는 눈치를 채고 도로 숨어 버렸다. 황제가 다시 나오기를 아무리 기다려도 기척이 없었다. 참다못해 가까이 다가가 꽃송이를 가만히 열고 보니, 꽃다운 세 선녀가 몸을 감추고 있었다. 황제가 놀라 묻기를,

　"너희들은 귀신이냐, 사람이냐?"

　먼저 얼굴을 내밀었던 두 미인이 즉시 꽃 속에서 나와 절하고 아뢰었다.

"저희는 원래 남해 용궁의 시녀이온대, 옥황상제의 명을 받아 심 낭자를 모시고 인간 세상으로 나왔습니다. 오늘 폐하의 눈에 띄게 되었으니, 부끄러워 몸 둘 바를 모르겠나이다."

"안에 계신 낭자는 누구시더냐?"

"하늘에서 내신 효녀이시온대, 옥황상제의 명으로 수정궁에 머무시다 인간 세상으로 돌아오시는 길에 저희가 모셨습니다."

황제는 그 이야기를 듣고 놀랍고도 크게 기뻐하였다.

"참으로 신기한 일이로다. 옥황상제께서 내게 좋은 인연을 보내신 것인가? 만일, 그렇다면 어찌 받들지 않을 수 있겠는가?"

그러고는 시녀들로 하여금 꽃송이를 궁 안에 모시도록 하였다. 심청은 부끄럽게 여겨 그때까지도 꽃 밖으로 나오지 않았다. 황제가 이 일을 신하들과 의논하는데, 조정의 신하들도 그 이야기를 듣고 감탄하며 한 목소리로 답했다.

"황후가 승하하신 것을 옥황상제께서 아시고 새로운 배필을 보낸 것이 분명한 듯합니다. 하늘이 내리신 황후이오니, 마땅히 나라의 국모로 맞이하시옵소서."

황제도 옳게 여겨 좋은 날을 가려 성대하게 혼례를 치르는 날, 마침내 꽃송이 속에서 두 시녀가 심 낭자를 모시고 나왔다. 심 낭자가 꽃에서 나오자 궁궐이 휘황하게 빛나 똑바로 쳐다보기 어려울 지경이었다. 황제는 나라의 경사라 하며 전국에 갇혀 있는 죄수들 중에 죄가 무겁지 않은 자를 모두 석방하자, 조정의 신하들은 만만세를 부르고 방방곡곡 백성들도 기뻐서 환호성을 울렸다. 심 황후가 어진 품성으로 황제를 보필하고 나라를 돌보니, 해마다 풍년이 들고 태평성대를 이루어 거리마다 즐거운 노랫소리가 들려왔다.

심청은 이제 한 나라의 황후가 되어 부귀영화를 누리고 온 백성을 편안하게 하였건만, 마음속에 감춘 근심은 오직 아버지 걱정뿐이었다. 하루는 아버지가 그리워서 시종을 데리고 난간에 기대어 고향 하늘을 바라보고 있노라니, 가을 달빛은 궁궐에 가득하고 구슬프게 우는 가을벌레 소리는 가슴에 사무쳤다.

마침 황제가 뜰을 지나다 황후를 보니 얼굴에는 수심이 가득하고 두 눈에는 눈물이 그렁그렁 맺혀 있기에 놀라서 물었다.

"무슨 근심 걱정이 있기에 이렇듯 슬퍼하시오? 안 좋은 일이라도 있으신 게요?"

심 황후가 꿇어 앉아 아뢰었다.

"제가 과연 바라는 바가 있사오나 감히 여쭙지 못하였습니다."

"내가 황후를 만나고 나서 전에 없던 행복을 누리고 나라도 태평해졌는데, 황후의 소원을 내 어찌 모른 채 하겠소. 무엇이든 바라는 바를 말씀해 보시구려."

"소첩은 본디 용궁 사람이 아니라 황주 도화동에 사는 심학규의 딸이옵니다. 소첩의 부친 눈이 멀어 평생의 한이기에, 아비의 눈 뜨기를 기원하여 남경 뱃사람에게 몸을 팔아 인당수의 제물이 되었습니다. 다행히 옥황상제와 남해 용왕께서 도와 목숨을 건지고 귀한 몸이 되었으나, 고향에 혼자 계실 부친 생각에 마음 편할 날이 없사옵니다."

"그런 사정이 있었는데 어찌 진작 말씀을 안 하시었소? 황후가 아버지를 만나는 것은 어려운 일이 아니니 너무 근심치 마시구려."

다음 날 황제는 조정의 일을 마치고 나서, 신하들에게 명을 내려 황주 도화동의 심학규를 모셔 오도록 했다. 그리하여 황제의 명을 받든 사람이 도화동에 갔으나 심학규가 이미 일 년 전에 마을을 떠나서 간 곳을 모르니 모셔 올 수가 없었다. 심 황후는 소식을 듣고 또 한 번 실망하여 눈물을 참지 못했다. 황제가 위로하며,

"그대의 아버지가 만에 하나 죽었다면 어쩔 수 없겠지만, 살아 있기만 하면 언젠가 만날 날이 있지 않겠소? 내가 꼭 그대의 아버지를 찾아 모시겠소."

심 황후는 아버지를 찾을 길이 없어 걱정하다가, 궁리 끝에 한 가지 방도를 생각해 내었다.

"폐하, 소첩에게 한 방도가 있사오니 들어주시렵니까?"

"무엇인지 들어 보십시다."

"천하의 사람들이 모두 폐하의 신하이건만, 그 가운데 불쌍한 사람 네 부류가 있사옵니다. 부인 없는 홀아비, 남편 없는 과부, 부모 없는 고아, 자식 없는 늙은이가 그렇지요. 하오나 그보다 불쌍한 사람이 병든 사람이고, 병든 사람 가운데도 앞 못 보는 맹인이 제일 불쌍하옵니다. 이러한 전국 맹인을 모두 궁궐에 모아 놓고, 큰 잔치를 베풀어 주옵소서. 그리하여 해와 달을 못 보고, 희고 검고 길고 짧은 것도 분별하지 못하고, 부모처자를 만나도 알아보지 못하는 맹인의 깊은 한을 잠시라도 풀어 주옵소서. 그러하면 그 자리에서 저의 부친을 혹시 만날 길도 있지나 않을는지요."

"과연 그 말씀이 옳소. 어렵고 힘든 백성을 위로하는 것이 나라의 일이니 그도 좋은 일이요. 잔치를 열어 황후의 아버지를 찾을 수 있을지도 모르니 그도 또한 좋은 일이 아니겠소. 그렇게 하십시다."

황제는 심 황후의 말을 듣고, 전국에 이 소식을 전하도록 하였다.

"지방 수령들은 고을에 사는 맹인의 이름을 모두 적어 올리고, 그

들 모두를 궁궐에서 열리는 맹인 잔치에 참여하도록 하라. 만일 한 명이라도 참석하지 않거나 참석하지 못한 자가 있다면, 그 고을 수령은 엄한 벌을 받을 것이다."

이에 전국의 수령이 자기 고을에 사는 맹인들을 샅샅이 조사해 잔치에 참여하게 하니, 서울로 가는 길목마다 앞 못 보는 맹인들로 가득 넘쳐 났다.

❯ **중략 부분 줄거리** 하루는 새로 이사 간 고을 사또가 심 봉사를 불러 맹인 잔치에 참석하라고 여비를 주어 보낸다. 서울로 가던 중 심 봉사는 뺑덕 어미가 황 봉사와 도망치고, 목욕을 하다 옷을 잃어버리는 등 어려운 일을 겪는다. 그러다 서울 근처 마을에서 점을 치는 안씨 맹인을 만나 하룻밤을 보낸다. 다음 날 심 봉사는 꿈이 불길하다고 하나 안씨 맹인은 대단히 좋은 꿈이라고 해몽하며 서울로 가기를 재촉한다.

이때 심 황후는 여러 날 동안 맹인 잔치를 하면서 아무리 기다려도 부친이 오지 않으니 혼자 앉아 탄식한다.

"아버지는 어이하여 이때까지 못 오시는가? 부처님의 은혜로 감은 눈을 번쩍 떠서 맹인을 면하셔서 안 오시나. 그렇다면야 다행일 텐데, 혹시라도 늙고 병들어 서울까지 못 오시는가? 살아 계시다면 그나마도 다행인데, 불효여식 보내고 애통히 지내다가 아예 세상을 떠나셨나? 어떡하나. 아버지, 불쌍한 우리 아버지!"

잔치는 며칠 동안 이어지는데 심 봉사가 보이지 않자, 심 황후는 하루하루 걱정이 늘어만 가다가 오늘이 잔치 마지막 날이라 몸소 나가 아버지를 찾아보리라 마음을 먹었다. 심 황후는 누각의 높은 곳에 자리를 잡고 맹인 잔치를 구경하니, 풍악 소리도 낭자하고 맛난 음식도 풍성하다. 잔치를 마칠 즈음, 맹인을 하나하나 불러올려 의복 한 벌씩 내어 주니, 모든 맹인들이 사례하고 돌아가는데 맨 뒷자리에 맹인 하나가 즐거운 기색도 없이 우두커니 앉아 있다. 상궁이 심 황후의 명을 받고 그 맹인에게 다가가 이름을 물어본다.

"자네는 어디에서 온 어떤 맹인인가?"

"저는 처자식도 없고, 거처하는 곳도 없는 불쌍한 맹인이오. 천지를 집으로 삼아 사방으로 떠돌아다니며 지내다가 맹인 잔치 한다기에 이제야 왔나이다."

아직까지 아무런 사정을 모르는 심 봉사는 어젯밤 꿈 때문에 괜히 가슴이 섬뜩하여 조심조심 대답했다. 상궁은 아무 대꾸하지 않고 곧장 황후에게 가서 들은 대로 전하니, 심 황후는 처자식이 없다는 말에 혹시나 하여 그 맹인을 데려오라 명하였다. 상궁이 심 봉사를 인도하여 누각 안으로 들어갔다. 심 봉사는 아무래도 꿈대로 되려나 보다 싶어 겁을 더럭 먹고 벌벌 떨면서 계단 아래에 무릎을 꿇고 앉았다. 그동안 험난한 세상 풍파에 찌들어 얼굴은 몰라볼 만큼 변해 있고, 머리는 흰머리로 뒤덮여 눈코조차 분간키 어려웠다. 심 황후는 늙은 맹인의 모습이 부친인 듯도 하여 가슴이 방망이질 치기 시작했다. 심 봉사가 고생을 많이 하고 너무 늙어 옛 모습을 찾아보기 힘든지라 황후는 한 번에 알아보지 못하고 확인차 물었다.

"어디 사는 봉사이며, 어찌하여 처자식도 없는가?"

심 봉사는 언제든지 처자식 말만 나오면 눈물이 비 오듯 쏟아졌다.

"예, 예, 소인이 말씀 올리겠나이다. 소인은 황주 도화동 사옵고, 성은 심가요 이름은 학규라 하옵니다. 곽씨 집안에서 처를 얻어다가, 나이 이십이 되기도 전에 눈이 멀고 사십에 상처하였습니다.

곽씨 부인이 남기고 간 핏덩이 딸자식을 젖동냥으로 근근이 길렀는데, 아비의 눈 어둔 것이 평생의 한이 되어 남경 뱃사람에게 삼백 석에 몸을 팔아 인당수에서 죽었습니다. 그런데도 아직 눈도 뜨지 못하고 자식만 잃었사오니, 자식 팔아먹은 놈이 세상 살아 무엇 하겠습니까? 저의 죄를 제가 이미 아오니, 몹쓸 죄를 지은 인간 바로 죽여 주옵소서."

심 황후는 아버지의 이름을 듣고도 꿈인가 생시인가 오히려 정신을 못 차리고 듣고만 있다가, 공양미 삼백 석에 몸을 팔아 인당수에 빠졌다는 이야기를 듣고는 그제야 정신이 번쩍 들어 버선발로 우루루루 달려들어 아버지의 목을 끌어안고 통곡했다.

"아이고, 아버지! 몽운사 화주승이 공 들이면 눈 뜬다 하더니 왜 여태 눈을 못 뜨셨어요? 뱃사람들이 살림을 모아 주고 동네 사람들에게 신신당부를 했건만 무슨 고생을 하시어 이토록 늙으셨어요? 아이고, 아버지! 인당수 풍랑 중에 빠져 죽었던 심청이 살아서 여기에 왔어요! 아버지, 눈을 뜨고 청이를 좀 보세요."

심 봉사가 이 말을 들더니 깜짝 놀라,

"아니, 누가 날더러 아버지라고 하는고? 나는 자식도 없고, 아무도 없는 사람이요. 내 딸 심청이는 인당수에서 죽었는데, 여기가 어디라고 살아온단 말인가? 나를 두고 장난을 치는 것인가, 아니면 귀신이 찾아온 것인가?"

심 황후는 이 말을 듣고 더 큰 울음을 터뜨린다.

"아버지, 제가 바로 심청이에요. 아버지! 제 효성이 부족하여 제 몸만 살아나고 아버지는 눈을 못 떴나 보옵니다. 제가 다시 죽어가서 옥황상제께 빌어서라도 아버지 눈을 뜨게 하겠습니다. 아이고, 아버지. 저를 좀 보세요!"

"아니 또 죽다니? 네가 사람이건 귀신이건 그놈의 죽는다는 소리를 내 듣는 데서 하지 마라. 네가 정령 우리 딸 심청이면, 나는 눈 못 떠도 상관없다. 죽지 마라, 죽지만 마. 내 딸 청아. 내 딸 청이 맞느냐? 어이구, 어이구 답답하다."

삼 년이나 세월이 흐르고 심 황후가 귀한 몸이 되었으니 심 봉사는 아무리 더듬더듬 얼굴을 만져 보아도 딸인 줄을 알 수가 없다. 심 봉사가 답답하여 미칠 지경으로 어찌할 줄을 모르고 바득바득 소리를 지른다.

"청아! 살아 돌아온 우리 딸 청아! 얼굴이나 한번 보자꾸나!"

어찌나 반갑고 보고 싶던지 심 봉사는 감은 눈을 벅벅 비비며 끔쩍끔쩍한다. 그러더니 갑자기 투둑, 딱지 떨어지는 소리가 나더니 두 눈이 활짝 떠졌구나. 심 봉사가 눈을 뜨고 다시 보니 눈앞에 심 황후는 도리어 처음 보는 얼굴이라. 자기가 심청이라 하니 심청인 줄 알지마는 한 번도 보지 못한 얼굴이라 알 수가 있나? 그래도 심 봉사 좋아라고 심청을 부여안고 덩실덩실 춤추며 노래한다.

얼씨구나 좋을씨구, 지화자 좋을씨구.
어두운 눈을 다시 뜨니 온 세상 천지에 해와 달이 장관이요,
갑자년 사월 초파일날 꿈에서 본 선녀 얼굴,
이제와 다시 보니 그때 그 얼굴이로다.
얼씨구나 좋을씨구, 지화자 좋을씨구.
어화 사람들아, 아들 낳기 힘쓰지 말고 딸 낳기를 힘쓰시오.
죽은 딸 심청이를 이제와 다시 보니 하늘에서 선녀가 내려오셨구나.

얼씨구나 좋을씨구, 지화자 좋을씨구.

딸의 덕으로 어두운 눈을 뜨니 해와 달은 다시 밝아 더욱 좋고,

아들이 좋다 말고 딸을 잘 키우라니 나를 두고 하는 말이구나.

얼씨구나 좋을씨구, 지화자 좋을씨구.

심 봉사가 눈을 떠서 춤추고 노래하는 소리가 쩌렁쩌렁 울려 퍼지니 천하의 봉사들도 그 소리를 듣고 일시에 눈을 뜬다. 사흘 동안 잔치에 먼저 왔다가 돌아가는 봉사들은 집에서 눈을 뜨고, 길 위에서도 눈을 뜬다. 일어서다 눈 뜬 사람, 주저앉다 눈 뜬 사람, 울다 웃다 눈 뜬 사람, 일하다가 눈 뜬 사람, 놀다가 눈 뜬 사람, 자다 깨서 눈 뜬 사람, 하품하다 눈 뜬 사람, 기침하다 눈 뜬 사람, 코 풀다가 눈 뜬 사람, 방귀 뀌다 눈 뜬 사람. 온 나라의 봉사들이 제각각 눈을 뜨니 온 나라에 놀라는 소리가 또 한 번 떠들썩하다. 잔치에 온 소경, 잔치에 못 온 소경, 두 눈 감은 소경, 한 눈만 감은 소경, 젊은 소경, 늙은 소경, 어린 소경, 어미 배 속에 든 소경까지, 마치 오뉴월 장마에 둑 터지는 소리처럼 쩍쩍 소리를 내며 모두 다 눈을 뜨는데, 뺑덕 어미 꾀어내어 도망친 황 봉사만 눈 못 뜨고 이게 무슨 소린가 하고 앉았구나. 심 황후의 어진 덕으로 세상 천지에 눈 먼 사람들이 모두 세상의 빛을 보니 여러 소경들도 노래하며 춤을 춘다.

얼씨구나, 절씨구. 지화자 좋고 좋네.

감았던 눈을 뜨고 보니 온 세상 천지에 산과 강이 장관이요,

황제 황후 계신 궁궐에 맹인 잔치도 장관일세.

얼씨구나, 절씨구. 지화자 좋고 좋네.

어진 심 황후 만만세, 어진 폐하도 만만세.
죽었던 딸 만난 심 봉사님도 만만세로다.
얼씨구나, 절씨구. 지화자 좋고 좋아.
요순 임금 태평 시절에도 맹인 눈 떴다는 말을 못 들었네.
온 세상 봉사 눈 뜬 일은 오늘이 처음이네.

심 황후는 아버지를 예복으로 갈아입게 하고 예를 다해 내전으로 모신 후에, 심 봉사와 마주 앉아 여러 해 쌓인 회포를 몇 날 며칠 풀어놓는데, 한 번 웃으면 한 번 울고 하며 그리던 정을 나누었다. 이야기가 안씨 맹인에 이르자, 심 황후는 즉시 가마를 보내 안씨 부인을 모셔와 어머니로 모시기로 하였다. 황제는 심학규를 부원군●에 봉하고 안씨 부인은 정렬부인에 봉하였다. 또한 무릉촌 장 승상 부인에게는 후한 상을 내리고 궁궐로 불러들여 심 황후와 상봉하게 하고, 귀덕 어미를 비롯한 도화동 사람들에게는 세금을 면해 주었다. 그리고 무릉 태수를 불러 높은 관직을 내리고, 남경 장삿배의 우두머리 뱃사공에게도 관직을 내려 나랏일을 맡겼다. 이 날부터 온 나라에 노랫소리 끊이지 않고 태평성대가 계속되었다. 세월이 흐르고 흘러 황제와 황후가 같은 날 세상을 하직하였는데, 이는 분명 북두칠성 첫째 별이신 문창성과 서왕모의 따님이 인간 세상을 돌보러 내려왔다가 할 일을 다 하고 하늘로 돌아가신 것이리라.

● **부원군** 왕비의 친아버지에게 내리는 벼슬 이름.

 활동하기

❶ 심청의 선택 중 빈칸에 알맞은 내용을 적어 봅시다.

앞 못 보는 아버지가 밥을 빌러 다님.

난 아직 어리니까 아버지가 얻어 온 밥을 먹어야지.
→ 아버지가 밥을 빌러 다니다 다치면 어쩌죠?

나도 다 컸으니 ① _____을/를 갚아야지.

장 승상 댁 부인이 ② _____(으)로 삼고 싶어 함.

그래, 좋은 기회야.
→ 그렇게 생각하면 마음 편할까요?
→ 혼자 남는 아버지는 어떡하지요?

감사하지만 아버지를 모셔야 하니 ③ _____ 해야지.

아버지가 몽운사 화주승에게 ④ _____ 시주 약속을 했다고 함.

어떻게든 ⑤ _____을/를 구해야겠어.

뱃사람들이 15세 처녀를 사려 한다는 말이 들려옴.
→ 사람을 사다니…… 흉흉한 세상이야. 조심해야겠어.

나 떠난 뒤 아버지가 힘드시지 않게 준비해야지.

떠나는 아침, ⑥ _____이/가 삼백 석을 뱃사람들에게 갚아 주겠다고 함.

아이고, 살았네. 다행이다.

염치도 없거니와, ⑦ _____을/를 깰 수 없으니 인당수로 가야지.

옥황상제의 도움으로 황후가 되었으나, 아버지 소식을 알 수 없음.

무소식이 희소식이라고 잘 살고 계시겠지.

⑧ _____을/를 벌이면, 아버지를 찾을 수 있을 거야.

아버지와 재회하고, 아버지와 잔치에 온 모든 맹인이 눈을 뜸.

먹고 살기도 힘든 데 삼백 석이 웬 말이야.
→ 그냥 못 들은 척하는 게 좋을까요?

길을 다닐 때 조심해요.

그렇게 염치없는 사람이 되고 싶나요?

❷ 「심청전」 속에 담긴 옛사람들의 생각이나 문화를 찾아 다음과 같이 써 봅시다.

> 심청이 눈먼 아버지를 정성껏 봉양하는 것 ⋯ 효도가 중요한 가치였다.

❸ 다음은 이 작품에 나타난 심 봉사의 모습입니다. 이를 바탕으로 심 봉사를 평가해 봅시다.

> • 젖동냥을 다니는 등 온갖 고생을 하며 홀로 심청을 키운다.
> • 눈을 뜰 수 있다는 말에 살림살이를 생각하지 않고 공양미 삼백 석을 시주하겠다고 몽운사 화주승에게 약속한다.
> • 심청이 떠나는 날, 자식이 죽는 줄도 모르고 꿈이 좋다고 이야기한다.
> • 뺑덕 어미에게 빠져, 집안 살림이 거덜 나는 것도 모른다.

다르게 읽기

❹ 목숨을 버리면서까지 효를 실천하는 심청의 선택에 대해 다음 두 입장의 근거를 생각하여 적어 봅시다.

> • 나는 심청이 목숨을 버리면서까지 효를 실천하는 선택을 이해할 수 있다.
>   왜냐하면 ① _____
>   _____
>
> • 나는 심청이 목숨을 버리면서까지 효를 실천하는 선택을 이해할 수 없다.
>   왜냐하면 ② _____
>   _____

작품 해설

심청의 선택은 자신의 선택일까?

「심청전」의 내용은 크게 세 부분으로 나누어집니다. 첫 번째는 심청이 태어나서 뱃사람들에게 팔려 가기까지의 힘겨운 생활을 보여 주는 부분이고, 두 번째는 심청이 인당수에 뛰어들었다가 수궁에 다녀오는 부분, 세 번째는 심청이 황후가 되어 맹인 잔치에서 아버지를 만나는 부분입니다. 우리는 각각의 부분에서 당시 사람들의 다양한 생각을 읽을 수 있습니다. 착한 심청이가 복을 받기를 바라는 생각이나 자식의 중요한 도리가 효행이라는 생각, 심 봉사의 재산을 탕진하고 도망간 뺑덕 어미가 벌을 받길 바라는 생각 등이죠.

「심청전」은 독특하게도 인물 간의 갈등이 보이지 않습니다. 어머니를 일찍 여의고 눈먼 아버지를 힘겹게 봉양해야 하는 심청의 고단한 현실이 가장 큰 갈등입니다. 그러나 작품 속의 심청은 그리 연약해 보이지 않습니다. 아버지를 봉양하기 위해 구걸을 하고, 이웃들은 따뜻하게 먹을 것을 나눠 주지만, 여기에 안주하지 않습니다. 열여섯이 되어 일을 할 수 있을 정도가 되자 스스로 살림을 꾸려 나갑니다. 또 공양미 때문에 팔려 가는 상황에서도 장 승상 부인의 도움도 거절합니다. 주변 사람들의 도움에 기대지 않고 자신의 삶을 스스로 만들기 위한 심청의 눈물겨운 노력이지요. 심청이 고단한 삶을 꾸려 나가는 모습은 당시 민중이 겪고 있던 현실과 그다지 다르지 않습니다. 그래서 사람들은 심청의 안타까운 상황에 공감하고 심청의 죽음과 환생을 보며 자신의 일처럼 울고 웃을 수 있었습니다.

심청이 보여 주는 효녀 이미지는 당시 사회에서 추구하는 전형적인 모습이었습니다. 부모를 위해 목숨까지 버리고, 그 정성이 지극하여 하늘이 돕는다는 것입니다. 그래서 심청이 옥황상제의 도움으로 황후가 되고, 아버지를 만나 행복하게 살게 되었을 때 사람들에게 더욱 만족감을 주었을 것입니다.

엮어 읽기

이옥수, 『파라나』
정호의 부모님은 모두 장애를 가지고 있습니다. 그런 이유만으로 '착하다'고 칭찬받는 정호는 부담스럽기만 합니다. 그러던 어느 날 정호는 학교에서 효행 대상 수상자로 추천받아 상을 받게 되고, 정호는 이를 거부합니다. 정호와 심청이 생각하는 효도가 무엇인지, 과연 '착하다'는 것이 어떤 의미를 갖는지 비교해서 읽어 보길 바랍니다.

허생전

박지원(1737~1805)

박지원은 조선 시대의 문장가이자 실학자입니다. 중국 청나라에 대한 견문 등을 바탕으로 실학을 강조하였으며, 자유롭고 기발한 문체를 구사해 당시의 잘못된 사회상을 고발하는 여러 편의 한문 소설을 썼습니다. 주요 작품에는 「양반전」, 「호질」, 「예덕선생전」, 「민옹전」 등이 있습니다.

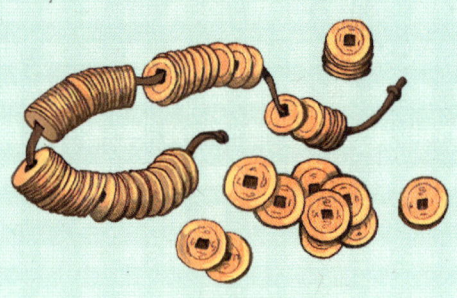

여러분은 돈에 대해서 어떻게 생각하시나요?

돈을 많이 벌면 행복할 거라고 하는데, 과연 그럴까요? 돈이 많으면서 평탄하지 못한 삶과 돈이 적더라도 평화롭고 행복한 삶 중에서 선택해야 한다면, 여러분은 어떤 것을 선택할까요?

여기 글만 읽다가 아내의 잔소리에 집을 나선 가난한 양반, 허생이 있습니다. 글 읽는 재주밖에 없어 보이던 허생은 한 부자에게 돈을 빌려 장사를 하고 빌린 돈의 몇 배가 되는 더 큰돈을 벌어들입니다.

허생은 어떻게 큰돈을 벌 수 있었을까요? 왜 이렇게 열심히 돈을 벌었을까요? 그리고 이렇게 번 돈으로 그는 무엇을 하고 싶었을까요? 허생의 이야기 속으로 들어가 봅시다.

 **여러분이 만약 큰돈을 번다면 어디에 쓸 예정인가요?**

허생전

박지원 / 박희병·정길수 옮김

허생은 묵적동●에 살았다. 남산 밑에 가면 우물가에 오래된 살구나무가 있고, 살구나무를 향해 사립문을 낸 작은 초가집이 하나 있는데, 비바람도 가리지 못할 지경이다. 그러나 허생은 글 읽기만 좋아하는지라, 아내가 남의 집 삯바느질을 해서 겨우 입에 풀칠을 했다.

하루는 아내가 몹시 굶주리다 못해 울며 말했다.

"당신은 평생 과거도 보러 가지 않으면서 대체 글은 왜 읽는 겁니까?"

허생은 웃으며 말했다.

"내가 아직 충분히 글을 읽지 못해서이구려."

"수공업은 못해요?"

"수공업은 배운 적이 없으니 어쩌겠소?"

"장사는요?"

"장사를 하려 해도 밑천이 없는데 어쩌겠소?"

아내는 성이 나서 꾸짖었다.

"밤낮 글을 읽으며 겨우 '어쩌겠소?' 소리만 배웠구려. 수공업도

● **묵적동** 지금의 서울특별시 중구 충무로와 필동 일대. 과거에 가난한 양반이 많이 거주한 지역이었다.

못하고 장사도 못하면 도적질이라도 해야 되지 않겠소?"

허생은 읽던 책을 덮고 일어섰다.

"애석하구나! 내 본래 10년 글 읽을 기약을 해서 이제 7년인데."

허생은 문을 나섰다. 아는 사람이라곤 아무도 없었다. 곧장 운종가●로 가서 시장 사람에게 물었다.

"한양에서 제일 부자가 누구요?"

누군가 "변 씨입니다."라고 하기에 그 변 씨 집을 찾아갔다. 허생은 정중히 읍(揖)●을 하고 말했다.

"내 집이 가난해서 조금 시험해 보았으면 하는 일이 있소. 1만 냥만 빌려주시오."

변 씨는 "좋습니다." 하더니 그 자리에서 1만 냥을 내주었다. 허생은 감사 인사도 하지 않고 떠났다.

변 씨의 자제와 손님들이 보기에 허생은 영락없는 거지였다. 허리에 찬 실띠는 술이 빠져 너덜너덜하고, 갖신●은 굽이 자빠졌으며, 갓은 찌그러졌고, 도포는 때가 새카맸으며, 코에서는 맑은 콧물이 좔좔 흘렀다. 허생이 떠난 뒤에 모두들 깜짝 놀란 얼굴로 말했다.

"어르신이 아시는 손님입니까?"

"모르는 사람이야."

"하루아침에 평생 누군지도 모르던 사람에게 1만 냥을 함부로 던져 주면서 그 이름도 묻지 않으시다니, 대체 무슨 까닭입니까?"

● **운종가** 조선 시대에, 서울의 거리 가운데 지금의 종로 네거리를 중심으로 한 곳. 관아의 허가를 받은 상설 시장이 있었다.
● **읍** 인사하는 예의 하나. 두 손을 맞잡아 얼굴 앞으로 들어 올리고 허리를 앞으로 공손히 구부렸다가 몸을 펴면서 손을 내린다.
● **갖신** 가죽으로 만든 신을 통틀어 이르는 말.

"이건 너희들이 알 수 없는 일이야. 본래 남에게 뭔가를 구하는 사람은 필시 제가 품은 뜻을 과장해서 말하며 제 신용을 크게 내세우는 법이야. 하지만 얼굴엔 부끄럽고 비굴한 빛이 있고, 말은 중언부언하게• 돼 있지. 그런데 저 손님은 비록 남루한• 복장이지만 말이 간단하고 눈빛이 오만하며 얼굴에 부끄러운 빛이라곤 없었어. 그러니 외물(外物)•에 의지하지 않고 스스로 만족하며 사는 사람일 게야. 저 사람이 시험해 보겠다는 일은 작은 일이 아닐 터요, 나 역시 손님에게 시험해 보고 싶은 게 있었어. 돈을 안 주면 그만이지, 이미 1만 냥을 주어 놓고 이름은 물어서 뭐해?"

허생은 1만 냥을 빌린 뒤 집으로 돌아가지 않았다. 그리고 이렇게 생각했다.

'안성은 경기도와 충청도가 만나는 곳이요, 삼남•으로 통하는 길목이렷다.'

마침내 안성으로 가서 머물며 대추, 밤, 감, 배, 금귤, 석류, 귤, 유자 등을 2배 값으로 모조리 사들였다. 허생이 과일을 모두 매점(買占)•하는 바람에 나라 전체에서 잔칫상과 제사상을 차릴 수 없게 되었다. 얼마 뒤 허생에게 2배 값을 받고 과일을 팔았던 상인들은 허생에게 10배 값을 주고 되사 가야 했다. 허생은 한숨을 쉬며 말했다.

"1만 냥으로 나라 전체가 기우니 이 나라의 규모가 얼마나 작은지 알겠구나."

• 중언부언하게 이미 한 말을 자꾸 되풀이하게.
• 남루한 옷 따위가 낡아 해지고 차림새가 너저분한.
• 외물 ① 바깥 세계의 사물. ② 자기 것이 아닌 남의 물건.
• 삼남 충청도, 전라도, 경상도 세 지방을 통틀어 이르는 말.
• 매점 물건값이 오를 것을 예상하고 폭리를 얻기 위하여 물건을 몰아서 사들임.

허생전 • 박지원

이번에는 칼, 호미, 베, 비단, 무명을 사 가지고 제주도로 들어가서 이를 팔아 말총●을 몽땅 사들였다.

"몇 년 안에 나라 사람들이 머리에 망건●을 못 쓰게 될 테지."

얼마 뒤 망건값이 10배에 이르렀다.

허생은 늙은 뱃사공에게 물었다.

"해외에 사람이 살 만한 무인도가 있소?"

"있지요. 바람에 표류해서 사흘 밤을 곧장 서쪽으로 흘러가 어느 무인도에 정박한 적이 있습니다. 그 섬은 사문●과 장기● 사이에 있는 듯한데, 꽃나무가 절로 피고, 과일이며 열매가 절로 익었으며, 사슴이 떼 지어 다니고, 물고기가 유유히 노닐었습니다."

허생은 몹시 기뻤다.

"나를 그리로 데려다 준다면 부귀를 함께 누릴 수 있을 거요."

뱃사공은 허생의 말을 따랐다.

마침내 동풍을 타고 남쪽으로 그 섬에 들어갔다. 허생은 높은 곳에 올라 쭉 바라보더니 서글피 말했다.

"땅이 천 리가 채 못 되니 여기서 어찌 큰일을 할 수 있겠소? 땅은 기름지고 샘물은 맛이 다니 겨우 부잣집 노인 노릇은 하겠구려."

뱃사공은 말했다.

"아무도 살지 않는 무인도에서 누구와 함께 살려고 하십니까?"

"사람들은 덕(德) 있는 자에게 귀의하게 마련이오. 덕이 없을까 걱

● **말총** 말의 갈기나 꼬리의 털.
● **망건** 상투를 튼 사람이 머리카락을 걷어 올려 흘러내리지 아니하도록 머리에 두르는 그물처럼 생긴 물건. 보통 말총이나 머리카락으로 만든다.
● **사문** 마카오로 추정됨.
● **장기** 일본 나가사키.

정이지 사람 없는 게 무슨 걱정이겠소?"

이때 변산에 도적 떼 수천 명이 들끓어 각 고을에서 군졸을 보내 잡으려 했지만 뜻을 이루지 못했다. 도적 떼 역시 감히 밖에 나와 약탈할 수 없었기에 한창 굶주림에 시달리고 있었다. 허생은 도적 소굴로 들어가 그 두목에게 말했다.

"1천 명이 1천 냥을 약탈해서 각각 나눠 가지면 얼마나 되겠나?"

"한 사람당 1냥이오."

"너희들은 아내가 있나?"

"없소."

"너희들은 논밭이 있나?"

두목이 웃으며 말했다.

"논밭이 있고 아내가 있으면 왜 고생스럽게 도적질을 하겠소?"

"그렇다면 왜 아내를 얻어 집을 짓고, 소를 사서 논밭을 갈지 않나? 그렇게 하면 도적이란 오명• 없이 살며 부부의 즐거움을 누릴 것이요, 쫓기는 근심 없이 다니며 오래도록 풍족하게 먹고살 수 있을 텐데?"

두목이 말했다.

"우린들 왜 그걸 바라지 않겠소? 하지만 돈이 없다우."

허생은 웃으며 말했다.

"너희들이 도적인데 왜 돈 없는 걸 걱정하느냐? 내가 너희를 위해 돈을 마련해 주겠다. 내일 바다에 붉은 깃발을 단 배가 보일 텐데, 그건 모두 돈을 실은 배다. 너희들 마음대로 가져가거라."

• **오명** 더러워진 이름이나 명예.

허생이 약속하고 떠나자 도적들은 모두 허생을 미치광이라 여기며 비웃었다.
 이튿날 도적 떼가 바닷가에 갔다. 허생이 돈 30만 냥을 싣고 와 있었다. 도적들은 모두 깜짝 놀라더니 쭉 도열하여˙ 절하고 말했다.
 "오직 장군의 명령에 따르겠습니다."
 허생은 말했다.
 "힘껏 등에 지고 가라!"
 이에 도적들이 앞 다투어 돈을 등에 지는데, 한 사람이 감당할 수 있는 무게가 1백 냥을 넘지 못했다. 허생은 말했다.
 "너희들이 1백 냥 들 힘도 없으면서 도적질을 어찌 잘할 수 있겠느냐? 이제 너희들은 평민이 되고 싶다 해도 이름이 도적 명부에 올라 있어 갈 곳이 없다. 내가 여기서 기다리고 있을 테니, 각자 1백 냥을 가지고 가서 한 사람당 신붓감 한 사람과 소 한 마리를 데려와라."
 도적들은 일제히 "알겠습니다!" 대답하고는 모두 흩어져 떠났다. 허생은 그동안 2천 명이 1년 동안 먹을 식량을 마련하고 기다렸다.
 도적들이 돌아오는데 뒤처져 오지 못한 사람이 하나도 없었다. 마침내 모두 배에 태우고 무인도로 들어갔다. 허생이 도적 떼를 모조리 쓸어 가고 나니 온 나라에 변고가 없었다.
 무인도에서 나무를 베어 집을 짓고, 대나무를 엮어 울타리를 만들었다. 땅의 기운이 온전하여 온갖 작물이 잘 자랐다. 밭을 묵히지 않고 줄기마다 주렁주렁 이삭이 달렸다.

˙ **도열하여** 많은 사람이 죽 늘어서서.

허생은 3년 먹을 식량만 남겨 두고 나머지 곡식을 모두 배에 실어 장기로 가져갔다. 장기는 일본의 한 고을로 가구 수가 총 31만이었는데, 바야흐로 대기근을 겪고 있는 중이었다. 허생은 이들에게 식량을 주어 구휼하고• 은화 1백만 냥을 얻었다. 허생이 탄식하며 말했다.

"이제 내 작은 시험이 끝났구나!"

허생은 남녀 2천 명을 모두 불러 모아 놓고 분부를 내렸다.

"내가 처음 자네들과 이 섬에 들어왔을 때는 먼저 자네들의 살림을 넉넉하게 해 준 다음에 문자를 새로 만들고 의복 입는 제도도 새로 만들 생각이었다. 하지만 이곳은 땅이 작고 지덕(地德)이 부족하니 나는 이제 떠나야겠다. 아이가 태어나 숟가락을 잡으면 오른손을 쓰도록 가르치고, 음식은 하루라도 먼저 태어난 사람이 먼저 먹도록 양보하기 바란다."

허생은 자신이 타고 갈 배만 남겨 두고 나머지 배를 모두 불태우며 말했다.

"가는 자가 없으면 오는 자도 없을 테지."

그러고는 은화 50만 냥을 바다에 던졌다.

"바다가 마르면 얻는 자가 있겠지. 온 나라를 통틀어도 1백만 냥을 용납 못하는데, 이 작은 섬에서 이 돈을 어찌 쓰겠나?"

허생은 또 글을 아는 사람을 모두 배에 태워 데리고 나왔다. 그러고는 이렇게 말했다.

"이 섬에 재앙을 끊어 버리기 위해서다."

• **구휼하고** 재난을 당한 사람이나 빈민에게 금품을 주어 구제하고.

그 뒤로 나라 안을 두루 다니며 기댈 곳 없는 가난한 이들을 구휼했는데, 그러고도 은화 10만 냥이 남았다. 허생은 말했다.

"이 돈으로 변 씨에게 빌린 돈을 갚으면 되겠군."

허생은 변 씨를 찾아갔다.

"나를 기억하겠소?"

변 씨가 놀란 얼굴로 말했다.

"그대 얼굴은 조금도 좋아지지 않았는데, 1만 냥을 다 잃은 거 아닙니까?"

허생은 웃으며 말했다.

"재물이 생겼다고 얼굴이 좋아지는 건 그대들 세계에서나 있는 일이오. 1만 냥으로 어찌 도(道)를 살찌울 수 있겠소?"

그러더니 은화 10만 냥을 변 씨에게 주며 말했다.

"내가 하루아침의 굶주림을 참지 못해 글 읽기를 마치지 못했으니 그대의 1만 냥 앞에 부끄럽구려."

변 씨는 몹시 놀라서 일어나 절하며 감사를 표하더니 1할의 이자만 받겠다고 했다. 허생이 몹시 화를 내며 말했다.

"그대는 나를 장사치로 보는 게요?"

허생은 옷을 떨치며 나갔다.

변 씨는 몰래 그 뒤를 밟았다. 남산 밑을 향해 가더니 작은 집으로 들어가는 것이 바라보였다. 우물가에서 빨래하고 있는 노파에게 물었다.

"저기 작은 집은 뉘 댁이오?"

"허 생원 댁입지요. 가난하지만 글 읽기를 좋아하셨는데, 어느 날 아침 집을 나가서 돌아오지 않은 지가 벌써 5년입니다. 부인 혼자 계신데, 허 생원이 집 떠나신 날에 제사를 올린답니다."

변 씨는 비로소 그의 성이 허씨라는 것을 알고는 탄식하며 돌아왔다.

이튿날 변 씨는 허생이 준 은화를 모두 가지고 가서 허생에게 주었다. 허생은 사양하며 말했다.

"내가 부자가 되고 싶었다면 1백만 냥을 버리고 10만 냥을 가지겠소? 앞으로 난 그대의 도움을 얻어 살아가야겠소. 그대가 자주 내 형편을 살펴보고서 우리 식구 수를 헤아려 양식을 보내 주고 옷감을 보내 준다면 내 한평생은 이걸로 충분하오. 재물로 골치 썩이는 일을 내가 왜 하려 들겠소?"

변 씨는 허생을 백방으로 설득해 보았지만 끝내 어쩔 도리가 없었다. 이때부터 변 씨는 허생의 양식이 떨어질 때가 되었다 싶으면 그때마다 몸소 가서 양식을 대 주었고, 허생은 흔쾌히 이를 받았다. 혹 변 씨가 필요 이상으로 더 주는 일이 있으면 허생은 불쾌해하며 말했다.

"그대는 왜 나에게 재앙을 주려 하오?"

술을 가져가면 더욱 기뻐해서 마주 앉아 취하도록 술을 마셨다. 이렇게 몇 년을 지내노라니 깊은 정이 날로 돈독해졌다. 그러던 어느 날 변 씨가 조용히 물었다.

"5년 동안 어떻게 1백만 냥을 모으셨습니까?"

"이건 알기 쉬운 일이오. 조선 배가 외국에 통하지 않고 수레가 조선 땅에 다니지 않는 까닭에 온갖 물건이 이 땅 안에서 생산되어 이 땅 안에서 사라진다오. 그런데 1천 냥은 작은 돈이어서 조선 땅의 어떤 한 가지 물건을 다 사들이기에는 부족하오. 하지만 그것을 열로 나누면 1백 냥이 열이니 열 가지 물건을 어느 정도 사들이기엔 충분하오. 물건 규모가 작으면 이리저리 운용하기가 쉬우니, 한 가지 물건에서 손해가 나더라도 다른 아홉 가지 물건에서 이익을 내면 되오. 이건 늘 일정한 이익이 나게 하는, 작은 장사치들의 장사하는 법이오.

반면에 1만 냥은 한 가지 물건을 모조리 사들이기에 충분한 돈이오. 그러므로 수레에 실렸든, 배에 실렸든, 어느 한 고을에 있든 간에, 마치 촘촘한 그물을 던져 고기를 깡그리 잡아 올리는 것처럼 한 가지 물건을 남김없이 사들일 수 있소. 뭍에서 나는 물건 만 가지 중에 한 가지를 잠시 세상에 돌지 못하게 하거나, 물에서 나는 물건 만 가지 중에 한 가지를 잠시 세상에 돌지 못하게 하거나, 약재 만 가지 중에 한 가지를 잠시 세상에 돌지 못하게 하는 거요. 한 가지 물건을 몰래 쟁여 두면 모든 상인들에게 그 물건이 동이 나고 말지요. 이건 백성을 해치는 방법이니, 후대에 만일 어떤 벼슬아치가 내 방법을 쓴다면 필시 그 나라를 병들게 할 거요."

"당초에 제가 1만 냥을 내줄 줄 어찌 알고 와서 돈을 요구하셨습니까?"

"꼭 그대가 주지 않더라도 1만 냥을 가진 자라면 누구든 내게 주지 않을 수 없다고 여겼소. 스스로 내 재주를 헤아려 보건대 1백만 냥까지는 족히 불릴 수 있을 것으로 생각했소. 그러나 운명은 하늘에 달린 것이니, 누가 돈을 내줄지 내가 어찌 알았겠소? 그러므로 나를 쓸 수 있는 자는 복이 있는 사람일 것이오. 부자를 더 큰 부자로 만드는 건 하늘이 명한 바이니, 그런 사람이라면 어찌 내게 주지 않을 수 있겠소? 1만 냥을 얻고서는 그 부자의 복에 의

지해서 일을 해 나갔기에 하는 일마다 성공했소. 만일 내가 사사로이 나 자신만 믿었다면 성패는 알 수 없었을 거요."

"지금 사대부들은 남한산성의 치욕을 씻고자 하니, 지금이야말로 뜻 있는 선비들이 팔을 걷고 나서서 지략을 발휘할 때입니다. 그대 같은 재주로 왜 괴로이 초야에 묻혀 지내며 이대로 생을 마치려 하시는 겁니까?"

"예부터 초야에 묻혀 지낸 사람이 어디 한둘이오? 조성기●는 적국에 사신으로 갈 만한 능력을 가졌으나 포의●로 늙어 죽었고, 유형원●은 군량을 책임질 만한 재주를 가졌으나 바닷가 한 귀퉁이에서 생을 마쳤소. 그러니 지금 국정을 도모하는 자들이 어떤 자들인지 알 만하잖소. 나는 장사를 잘하는 자이니, 내가 벌어들인 돈으로 구왕●의 머리에 현상금을 붙여 그 머리를 족히 살 수도 있었을 게요. 하지만 그 돈을 바닷속에 다 던지고 온 건 모두 소용없는 일이기 때문이었소."

변 씨는 길게 한숨을 쉬고 나갔다.

변 씨는 본래 이완● 정승과 친한 사이였다. 이 공(李公)은 당시에 어영대장의 직책을 맡고 있었는데 어느 날 변 씨에게 이런 말을 했다.

"일반 백성들이 사는 동네에도 기이한 재주를 가져서 큰일을 함께

- **조성기** 조선 숙종 때의 학자. 한문 소설 「창선감의록」을 지었다.
- **포의** 벼슬이 없는 선비를 비유적으로 이르는 말.
- **유형원** 조선 효종 때의 실학자. 중농 사상을 기본으로 한 토지 개혁론을 주장하였다.
- **구왕** 청나라 태조의 열네 번째 아들로 이름은 도르곤이다. 병자호란 때 군사를 이끌고 조선에 온 적이 있다.
- **이완** 조선 중기의 무장. 병자호란 때 공을 세웠으며, 효종 때 북벌 임무를 맡았다.

할 만한 사람이 있지 않을까?"

변 씨가 허생 이야기를 해 주자 이 공은 깜짝 놀랐다.

"참으로 기이하군! 정말 그런 일이 있었나? 그 사람의 이름은 뭔가?"

"소인이 3년 동안 알고 지냈으나 끝내 그 이름을 모릅니다."

"그 사람은 이인(異人)•이군. 함께 가 보세."

밤에 이 공은 말 모는 종도 물리치고 변 씨와 단둘이 걸어서 허생의 집으로 갔다. 변 씨는 이 공을 문밖에 서 있게 하고는 먼저 들어가 허생을 만났다. 변 씨가 이 공을 데려온 까닭을 자세히 말했지만, 허생은 못 들은 척하며 말했다.

"얼른 가져온 술병이나 푸시오."

두 사람은 즐겁게 술을 마셨다. 변 씨는 이 공이 문밖에 오래 서 있는 것이 걱정되어 몇 번이나 말을 꺼냈지만, 허생은 일절 대꾸하지 않았다.

밤이 깊자 허생은 말했다.

"손님을 불러 보시오."

이 공이 들어오는데, 허생은 편안히 앉은 채 일어나지 않았다. 이 공은 몸 둘 바를 몰라 하다가 국가에서 현명한 인재를 구하고 있다는 뜻을 길게 얘기했다. 그러자 허생은 손사래를 치며 말했다.

"밤은 짧은데 말은 길어서 듣기가 지루하구나. 너는 지금 벼슬이 뭔가?"

"대장입니다."

• **이인** 재주가 신통하고 비범한 사람.

"그러면 너는 나라에서 신임받는 신하로군. 내가 와룡 선생* 같은 분을 천거할 테니, 네가 조정에 요청해서 삼고초려*하게 할 수 있겠나?"

이 공은 고개를 숙이고 한참을 있더니 말했다.

"어렵겠습니다. 두 번째 방책을 알려 주시기 바랍니다."

"나는 '두 번째'라는 건 몰라."

이 공이 거듭 간청해 묻자 허생은 말했다.

"명나라의 장병들은 임진왜란 때 자신들이 조선에 은혜를 끼쳤다고 여겨서, 그 자손들 중에 청나라를 빠져나와 우리나라로 넘어온 이들이 많지. 하지만 그들은 떠돌이 생활을 하며 의지할 데 없이 살고 있어. 네가 조정에 요청해서 종실*의 여성들을 두루 이들에게 시집보내고, 공신들과 권세가의 집을 빼앗아 거기에 살게 할 수 있겠나?"

이 공은 고개를 숙이고 한참을 있더니 말했다.

"어렵겠습니다."

"이것도 어렵고 저것도 어렵다면 대체 할 수 있는 일이 뭔가? 정말 쉬운 일이 하나 있는데, 그건 할 수 있겠나?"

"말씀해 주십시오."

"무릇 천하에 대의를 소리 높여 외치고자 하면서 천하의 호걸들과 미리 교유를 맺지 않은 적은 자고로 없었어. 남의 나라를 정벌하

---

* **와룡 선생** 중국 삼국 시대 촉한의 정치가이자 군사 전략가인 제갈량을 일컫는 말.
* **삼고초려** 인재를 맞아들이기 위하여 참을성 있게 노력함. 중국 삼국 시대에, 촉한의 유비가 난양에 은거하고 있던 제갈량의 초옥으로 세 번이나 찾아갔다는 데서 유래한다.
* **종실** 임금의 친족.

려 하면서 첩자를 미리 보내지 않고 성공한 적도 없었지.

　지금 만주●가 갑자기 천하의 주인 노릇을 하고 있지. 그들은 스스로 중국과는 친하지 않지만, 조선은 다른 나라에 앞서 자기들에게 복종해 온 나라라고 여겨 신뢰하고 있어. 만일 우리 쪽에서 젊은이들을 보내 당나라와 원나라 때처럼 저들의 학교에 입학시키고 저들의 벼슬을 하게 해 달라 하고, 상인들의 출입을 금하지 말아 달라고 청한다면, 저들은 분명 우리가 친하게 지내자는 걸 기뻐하며 허락할 거야.

　그리 되면 우리나라 젊은이들을 뽑아 변발●을 시키고 오랑캐 옷을 입힌 뒤 그들 중 뛰어난 사람은 빈공과●를 보게 하고, 좀 못한 사람은 멀리 강남 땅에서 장사를 시키는 거야. 그러면서 그 허실을 엿보고 호걸과 사귀게 한다면 천하를 도모할 수 있고 나라의 치욕도 씻을 수 있을 게야. 만약 주씨●를 구하다가 얻지 못하면 천하의 제후를 거느려 새로 황제가 될 사람을 하늘에 천거할 수 있을 테니, 잘되면 중국의 스승이 될 것이요, 못돼도 제후국 중의 으뜸은 되지 않겠나."

이 공이 놀란 표정으로 말했다.

"사대부라면 누구나 삼가 예법을 지키는데, 누가 변발을 하고 오랑캐 옷을 입으려 들겠습니까?"

허생은 큰소리로 꾸짖었다.

●**만주** 청나라를 세운 여진족을 이름.
●**변발** 몽골인이나 만주인의 풍습으로, 남자의 머리를 뒷부분만 남기고 나머지 부분을 깎아 뒤로 길게 땋아 늘임. 또는 그런 머리.
●**빈공과** 중국 당나라 때에, 관리를 뽑기 위해 외국인에게 보게 하던 시험.
●**주씨** 명나라 왕족의 성씨.

"이른바 '사대부'라는 게 대체 무엇이냐? 오랑캐 땅에서 태어났으면서 제 입으로 '사대부'라고 칭하니 참으로 어리석지 않으냐? 위아래로 입은 흰 옷은 상복이요, 머리를 송곳처럼 틀어 묶은 건 남만족*의 상투이거늘, 무슨 예법을 말하고 있느냐?

번오기*는 사사로운 원한을 갚기 위해 제 목을 베는 것을 아까워하지 않았고, 무령왕*은 나라를 강하게 하기 위해 오랑캐 옷 입는 걸 부끄러워하지 않았다. 그렇거늘 너희는 지금 명나라를 위해 복수하고 싶다면서 여전히 머리털 하나를 아까워하느냐? 너희가 장차 말을 달리고 검을 휘두르고 창을 찌르고 활을 쏘고 돌을 던져야 하는데도 넓은 소매를 고치지 못하겠단 거냐? 너희는 그런 게 예법이라 여기느냐?

내가 세 가지 방책을 말했지만 너는 한 가지도 할 수 있는 게 없다고 했다. 그러면서 스스로 신임받는 신하라 여기고 있으니, 신임받는 신하라는 게 본래 이런 거냐? 네 목을 베어 버려야겠다!"

허생은 좌우를 둘러보며 검을 찾아 이 공을 찌를 태세였다. 이 공은 깜짝 놀라 일어나 등 뒤에 있는 창을 펄쩍 뛰어넘더니 재빨리 달아났다.

이튿날 이 공이 다시 허생의 집에 가 보니 허생은 이미 집을 비우고 떠난 뒤였다.

• **남만족** 남쪽의 오랑캐.
• **번오기** 중국 전국 시대 말기 진나라의 장군으로 연나라로 망명하였다. 진나라에 품은 원한이 있어, 진시황을 암살하려는 자객 형가를 돕고자 스스로 목숨을 내놓았다.
• **무령왕** 중국 전국 시대 조나라의 왕.

활동하기

❶ 「허생전」의 인물과 그들에 대한 설명을 바르게 연결해 봅시다.

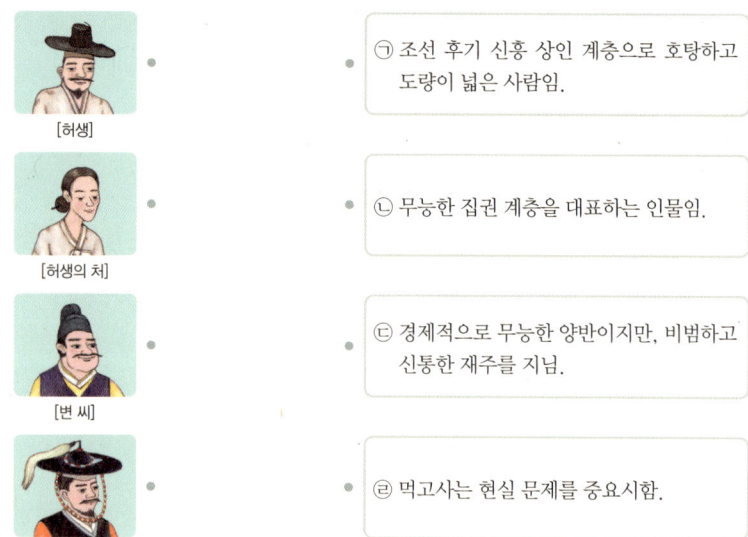

[허생]
[허생의 처]
[변 씨]
[이완]

㉠ 조선 후기 신흥 상인 계층으로 호탕하고 도량이 넓은 사람임.

㉡ 무능한 집권 계층을 대표하는 인물임.

㉢ 경제적으로 무능한 양반이지만, 비범하고 신통한 재주를 지님.

㉣ 먹고사는 현실 문제를 중요시함.

❷ 재물에 대한 허생의 생각과 이에서 알 수 있는 허생의 인물됨을 써 봅시다.

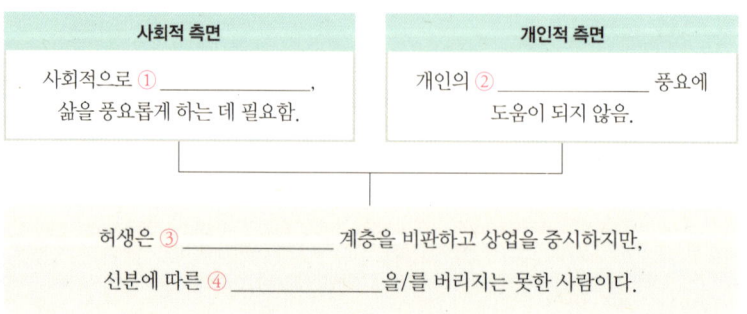

사회적 측면	개인적 측면
사회적으로 ① _____, 삶을 풍요롭게 하는 데 필요함.	개인의 ② _____ 풍요에 도움이 되지 않음.

허생은 ③ _____ 계층을 비판하고 상업을 중시하지만, 신분에 따른 ④ _____ 을/를 버리지는 못한 사람이다.

❸ 허생의 제안에 대한 이완의 대답을 통해 알 수 있는 당시 지배 계층의 생각을 평가해 봅시다.

허생의 제안	이완의 대답
훌륭한 인재를 추천할 테니 조정에 말해서 삼고초려하게 할 수 있나?	어렵겠습니다.
종실의 여성들을 명나라 자손들에게 시집보내고, 공신과 권세가들의 집을 빼앗아 그들에게 나눠 줄 수 있나?	어렵겠습니다.
나라의 젊은이들을 뽑아 변발을 시키고, 청나라 옷을 입혀 청나라에 보내 관리가 되게 하거나 장사를 시킬 수 있나?	사대부라면 누구나 예법을 지키는데, 누가 변발을 하고 청나라 옷을 입으려 들겠습니까?

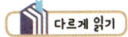
다르게 읽기

❹ 여러분이 허생의 처라면 어떻게 살았을 것인가를 상상해서 써 봅시다.

 작품 해설

허생, 기존 질서를 비판하고 새로운 세계에 눈을 돌리다

이 작품은 박지원의 책 『열하일기』의 「옥갑야화」 편에 담긴 여러 이야기 중 일부입니다. 후대에 '허생 이야기' 부분만 따로 「허생전」이라고 이름이 붙었습니다. 등장인물인 이완이 역사상 실재했다는 사실에서 시대 배경을 17세기 후반으로 볼 수 있습니다. 이 시기는 임진왜란, 병자호란을 겪고 나서 조선 사회의 내부 모순이 드러나고, 사회적으로 일대 변혁이 일어나기 시작한 근대 의식의 형성기라 할 수 있습니다.

작품은 허생이라는 인물을 통해 당대 사회의 제도적 모순과 취약점, 지배 계층인 사대부의 무능과 허위의식을 풍자하고 있습니다. 여기서 허생의 행위는 크게 세 가지로 나누어 볼 수 있습니다. 첫째는 매점매석을 통한 상행위로, 이를 통해 당시의 취약한 경제 구조와 허례허식에 치우친 양반들을 풍자하고 있습니다. 둘째는 허생이 도둑이 된 양민들을 데리고 빈 섬으로 가는 행위입니다. 이를 통해 지배층의 무능과 빈민 구제의 실천을 강조하고 있습니다. 셋째는 이완 대장에게 세 가지 계책을 제시하는 것입니다. 이를 통해 작가는 북벌론의 허구성과 사대부 집권층의 무능력을 비판하고 있습니다.

이러한 내용으로 보면 이 작품은 작가가 '허생'을 대리인으로 내세워 자신의 현실 인식과 당시 사회에 대한 비판 의식을 표현하고 있음을 알 수 있습니다.

한편 '허생'은 근대적인 인물이지만 현대의 관점에서 보면 일정한 한계를 지닌 인물이기도 합니다. 하지만 인간의 가치가 '돈'에 종속되어선 안 되며, 추구하는 가치를 위해 '재물과 화폐'가 기능해야 한다는 생각만큼은 현대인들이 곱씹어 보아야 할 태도입니다.

엮어 읽기

박지원 / 김수업 풀이, 『박지원의 한문 소설_한 푼도 못 되는 그놈의 양반』
세상의 허위와 위선을 시원스럽게 꼬집은 박지원의 여덟 가지 한문 소설을 엮은 책입니다. 인간의 이기심과 유학자들의 거짓됨이 적나라하게 드러나는 작품을 통해 우리 사회가 나아갈 방향을 생각해 볼 수 있습니다. 여덟 편의 소설은 「광문자전」, 「예덕선생전」, 「민옹전」, 「양반전」, 「김신선전」, 「호질」, 「옥갑야화」, 「열녀함양박씨전 병서」입니다.

교과서 밖 소설

무인도의 부자 노인

김동식(1985~)

김동식 작가는 경기도 성남에서 태어났습니다. 부산에서 어린 시절을 보내고, 2006년 서울로 상경해 성수동 한 주물 공장에서 10년가량 일했습니다. 2016년 온라인 커뮤니티 게시판에 글을 올리기 시작하여 극한의 상황에 놓인 인간의 딜레마, 휩쓸리는 대중의 심리 등을 통해 인간의 어두운 면을 그리는 한편, 유머러스하고 따뜻한 감성을 담은 작품들을 써 오고 있습니다. 「회색 인간」, 「세상에서 가장 약한 요괴」, 「13일의 김남우」, 「양심 고백」, 「정말 미안하지만, 나는 아무렇지도 않았다」 등을 펴냈습니다.

　무인도에서 살아야 한다면, 그리고 꼭 필요한 세 가지만 가져갈 수 있다면 무엇을 가져가고 싶은가요? 사람마다 가져가고 싶은 물건과 그 이유가 다르겠지만 '돈'을 가져가겠다는 사람은 아마 아무도 없을 겁니다.

　배가 침몰하여 낯선 사람들과 함께 무인도에 남겨진다면, 기분이 어떨까요? 사회에서의 지위나 재산이 모두 소용없어지고 오직 몸뚱이만 남은 사람들은 사회에서 지키던 관습이나 문화를 그대로 유지할 수 있을까요, 아니면 야만적인 본능의 지배를 받는 짐승의 삶을 살게 될까요?

　제한된 분량의 햄 통조림과 함께 10여 명의 사람들이 무인도에 남겨집니다. 햄 통조림을 최대한 오래 먹기 위해 생존 가능성이 가장 낮은 노인에게 통조림을 주지 않겠다고 선언하는 사람들 속에서 아무런 힘도 없는 노인은 살아남기 위해 자기 몫의 햄 통조림에 대하여 어떤 보답을 약속합니다.

　10여 명의 사람들만 남겨진 무인도에서 무슨 일이 벌어지는지 함께 읽어 봅시다.

 **생각 열기** 보답해 준다는 말만 믿고 부탁을 들어줬는데 대가를 돌려받지 못해 실망한 경험이 있나요?

무인도의 부자 노인

• 김동식 •

바다 한가운데에서 배가 침몰했다. 운이 좋아 살아남은 사람들은 한 무인도의 해변에서 깨어났다.

이미 죽어 시신이 된 사람들을 제외하면, 살아 있는 사람들은 10여 명.

어떤 사람은 멍하니 주저앉았고, 어떤 사람은 엉엉 소리 내 울었고, 어떤 여인은 남편의 시신을 껴안고 울었고, 어떤 사내는 숲 쪽을 확인하러 들어갔고, 어떤 사내는 해변에 떠내려온 물건들을 정리했고, 어떤 사내는 해변을 따라 섬을 한 바퀴 돌았다.

시간이 흘러 해가 지고 난 뒤, 사람들은 모두 모여서 대책을 논의했다. 결론은 구조대가 올 때까지 버티자는 것이었다.

가장 큰 문제는 식량이었다. 다행히 한 사내의 직업이 식품 연구원이었고, 그의 캐리어 안에는 햄 통조림이 종류별로 가득 차 있었다. 사람들은 그것으로 허기를 채우고, 모두 함께 해변에 모여서 잠을 잤다.

다음 날, 그들은 나무를 이용해 해변에다 거대한 SOS를 그렸다. 마른나무들을 모아 불을 지피고, 떠내려온 시신들을 수습해 한곳에 모아 두었다.

어서 구조대가 오기만을 바라며, 햄 통조림을 먹으며 하루를 보냈다.

다음 날, 그다음 날, 그다음 날. 일주일이 넘도록 구조대는 오질 않았다. 그 와중에 부상이 심했던 한 사람이 사경을 헤매다 사망하기도 했다. 사람들은 그의 죽음을 보며 공포를 느꼈다. 최악의 상황을 가정하기 시작했다. 구조대가 오기 전에 모두 죽거나, 구조대가 오지 않거나.

현실적으로도 가장 중요한 식량 문제가 마음에 걸렸다. 섬의 숲에 먹을 만한 열매라고는 야자열매 몇 개가 전부였고, 그들이 가진 햄 통조림도 거의 떨어져 갔다.

햄 통조림의 주인이 냉정하게 말했다.

"우리가 살기 위해선 합리적으로 생각해야 합니다. 이 몇 안 남은 통조림을 최대한 아껴야 합니다. 그래서 하는 말인데…… 죄송한 말이지만, 오늘내일하시는 노인분께는 더 이상 햄 통조림을 지급하지 않는 것이 우리 모두를 위한 합리적인 일이 아닐까 생각합니다."

노인은 당황했다. 다른 사람들도 표정이 불편해졌다. 하지만 합리적이라는 단어가 그들의 입을 다물고 있게 만들었다.

그는 내친김에 말을 더 이었다.

"전쟁 상황에서 부상병들이 막사*로 실려 오면, 너무 크게 다친 병사들은 아예 치료를 하지 않습니다. 그들을 치료한다고 해서 살릴 수 있을지도 모르고, 그 의약품을 다른 병사들을 살리는 데 쓰면 더 많은 병사를 구할 수 있기 때문입니다."

"……."

"지금의 상황이 딱 전쟁 상황과 같습니다. 우리는 위기에 처해 있습니다. 앞으로 이 섬에서 얼마나 더 지내야 하는지도 모릅니다. 어쩌면, 겨울을 나야 할지도 모르죠. 다리까지 다치셔서 오늘내 일하시는 노인분은 앞으로 저희 생활에 짐이 되면 되었지 도움이 될 순 없다고 생각합니다. 저를 쓰레기라 욕해도 좋습니다. 저의 계산으로는…… 노인분을 끝까지 안고 가는 것이 합리적으로 우리에게 도움이 되지 않는다고 생각합니다."

"……."

노인은 침묵했다. 사람들도 침묵했다. 인도적*으로는 마음이 불편했지만, 합리적이라는 단어가 마치 어쩔 수 없다는 말처럼 들렸다. 게다가 그들은 모두 죽음의 공포에 질려 있었다.

그때, 노인이 입을 열었다.

"나는 사실, 사회에선 그런 통조림 같은 건 먹지도 않네. 아니, 있

• **막사** 군인들이 주둔할 수 있도록 만든 건물 또는 가건물.
• **인도적** 사람으로서 마땅히 지켜야 할 도리에 관계되는 것.

무인도의 부자 노인 · 김동식

는 줄도 몰랐지. 자네들 ○○ 소주를 아는가?"

"……."

"내가 그 소주 회사의 회장이네."

"헛!"

"그깟 소주 회사 회장이라고 우습게 생각할지 모르겠지만…… 내가 가진 재산이 수백억이 넘네. 만약 사회였다면 통조림 하나에 이런 취급을 받을 일이 절대 없는 사람이지."

사람들은 노인을 달리 보았다. 노인이 그렇게 대단한 사람인 줄은 전혀 몰랐다. 반면에, 그런 대단한 노인도 결국 무인도에 떨어지면 한낱 힘없는 노인에 불과하다는 사실이 그들의 머릿속을 스쳤다.

노인은 형형한* 눈빛으로 사내를 향해 말했다.

"그 통조림 하나를 천만 원에 사지."

"!"

사람들은 깜짝 놀랐다. 통조림 하나에 천만 원이라니!

사내가 아무 말도 못 하고 노인을 보고만 있자, 노인이 다시 말을 했다.

"천만 원이라는 단위가 현실감이 떨어지는가? 그렇군. 그렇겠지. 그럼 500만 원으로 깎도록 하지. 믿을 수 있겠나?"

* **형형한** 광선이나 광채가 반짝반짝 빛나며 밝은.

"아, 아니……."
"더 깎아야 믿을까? 300? 100?"

사내는 정신을 차리고, 목소리를 높여 말했다.

"아, 아니, 무슨 말을 하시는 겁니까? 어르신이 사회에서 어떤 분이셨는지 몰라도, 이곳에서 어르신은 아무것도 가지고 있지 않습니다!"

노인은 담담히 대꾸했다.

"만약 우리가 구조되어 사회로 돌아가게 되면, 그때 돈을 치러 주겠다는 걸세. 여기 있는 모두를 증인 삼아 말이야."
"그건 구조가 됐을 때 이야기고 지금 당장은……."
"어차피 우리는 구조될 것 아닌가? 아니면, 우린 뭘 기다리고 있는 거지?"
"……."

노인의 한마디에 사내의 입이 다물어졌다. 맞다. 자신들은 구조를 기다리고 있는 게 아니었던가? 그렇지 않다면야 이렇게 아등바등 캔 하나에 목숨 걸지도 않았을 것이다.
노인은 담담하게 말했다.

"나중에 구조가 됐을 때, 모든 금액을 치러 주겠네. 내 약속하지.

그러니, 나에게도 통조림을 나누어 주게. 아니, 나에게 통조림을 팔게."

사내는 침을 꿀꺽 삼켰다. 어느새 노인에게 압도당한 듯했다. 결국, 사내가 제안했던 합리적인 희생 방식은 흐지부지되었다. 그날 저녁에도 노인을 포함한 모두가 통조림으로 식사를 했다.

다음 날, 사람들은 장기전을 이야기하기 시작했다. 구조대가 언제 올지 알 수 없으니, 오래 버틸 수 있는 계획의 필요성을 깨달은 것이다.

가장 먼저 집을 지어야 한다는 의견이 나왔다. 그동안은 언제든 구조대가 오면 떠날 셈으로 순번을 정해 해변에서 밤을 새우거나 쪽잠을 잤지만, 너무나 춥고 힘들었다. 집을 지으려니 당장 노동력, 힘쓰는 능력이 필요했다. 대부분 젊은 남자들이 나서야 했다. 그들이 집을 지으며 땀을 흘릴 때, 노인이 말했다.

"자네들이 건강하다는 이유만으로 노동을 제공해야 할 의무는 없네. 자네들이 당연히 해야 하는 일이 아닌 것이지. 자네들의 노동은 정당한 대가를 받아야 해. 집을 짓는 동안 하루 일당으로 50만 원씩 쳐 주겠네. 그 비용은 사회에서 내가 지급하지."

노인의 말이 괜한 공수표● 남발인지도 몰랐다. 그래도, 집을 짓

●공수표 실행이 없는 약속을 비유적으로 이르는 말.

는 남자들은 기분이 달라지는 것을 느꼈다. 하루 50만 원 일당은 사회에서도 못 벌어 본 돈이 아니었던가. 노인의 말이 거짓말이든 아니든 어차피 집은 지어야 했고, 그렇다면 차라리 진짜라고 생각하는 게 더 좋았다.

힘들던 노동도 50만 원의 일당을 받고 하는 일이라 생각하니까 조금은 편해졌다. 웃음도 나왔다.

"흐읏차! 편의점 알바 뛰다가, 하루 일당 50만 원씩 받으니까 기분은 좋네! 으랏!"
"그러게. 내 월급이 200이 안 됐었는데 말이다. 무인도 와서 이게 웬 횡재냐?"

사람들은 점점 체계적으로 장기전 태세에 들어갔다. 엉성하지만, 비바람을 막을 수 있는 집을 두 채나 지었고, 증류수를 꾸준히 모을 수 있는 장치와 비닐을 꾸려 빗물을 모아 두는 장치 등을 만들었다. 식량 문제도 조금씩이지만 해결되었다. 장기전을 계획하고부터는 본격적으로 바다 사냥을 나갔고, 물고기들, 하다못해 조개들과 작은 게들이라도 잡아 식량으로 삼았다.

사람들은 점점 무인도 생활에 적응해 나갔다. 그들의 무인도 생활 속에서, 노인이 유행시킨 것이 한 가지 있었다.

바로 사회에 두고 온 재산이었다. 그 작은 무인도 사회에서 그들은 돈을 통용시켰다. 사회에서 자신들이 가지고 있던 재산을 노트에 적

어 놓고 소중히 보관했다. 그들은 그 재산을 이 무인도에서 사용했다.

　누구도 재산을 허투루 쓰지 않았다. 실제 돈을 쓰듯이 신중하게 사용했다. 그들에게 그 재산은, 마치 사회와 무인도를 연결해 주는 현실의 끈처럼 느껴졌다. 그 돈을 장난처럼 치부해 버리는 순간, 구조에 대한 그들의 희망도 사라져 버릴 것처럼 느껴졌기에 더더욱 진실로 대했다.

　첫날 남편을 잃고, 넋이 나간 듯 지내던 여인이 어느 날, 무심코 풀잎을 엮어 모자를 만들었다. 그 모습을 보던 다른 한 여인이 말했다.

　"그 모자 정말 예쁘네요. 제게 파시겠어요? 3만 원 드릴게요."

　여인은 얼떨결에 모자를 3만 원에 팔았고, 다시 풀잎을 모아 모자를 엮었다. 그날 이후 그녀는 무인도에 있는 내내 모자와 장신구를 만들었다. 사람들은 마음에 드는 것들을 골라 그녀에게 돈을 내고 샀다. 그녀는 좀 더 예쁘게, 좀 더 멋지게 만들기 위해 디자인을 고민했고, 재료를 다양화했다. 그녀는 무인도에서 무척 바쁜 사람이 되었다.

　사회에서 백수로 지내던 한 청년은, 물고기 사냥의 신이었다. 누구도 따라올 수 없을 만큼 사냥을 잘했다. 청년은 사냥한 식자재들을 공짜로 나누지 않았다.

　"자네가 잘 잡는다고, 우리에게 사냥을 해 주는 게 당연한 게 아니야. 자네는 힘들게 사냥한 것에 대한 정당한 대가를 받아야만 해."

청년은 매 순간 최선을 다해서 사냥했고, 무인도에서 돈을 가장 많이 벌었다.

또 어떤 이들은 만 원씩 걸고 내기 바둑을 두기도 했다.

"자네들, 또 내기 바둑 두나?"
"아, 무인도에서 할 게 뭐 있습니까?"
"흠…… 자넨 저기에 두는 게 어떤가?"
"어르신, 훈수는 안 됩니다! 이게 판당 만 원짜리인데! 어르신이 대신 내 주실 겁니까?"
"내가 왜 내나? 자네가 다 둔 걸 가지고."
"이런."

사람들은 무엇이든지 돈으로 거래했다. 무언가 쓸 만한 도구를 만들어 파는 이도 있었고, 물고기 손질과 요리, 빨래, 미용, 집의 확장이나 보수 작업, 심지어 소설을 써서 들려주고 돈을 받는 이도 있었다. 사람들은 모두 돈을 벌기 위해 무언가를 했다.

그것이 그들의 무인도 생활을 버티게 했다. 그리고 결국, 그 날이 왔다.

거대한 SOS 마크를 매일매일 정비한 보람이 있었는지, 지나가던 헬기가 그들을 발견했다.

"배다! 배가 다가온다! 배야! 배가 오고 있다고요!"

그들은 기어이 구조됐다. 몇 개월을 무인도에서 견뎌 내어 기어코 구조됐다. 그들은 얼싸안고 기쁨의 눈물을 흘렸다. 구조된 배 위에서 고향으로 향하며, 서로 얼굴을 마주치기만 해도 눈물을 흘렸다.

그들의 소식이 전해지고 가족들이 마중하러 온 항구로 향할 때, 노인의 표정이 어두워졌다. 모두가 들뜨고, 기쁘고, 환한 얼굴이었지만 노인의 얼굴만은 어두웠다. 눈을 질끈 감은 노인은 고백했다.

"용서하게들. 사실 난 기업의 회장이 아니야. 그런 재산 따위는 가지고 있지 않네. 그날 그 자리에서 살고 싶어서 거짓말을 한 거야…… 미안하네."

사람들은 노인을 돌아보았다. 그들 모두 노인에게서 수천만 원씩 받을 돈이 있었다.

이윽고 그들은, 노인을 향해 고개를 끄덕거렸다. 그게 다였다. 그냥 알았다는 듯 고개를 끄덕거렸다.

"아……."

사실, 그 노트도 이곳에 없었다. 서로의 재산이 오고 간 그 노트는 무인도에 두고 왔다. 아무도 그걸 챙기지 않았다. 그 노트의 역할은 거기까지였다. 무인도 생활을 버티게 해 주는 것. 그거면 충분했다.

이후 방송에 출연한 그들은 항상 말했다.

"통조림 몇 개 때문에 한 노인을 죽이려고 했을 때, 저희는 짐승들이 되어 있었습니다. 한 노인을 살려 주고 나니, 그제야 저희는 사회 속에 사는 인간이 되어 있더군요. 그래서 저희는 살았습니다."

 **활동하기**

❶ 다음 내용 중 맞는 것에는 O, 틀린 것에는 X를 해 봅시다.

㉠ 노인은 통조림을 얻기 위해 통조림 하나에 대해 지불할 금액을 점점 더 작게 제안했다. ( )
㉡ 남편을 잃고 모자를 만들던 부인은 무인도에서 가장 많은 돈을 벌었다. ( )
㉢ 무인도의 사람들은 마지막에 헬기로 구조되었다. ( )
㉣ 사람들은 무인도를 떠날 때 무인도에서 쓰던 장부를 소중하게 챙겨서 나왔다. ( )

❷ 다음 부분을 읽고 '노트'가 어떻게 무인도 생활을 버티게 해 주었는지를 중심으로 '노트의 역할'에 담긴 의미를 써 봅시다.

서로의 재산이 오고 간 그 노트는 무인도에 두고 왔다. 아무도 그걸 챙기지 않았다. 그 <u>노트의 역할</u>은 거기까지였다. 무인도 생활을 버티게 해 주는 것.

❸ 만약 여러분이라면 무인도에서 돈을 벌기 위해 무엇을 할 수 있었을까요? 자신이 가진 재능이나 기술을 최대한 이용해서 써 봅시다.

> 사람들은 무엇이든지 돈으로 거래했다. 무언가 쓸 만한 도구를 만들어 파는 이도 있었고, 물고기 손질과 요리, 빨래, 미용, 집의 확장이나 보수 작업, 심지어 소설을 써서 들려주고 돈을 받는 이도 있었다. 사람들은 모두 돈을 벌기 위해 무언가를 했다.

다르게 읽기

❹ 만약 이들이 끝내 구조되지 않았다면, 그 이후 무인도에서는 무슨 일이 벌어졌을까요? 상상해서 써 봅시다.

 작품 해설

힘든 현재를 견디게 해 주는 힘, 희망

"천국에 사는 사람들은 지옥을 생각할 필요가 없다. 그러나 우리 다섯 식구는 지옥에 살면서 천국을 생각했다."

조세희가 쓴 소설 「난쟁이가 쏘아 올린 작은 공」의 첫 구절입니다. 문명사회에 사는 사람들은 무인도의 삶을 생각할 필요가 없습니다. 그러나 무인도에 떨어진 사람들은 무인도에 살면서 문명사회를 생각합니다. 지옥이 괴로운 이유는 천국으로 가고 싶은 바람, 꿈, 희망 때문입니다. 무인도가 괴로운 이유는 다른 인간들과 함께 살아가는 곳, 즉 '문명사회'로 돌아가고 싶은 바람 때문입니다. 무인도의 부자 노인도 말합니다. "어차피 우리는 구조될 것 아닌가? 아니면, 우린 뭘 기다리고 있는 거지?" 구조될 거라는 희망이 있기에 무인도의 사람들은 평정을 되찾고 의식주를 갖춘 작은 문명사회를 유지해 나갑니다.

이 작품이 독특한 점은 무인도와 문명사회를 이어 주는 끈을 '돈'으로 설정했다는 점입니다. 자신을 인간답게 대우해 주면 그 답례로 '돈'을 주겠다는 노인의 제안을 보세요. 만약 도덕, 도리, 윤리, 인권을 내세웠다면 오히려 노인은 버림받는 신세가 되었을 것입니다. 이런 독특한 설정으로 현대의 자본주의, 물질 만능 사회를 가볍지만 진지하게 풍자하고 있기에, 이 작품은 현대의 청소년들이 읽어 볼 만합니다.

이 작품은 물질 만능 사회를 풍자하는 데에서 그치지 않고 한 발 더 나아갑니다. '돈'이 지금 여기의 눈앞에 실재하지 않고, 약속된 말로만 존재한다는 점인데요. 이 '약속된 말'이 사람을 움직이는 힘이 되기도 합니다. 사람들은 '착한 일을 하면 천국에 간다.'라는 말을 믿고 착한 일을 합니다. 죽은 사람들이 천국에 정말 갔는지는, 무인도에서 쓰던 장부 속 현금 거래처럼 아무도 모르는 일입니다. 하지만 구원될 거라는 약속, 믿음, 희망만으로도 우리는 이 사회를 지옥이 아닌 살 만한 곳으로 바꿀 수 있습니다.

> **엮어 읽기**
>
>
>
> **윌리엄 골딩, 『파리대왕』**
> 무인도에 불시착한 어린아이들이 문명인의 삶에서 멀어지고 점차 야만성에 눈을 떠 인간 사냥까지 벌이게 되는 과정을 묘사한 소설입니다. 「무인도의 부자 노인」이 무인도에서의 생활을 지나치게 단순화하고 낭만적으로 그리는 것과는 극명하게 대비됩니다. 무인도와 표류라는 극단적인 상황에서 나라면 어떤 삶의 방식을 선택할지 생각하며 소설을 읽어 보길 바랍니다.

교과서 밖 소설

강우(The Rain Came)

그레이스 A. 오고트(1930~2015)

오고트는 케냐에서 태어났습니다. 1960년대부터 영어와 루오어로 단편 소설을 발표하기 시작했고, 1966년에는 첫 장편 소설 「약속의 땅」을 발표하여 주목을 받았습니다. 작가적 능력을 인정받은 것 외에도 유엔 총회의 케냐 대표로 선발되기도 하고 국회 의원으로 임명되기도 했습니다. 과거의 전통적인 문화와 새로운 근대 문화와의 갈등을 다룬 단편을 모은 「천둥 없는 나라」를 펴냈습니다.

비가 안 오면 무슨 일이 벌어질까요?

풀이나 곡식이 자랄 수도 없고, 거기에 기대어 살아가는 동물들도 굶어 죽게 됩니다. 사람은 말할 것도 없고요. 그래서 인류는 오래 전부터 가뭄이 오면 비가 오기를 기원하는 기우제를 지냈습니다.

그런데 지역마다 기우제를 지내는 방법은 조금씩 달랐습니다. 우리나라에서는 전통적으로 음식을 차려 놓고 하늘에 제사를 지냈습니다. 그래도 비가 오지 않으면 하늘이 임금을 저버렸다는 말이 나올 정도로 심각한 일이었습니다.

인디언들은 기우제를 지내면 무조건 비가 온다고 합니다. 그 이유는 '비가 올 때까지 계속 기우제를 지내기 때문'이라고 하는데요, 오래전 동아프리카에서는 비가 오지 않으면 어떤 방법을 사용했을지 이야기 속으로 들어가 봅시다.

 **소중한 것을 희생해서라도, 간절히 무엇인가 이뤄지기를 바란 적이 있나요?**

강우

• 그레이스 A. 오고트 / 송무 옮김 •

족장 라봉고가 동구 밖 멀리 떨어진 곳에서 걸어오고 있었지만, 그의 딸 오간다는 금세 아버지를 알아보았다. 오간다는 아버지를 맞으러 뛰어나가 가쁜 숨을 몰아쉬며 물었다.

"족장님, 어떻게 됐죠? 마을 사람들이 모두 비 소식을 기다리고 있어요. 비가 언제 내리죠?"

족장은 딸의 두 손을 부여잡을 뿐 아무 말도 하지 않았다. 오간다는 아버지의 쌀쌀맞은 태도를 이상하게 여기며, 부족 사람들에게 족장이 돌아온 것을 알리려고 마을로 달려갔다.

마을 분위기는 긴장되어 있었고 혼란스러웠다. 다들 뚜렷한 목적도 없이 어슬렁거렸고, 별 하는 일 없이 마당에서 소란을 벌이기도 했다. 한 남편을 둔 젊은 여자 둘이 소곤거렸다.

"오늘 비 문제를 해결하지 못하면 족장은 끝장이에요."

그들은 족장이 사람들에게 시달려 점점 수척해져 간다는 것을 알았다.

사람들이 족장에게 말했다.

"들판에서 가축들이 죽어 가고 있어요."

"이제 곧 아이들이 쓰러질 겁니다. 그다음은 우리 차례고요. 목숨을 부지하려면 어떻게 해야 하죠? 말씀해 주세요, 족장님."

족장은 조상님들을 통해 신에게 빌었다. 이 엄청난 고난에서 그들을 구해 달라고.

라봉고는 가족을 불러 모아 곧바로 소식을 전하는 대신 자기 오두막으로 갔다. 그것은 혼자 있고 싶다는 뜻이었다. 그는 덧문을 닫고 빛이 희미하게 비쳐 드는 오두막에 앉아 곰곰이 생각에 잠겼다.

지금 라봉고의 가슴을 무겁게 짓누르고 있는 것은 굶주린 부족을 족장이 책임져야 하는 문제가 아니었다. 외동딸의 목숨이 위태로웠던 것이다. 오간다가 마중을 나왔을 때, 그는 딸의 허리에서 반짝이는 황동 고리 줄을 보았다. 예언은 들어맞았다.

"내 외동딸 오간다가 어린 나이로 죽어야 한다니, 이게 웬 운명의 장난이란 말이냐, 오간다야, 오간다야."

라봉고는 혼잣말을 다 맺지 못하고 울음을 터뜨렸다. 족장은 울어서는 안 된다. 부족 사회가 그를 가장 용감한 사람으로 선언하지 않았던가. 하지만 라봉고는 이제 그런 것 따위에는 신경 쓰지 않았다. 그는 평범한 아버지의 마음이 되어 쓰라리게 울었다. 그는 루오족●을 사랑했다. 하지만 오간다가 없다면 루오족이 다 무슨 의미가 있겠는가 하는 생각이 들었다. 오간다의 탄생은 라봉고의 삶에 새 생명을 불어넣어 주었고, 그는 어느 때보다 더 부족을 잘 다스렸다. 어여쁜 딸이 죽고 나면 마을의 정령●은 어떻게 살아남을 수 있단 말인가.

"딸을 가진 집이나 부모가 많지 않습니까? 왜 하필 제 딸이란 말

● **루오족** 케냐의 한 부족.
● **정령** 산천초목이나 무생물 따위의 여러 가지 사물에 깃들어 있다는 혼령. 원시 종교 숭배 대상 가운데 하나이다.

입니까? 제게는 그 딸이 전부입니다."

라봉고는 조상님들이 오두막 안에 있는 것처럼, 그들을 지금 마주 보고 있는 것처럼 울부짖으며 말했다. 어쩌면 조상님들이 정말 오두막에 와 있는지도 몰랐다. 그가 족장이 되던 날, 원로들 앞에서 큰 소리로 약속했던 것을 일깨우기 위해서 말이다.

"필요하다면 제 목숨을 바치겠습니다. 적의 손에서 부족을 구하기 위해서라면 제 가족의 목숨도 바치겠습니다."

그는 그렇게 서약했던 것이다.

"서약을 어겨라, 어서."

조상님들의 비웃는 소리가 들리는 것만 같았다.

족장이 되었을 때, 라봉고는 젊은 청년이었다. 아버지와 달리 그는 여러 해 동안 한 명의 아내와 살면서 부족을 다스렸다. 하지만 하나뿐인 아내가 딸을 낳지 못하자, 사람들이 뒤에서 수군거리기 시작했다. 결국 두 번째, 세 번째, 네 번째 아내와 결혼할 수밖에 없었다. 하지만 아내들은 모두 아들을 낳았다. 다섯 번째 아내와 결혼했을 때에야 겨우 딸을 얻을 수 있었다. 사람들은 그 딸아이를 '오간다'라고 불렀는데, 오간다는 '콩'이라는 뜻이었다. 그렇게 부른 까닭은 아이의 살결이 아주 매끄러웠기 때문이었다. 라봉고가 낳은 스무 명의 아이들 가운데 딸은 오간다뿐이었다. 오간다는 족장의 특별한 사랑을 받으며 자랐다. 라봉고의 다른 아내들은 질투심을 억누르고 그녀에게 사랑을 쏟았다. 오간다는 딸이라 집을 떠날 날이 멀지 않았기 때문이었다. 어린 나이지만 곧 결혼을 하게 되면 부러움을 받는 그녀의 자리는 어차피 다른 자식에게 넘어갈 수밖에 없었다.

라봉고는 그처럼 힘겨운 결정을 내려야 하는 상황에 부딪혀 본 적이 없었다. 강우사*의 요구를 거절하면 그것은 개인의 이익을 위해 부족 전체를 희생하겠다는 것과 마찬가지였다. 그뿐만이 아니었다. 그것은 조상님들을 거역하고, 루오족을 땅 위에서 모조리 사라지게 하겠다는 뜻이기도 했다. 하지만 반대로 부족을 위해 오간다를 죽게 하면 라봉고의 영혼은 영원히 치유하지 못할 커다란 상처를 입게 될 것이다. 그는 그렇게 될 경우에 다시는 자신이 이전의 족장과 같은 사람이 되지 못하리라는 것을 알고 있었다.

주술사인 느디티의 말이 아직도 귓전에 맴돌았다.

"루오족의 포드호 조상님이 어젯밤 꿈에 나타나, 저더러 족장님과 부족민에게 말을 전하라 일렀습니다."

느디티는 부족민들이 모인 자리에서 말했다.

"비가 내리려면 아직 남자를 모르는 젊은 여자가 죽어야 합니다. 포드호 조상님이 제게 말하고 있을 때, 저는 한 여자가 두 손을 머리 위로 올리고 호숫가에 서 있는 것을 보았습니다. 여자의 살결은 젊은 사슴의 살처럼 보드라웠습니다. 여자는 크고 호리호리한 몸매로 강둑의 외로운 갈대처럼 서 있었습니다. 졸음이 가득한 여자의 눈에는 사랑하는 자식을 잃은 어머니의 슬픈 표정이 어려 있었습니다. 왼쪽 귀에 금 귀걸이를 하고 허리에 반짝이는 황동 고리 줄을 둘렀습니다. 제가 이 젊은 여자의 아름다움에 넋을 잃고 있을 때, 포드호 조상님이 다시 말했습니다. '우리는 이 땅의 여자들 가운데 이 여자를 골랐다. 이 여자에게 일러 스스로 호수 괴물의 제물이 되도록 하라! 그러면 바로 그날로 많은 비가 내릴 것이

* **강우사** 비를 내리게 하는 일을 맡고 있는 부족의 주술사.

다. 그날은 홍수에 떠내려가지 않도록 아무도 집을 떠나지 말아야 한다.'라고요."

바깥에서는 이상한 적막이 흘렀다. 말라 죽어 가는 나무들 위에서 목마른 새들이 느른하게 울고 있을 뿐이었다. 눈부신 한낮의 뜨거운 열기 때문에 사람들은 죄다 오두막에 틀어박혀 있었다. 족장의 오두막에서 얼마 떨어지지 않은 곳에서는 두 명의 경비병이 나지막이 코를 골았다. 라봉고는 족장이 쓰는 관과 어깨까지 내려오는 커다란 독수리 머리 장식을 벗었다. 그는 오두막에서 나와 전령사인 냐보고에게 북을 치라고 지시하는 대신에 스스로 가서 북을 두드렸다. 곧 모든 부족민이 시알라나무 아래로 모였다. 그곳은 그가 가족들을 모아 놓고 연설을 하는 곳이었다. 그는 오간다에게 잠시 할머니의 오두막에 가 있으라고 했다.

라봉고는 연설을 하려고 가족들 앞에 섰지만 목소리가 쉬고 눈물로 목이 메어 입이 떨어지지 않았다. 그 모습을 본 아내들과 아들들은 나쁜 일이 닥쳤다는 것을 알았다. 적들이 전쟁을 선포한 것일까. 그들은 라봉고의 눈이 붉게 충혈되어 있어 그가 울고 있다는 것을 알 수 있었다. 마침내 라봉고가 입을 열었다.

"사랑하고 아끼는 사람이 우리 곁을 떠나게 되었다. 오간다가 죽어야 한다."

라봉고의 목소리는 너무 작아 말하는 사람 자신도 알아듣지 못할 지경이었다. 하지만 그는 말을 이었다.

"조상님들이 호수 괴물에게 바칠 제물로 이 아이를 택하셨다. 비를 내리게 하려면 제물을 바쳐야 한다."

한동안 가족들 사이에 쥐 죽은 듯 침묵이 흘렀다. 다들 너무 놀라 말을 잃어버렸다. 얼마 후 웅성거리는 소리가 들렸다. 오간다의 어머니는 실신하여 오두막으로 실려 갔다. 하지만 남은 사람들은 빙빙 돌며 춤을 추고 노래를 불렀다. 그들은 "부족을 위해 죽는 오간다는 행운아, 부족을 구하려면 오간다를 보내라."라는 말을 되풀이했다.

할머니의 오두막에 가 있던 오간다는 가족들이 한데 모여 무슨 일을 논의하기에 자기는 듣지 못하게 하는 건지 궁금했다. 할머니의 오두막은 족장의 마당에서 한참 떨어져 있어 아무리 귀를 쫑긋 세워도 사람들 이야기 소리를 들을 수 없었다.

"결혼 이야기인가 봐."

그녀는 그렇게 단정하고 말았다. 딸의 결혼 이야기는 본인이 듣지 않는 자리에서 하는 것이 집안의 관습이었다. 오간다는 자기 이름만 들어도 침을 흘리는 청년들 몇몇이 떠올랐다. 오간다의 입술에 희미한 미소가 번졌다.

그중에는 이웃 문중의 한 원로의 아들, 케크가 있었다. 케크는 미남이었다. 눈매가 순하면서 매력적이고 웃음소리는 우렁찼다. 케크라면 멋진 아빠가 될 거야, 하고 오간다는 생각했다. 하지만 자신과 잘 어울릴 것 같지는 않았다. 케크는 남편감으로 키가 너무 작았다. 말할 때마다 내려다봐야 한다면 창피한 일이었다.

그러자 디모가 떠올랐다. 디모는 벌써부터 용맹한 전사이자 뛰어난 씨름꾼으로 이름을 떨치고 있는, 키가 헌칠한 젊은이였다. 디모는 오간다를 사랑하고 있었다. 하지만 오간다 생각에 디모는 다투기를 잘해 늘 싸움을 하려고 덤벼드는 잔인한 남편이 될 것 같았다. 오간다는 그 사람도 마음에 들지 않았다.

이번에는 오신다를 생각하면서 허리에 두른 반짝이는 황동 고리 줄을 만지작거렸다. 오래전, 아주 어렸을 때 오신다가 선물로 준 것이었다. 그녀는 그것을 목에 걸지 않고 허리에 둘렀다. 영원히 그렇게 하고 싶었다. 오신다를 떠올리자 가슴이 두방망이질 치듯 뛰기 시작하였다. 오간다는 중얼거렸다.

"사람들이 지금 이야기하고 있는 상대가 당신이었으면 좋겠네요. 사랑하는 오신다, 어서 와서 날 데려가 줘요……."

문간에 비쩍 마른 사람의 모습이 나타나자 오간다는 사랑하는 사람 생각에 넋을 잃고 있다가 깜짝 놀랐다.

"할머니, 깜짝 놀랐지 뭐예요."

오간다는 웃으며 말했다.

"말해 줘요, 제 결혼 이야기를 하셨나요? 전 아무하고도 결혼하지 않을 거예요."

그녀의 입술에 다시금 미소가 떠올랐다. 그녀는 빨리 말해 달라고 할머니를 졸랐다. 사람들이 오신다를 마음에 들어 했다는 말을 듣고 싶었다.

사람들은 춤추고 노래하며 오간다의 발밑에 놓아 줄 선물을 하나씩 들고 오두막으로 오고 있었다. 사람들의 노랫소리가 가까워지자, 오간다는 노래의 내용을 알아들을 수 있었다.

"부족을 구하려면, 비가 내리게 하려면, 오간다를 보내라. 부족과 조상님을 위해 오간다를 죽게 하라."

사람들이 자기에 관한 노래를 부르고 있다는 걸 알고 오간다는 제정신을 차릴 수 있었을까. 과연 죽을 수 있다고 생각했을까.

오간다는 여윈 몸으로 문간을 막고 선 할머니의 모습을 발견하였다. 그녀는 밖으로 나갈 수가 없었다. 할머니의 표정에서 위험이 코

앞에 닥쳐왔다는 것을 알 수 있었다.

"할머니, 그럼 제 결혼 이야기가 아니었단 말인가요?"

오간다가 다급하게 물었다. 굶주린 고양이에 쫓겨 구석으로 몰린 생쥐처럼, 그녀는 갑자기 공포에 사로잡혔다. 오두막에는 출입구가 하나밖에 없다는 것도 잊고, 오간다는 필사적으로 빠져나갈 곳을 찾았다. 살기 위해서는 싸우지 않으면 안 되었다. 하지만 나갈 곳이 없었다.

오간다는 눈을 질끈 감은 채 할머니를 땅바닥에 쓰러뜨리고 성난 호랑이처럼 뛰쳐나갔다. 하지만 바깥에는 라봉고가 상복을 입고 뒷짐을 진 채 꼼짝도 하지 않고 서 있었다. 그는 흥분한 군중을 피해 붉은 칠이 된 조그만 오두막으로 딸을 데리고 갔다. 실신했던 그녀의 어머니가 그곳에 있었다. 오두막에 들어온 라봉고는 딸에게 족장으로서 불행한 이야기를 할 수밖에 없었다.

서로를 끔찍이 사랑했던 세 사람은 오랫동안 말없이 어둠 속에 앉아 있었다. 무슨 말이 소용 있겠는가. 말을 하려고 해도 아무 말도 나오지 않았다. 지금까지 그들은 음식을 만들 때 냄비를 받치는 세 개의 돌처럼 서로 짐을 나누어 지고 있었다. 하지만 오간다가 떠나고 나면 나머지 두 돌은 쓸모없게 될 것이다.

족장의 아름다운 딸을 제물로 바쳐 비를 내리게 한다는 소식은 바람처럼 빠르게 퍼졌다. 저물녘이 되자 족장의 마을은 오간다에게 축하의 말을 하러 온 친척들과 친구들로 바글거렸다. 선물을 가지고 오는 사람 중에 아직 도착하지 못한 사람도 많았다. 사람들은 그녀와 함께 있어 주기 위해 아침까지 춤을 출 작정이었다. 그리고 아침이 되면 큰 송별 잔치를 열어 줄 것이다. 그들은 부족을 살리기 위해 정령들에 의해 제물로 뽑히는 것을 커다란 명예로 생각했다.
"오간다의 이름은 우리들 마음에 영원히 살아남을 것이다."
그들은 자랑스럽게 말했다.

한 여자의 딸이 나라를 위해 죽는다는 것은 물론 명예로운 일이다. 대단히 명예로운 일이다. 하지만 하나뿐인 딸이 바람과 함께 사라지고 나면 어머니는 누구랑 살아간단 말인가. 이 땅에 여자들이 많은데 하필이면 왜 자신의 딸이란 말인가. 왜 외동딸이란 말인가. 사람의 목숨에 무슨 의미가 있지? 다른 집에 아이들이 바글거리는데 오간다의 어미는 왜 하나밖에 없는 딸아이를 잃어야 하는가.

구름 한 점 없는 하늘에 달은 휘영청 밝았고 하늘 가득한 별들도 저마다 반짝였다. 나이별로 춤을 추던 사람들이 오간다 앞에서 춤을 추기 위해 모두 한데 모였다. 오간다는 어머니 곁에 바짝 붙어 앉아 조용히 흐느끼고 있었다. 그녀는 지난 세월을 부족 사람들과 함께 살아오면서 그들을 잘 안다고 생각했다. 하지만 이제 그녀는 자기가 그들 사이에서 낯선 사람이 되어 있다는 것을 알았다. 그 사람들이 늘 큰 소리로 떠들어 대듯 오간다를 정말 사랑한다면, 왜 그녀를 가엾게 여기지 않을까. 왜 그녀를 살려 보려고 하지 않는 것일까. 이 사람들은 젊어서 죽는다는 것이 어떤 기분인지 정말 알까. 오간다는 제 또래 젊은이들이 춤을 추러 일어서자 북받치는 감정을 억누르지 못하고 큰 소리로 흐느껴 울었다. 제 또래들은 모두 젊고 아름다웠다. 그들은 곧 결혼을 하여 아이들을 가질 것이다. 사랑하는 남편을 가지게 될 것이고, 함께 살 조그만 오두막도 가지게 될 것이다. 그들은 성숙해질 것이다. 오간다는 허리에 두른 줄을 만지작거리며 오신다를 생각했다. 오신다도 그 자리에, 친구들 사이에 있으면 얼마나 좋을까.

"병이 났나 봐."

그녀는 우울했다. 그래도 허리에 두른 줄이 위로가 되었다. 그녀는 이 줄을 허리에 두르고 죽으리라, 저세상에 가서도 두르리라고 생각했다.

아침이 되자 오간다가 골라 먹을 수 있도록 갖가지 음식을 차린 큰 잔칫상이 마련되었다.

"죽고 나면 먹지 못한다."

사람들 말이 그랬다. 음식은 맛있어 보였지만 오간다는 아무것에도 손이 가지 않았다. 그녀는 조그만 조롱박에 담긴 물을 조금 홀짝이는 것으로 식사를 대신했다.

떠날 시간이 다가왔다. 이제는 한순간 한순간이 소중했다. 호수까지는 꼬박 하루가 걸리는 길이었다. 깊은 삼림 지대를 지나 온밤을 걸어야 했다. 하지만 아무것도 그녀를 건드리지 못했다. 숲속에 사는 것들조차 그녀를 건드릴 수 없었다. 그녀는 이미 성스러운 기름을 바른 신성한 존재가 되어 있었기 때문이다. 오간다는 자신에 관한 슬픈 소식을 들었던 때부터 오신다가 나타나기를 이제나저제나 기다렸다. 하지만 그는 보이지 않았다. 한 친척의 말로는 오신다가 어딘가로 일을 보러 나가 마을에 없다고 하였다. 오간다는 사랑하는 사람을 다시는 보지 못하리라는 것을 깨달았다.

오후가 되자 온 마을 사람들이 그녀에게 마지막 작별 인사를 하려고 마을 입구에 나왔다. 그녀의 어머니는 딸과 함께 오랫동안 울었다. 가죽 상복 차림의 족장이 맨발로 마을 입구에 나와 사람들 틈에 끼었다. 어쩔 수 없이 슬픔에 빠진 평범한 아버지였다. 그는 팔찌를 빼 딸의 팔에 끼워 주며 말했다.

"넌 우리 마음에 영원히 살아 있을 것이다. 조상님들이 너와 함께 계신다."

오간다는 아무 말도 할 수 없었고 그 말을 믿지도 않았다. 그냥 사람들 앞에 서 있었다. 할 말이 없었다. 살던 집을 다시 한 번 돌아보았다. 심장이 가슴속에서 고통스럽게 뛰는 소리를 들을 수 있었다. 어린 시절의 꿈이 깡그리 사라져 갔다. 봉오리가 떨어져 다시는 아침 이슬을 마시지 못할 꽃 신세였다. 서럽게 우는 어머니를 보고 그녀는 나직이 말했다.

"제가 보고 싶을 때면 노을을 보세요. 전 거기 있을 거예요."

오간다는 남쪽으로 방향을 잡아 호수로 가는 고단한 길을 떠났다. 부모와 친척, 친구들, 그녀를 좋아했던 사람들이 마을 입구에 서서 그녀가 떠나는 것을 지켜보았다. 아름답고 호리호리한 그녀의 모습이 점점 작아지더니 이윽고 숲의 마른 나무들 사이로 사라져 버렸다.

오간다는 황야에 구불구불 난 호젓한 길을 걸으면서 노래를 불렀다. 그녀의 목소리만이 길벗이 되어 주었다.

우리 조상님들 말씀은
오간다가 죽어야 한대
족장 딸을 제물로 바쳐야 한대
호수의 괴물이 나를 먹으면
우리 땅에 비가 올 거래
비가 억수같이 쏟아질 거래
바람이 불고 천둥이 칠 거래
족장 딸이 호수에서 죽으면

호숫가에 물이 넘실댈 거래
내 또래 동무들이 그러라 하고
아버지 어머니도 그러라 하고
친구들 친척들도 그러라 했어
비가 오려면 오간다가 죽어야 한다고
내 또래 동무들 젊고 성숙해
모두들 어른 되어 엄마가 될 거야
하지만 오간다는 일찍 죽어야 한대
조상님들 사는 데로 가야 한대
그래야 비가 억수같이 쏟아질 거래

지는 해의 붉은 빛살이 오간다를 감싸자 그녀는 황야에서 촛불처럼 붉게 타올랐다.

오간다의 슬픈 노래를 들으러 나온 사람들은 그녀의 아름다움에 마음이 울컥하였다. 하지만 그들이 하는 말은 다 똑같았다.

"사람들을 구하려면, 우리에게 비를 가져다주려면, 두려워하지 마라. 너의 이름은 우리 마음에 영원히 살아 있을 것이다."

한밤이 되자 오간다는 기운이 빠지고 몹시 피곤했다. 더 이상 걸을 수 없었다. 그녀는 큰 나무 아래에 앉아 조롱박의 물을 조금 마시고 나무 기둥에 머리를 기댄 채 잠들었다.

아침에 눈을 떴을 때는 해가 중천에 올라 있었다. 몇 시간을 걸은 뒤에 그녀는 '통'이라 불리는 곳에 도착했다. 그곳은 사람들이 거주하는 지역과 '카르 라모'라고 불리는 성스러운 땅을 구분 짓는 경계 지역이었다. 보통 사람은 이곳에 들어가 아무도 살아 나오지 못했다. 정령들이나 전능한 신을 직접 만나는 사람들만 그 신성한 곳에 들어갈 수 있었다. 하지만 해가 지기 전에 호수에 이르려면 오간다는 이 신성한 곳을 지나야 했다.

많은 사람의 무리가 마지막으로 그녀를 보려고 모여들었다. 이제 그녀는 목소리도 쉬고 목도 아팠지만 더 걱정할 필요가 없었다. 얼마 있으면 노래를 부를 필요가 없으니까. 사람들은 알아들을 수 없는 말을 웅얼거리면서 그녀를 안쓰럽게 바라보았다. 하지만 그녀를 살리고자 하는 사람은 아무도 없었다. 오간다가 성스러운 곳으로 들어가는 문을 열자 아이 하나가 사람들 사이에서 빠져나와 그녀에게 달려왔다. 아이는 땀에 젖은 손으로 쥐고 있던 조그만 귀걸이를 내밀며 말했다.

"저승에 가시게 되면 이 귀걸이를 제 누나에게 전해 주세요. 지난주에 죽었는데 잊어 먹고 이 귀걸이를 가져가지 않았어요."

오간다는 아이의 부탁을 듣고 깜짝 놀라며 귀걸이를 받았다. 그러고는 남아 있던 소중한 물과 음식을 아이에게 건네주었다. 이제는 물과 음식이 필요 없었다. 오간다는 웃어야 할지 울어야 할지 알 수 없었다. 사별한 사람이 죽은 지 오래된 연인에게 사랑의 마음을 전한다는 말은 들었지만 선물을 전한다는 말은 처음이었다.

오간다는 숨을 죽이고 울타리를 넘어 신성한 땅으로 들어갔다. 그런 다음 호소하는 눈빛으로 사람들을 돌아보았지만 아무런 반응도 없었다. 그 사람들에게는 자기들이 살아야 한다는 생각밖에 없었다. 자기들을 구원해 줄 비를 애타게 기다리고 있었기 때문에, 오간다가 호수에 빨리 갈수록 좋았다.

족장의 딸은 성스러운 땅에서 조심스럽게 길을 찾아갔다. 이따금 이상한 소리가 들릴 때마다 그녀는 깜짝깜짝 놀랐다. 그녀는 달아나고 싶었다. 하지만 이대로 사람들의 소망을 저버릴 수는 없었다. 힘이 다 빠졌지만 길은 아직도 구불구불 한없이 뻗어 있었다. 그러더니 갑자기 모래땅이 나타나면서 길이 뚝 끊겼다. 물이 뭍으로부터 수 킬로나 빠져나가 넓게 뻗은 모래사장을 드러내 놓고 있었다. 그 너머로 넓디넓은 호수 물이 출렁거렸다.

오간다는 무서웠다. 괴물의 생김새를 머릿속에 그려 보고 싶었지만 무서워서 그럴 수가 없었다. 사람들은 괴물 이야기를 입에 올리지 않았다. 아이들까지도 괴물 이야기만 나오면 울음을 뚝 그쳤다. 해는 아직도 하늘에 걸려 있었지만 뜨겁지는 않았다. 오간다는 발목까지 빠지는 모래사장을 오랫동안 걸었다. 이제 지칠 대로 지쳐 조롱박의 물이 그립기 짝이 없었다. 그러면서도 계속 앞을 향해 걸어가는데 무엇인가 그녀를 따라오고 있다는 느낌이 들었다. 괴물인가? 머리털이 곤두서면서 오싹한 느낌이 등골을 훑고 지나갔다. 그녀는 얼른 뒤를 돌아보았고, 옆쪽과 앞쪽도 보았다. 먼지구름밖에는 아무것도 보이지 않았다.

오간다는 걸음을 재촉했지만 무엇인가 있다는 느낌은 좀처럼 사라지지 않았다. 멱을 감고 있는 것처럼 온몸이 땀으로 젖었다.

해가 빠르게 지고 있었고, 그에 따라 호숫가도 움직이는 것처럼 보였다.

오간다는 뛰기 시작했다. 해가 지기 전에 호수까지 가야 했다. 달리는데 뒤에서 뭔가 따라오는 소리가 들렸다. 홱 돌아보니 움직이는 덤불나무 같은 것이 뒤에서 미친 듯이 달려오고 있었다. 그것은 막 그녀를 따라잡을 만큼 가까이 와 있었다.

오간다는 있는 힘을 다해 달렸다. 해가 떨어지기 전이라도 물속에 뛰어들 작정이었다. 돌아보지 않았지만 그것은 바짝 다가와 있었다. 그녀는 소리를 내지르려고 하였지만 악몽을 꿀 때처럼 소리가 나오지 않았다. 억센 손이 그녀를 붙잡았다. 그녀는 모래 위에 고꾸라져 정신을 잃고 말았다.

호수에서 산들바람이 불어와 정신이 들었을 때 한 사내가 그녀를 굽어보고 있었다.

"오……!"

오간다는 말을 하려고 입을 열었지만 목소리가 나오지 않았다. 낯선 이가 그녀의 입속에 물을 흘려 넣어 주자 겨우 입을 열 수 있었다.

"오신다, 오신다! 나를 그냥 죽게 내버려 둬요. 빨리 가야 해요. 해가 지고 있어요. 죽게 해 줘요. 비가 와야 해요."

오신다는 오간다의 허리에 두른 황동 고리 줄을 어루만지며 그녀의 얼굴에서 눈물을 훔쳐 주었다.

"사람들이 모르는 땅으로 빨리 달아납시다. 어서 달아나 조상님들의 진노와 괴물의 복수를 피해야 해요."

오신다가 다급하게 말했다.

"오신다, 난 저주를 받은 몸이에요. 당신에게도 이제 쓸모없는 사람이고요. 게다가 어디를 가든 우리는 조상님들의 눈을 피할 수 없어요. 불행을 피하지 못해요. 괴물한테서 도망갈 수도 없고요."

오간다는 도망가는 일이 무서워 오신다를 뿌리쳤다. 하지만 오신다는 다시 그녀의 두 손을 그러잡았다.

"내 말 들어요, 오간다! 내 말 들으란 말이에요! 여기 외투가 두 벌 있어요!"

그러고는 잎이 무성하게 난 브옴붸* 나뭇가지를 엮어 오간다의 눈을 제외하고 온몸을 덮어 주었다.

"이걸 입으면 조상님들의 눈과 괴물의 분노를 피할 수 있어요. 자, 이제 여기서 달아납시다."

그는 오간다의 손을 붙들었다. 두 사람은 오간다가 왔던 좁은 길을 피해 성스러운 땅에서 달아났다.

덤불숲은 빽빽했다. 긴 풀들이 달리는 그들의 다리를 휘감았다. 한참을 달린 후 두 사람은 달리던 것을 멈추고 뒤를 돌아보았다. 해가 호수의 수면에 막 닿으려는 참이었다. 그들은 무서워 다시 뛰기 시작했다. 지는 해를 피하기 위해 더 빨리 뛰었다.

"날 믿어요, 오간다. 이젠 아무도 우릴 따라오지 못해요."

두 사람이 몸을 떨며 뒤를 돌아보았을 때 호수의 수면 위에는 해 윗부분만 조금 보일 뿐이었다.

"해가 졌어요! 저 버렸어요!"

오간다는 두 손에 얼굴을 파묻고 울음을 터뜨렸다.

"울지 마요, 족장의 딸. 달립시다. 달아나요."

그때 멀리서 번개가 번쩍였다. 그들은 놀라 서로 얼굴을 쳐다보았다.

그날 밤 비가 억수같이 쏟아졌다. 참 오랜만에 내리는 비였다.

---

* **브옴붸** 아프리카에서 자라는 나무의 일종.

활동하기

❶ 마을 사람들은 어떤 상황에 처해 있었나요? 그리고 주술사는 어떻게 하면 그 상황을 벗어날 수 있다고 말했나요?

- 상황:

- 해결책:

❷ 자신을 구해 주러 온 오신다에게 오간다는 아래와 같이 말합니다. 이 말 속에 숨은 오간다의 속마음은 어떨지 상상해 봅시다.

"오신다, 오신다! 나를 그냥 죽게 내버려 둬요. 빨리 가야 해요. 해가 지고 있어요. 죽게 해 줘요. 비가 와야 해요." — 마을 사람들을 위해 자신을 희생하려는 마음

"오신다, 난 저주를 받은 몸이에요. 당신에게도 이제 쓸모없는 사람이고요. 게다가 어디를 가든 우리는 조상님들의 눈을 피할 수 없어요. 불행을 피하지 못해요. 괴물한테서 도망갈 수도 없고요."

❸ 오간다는 도망쳤지만, 비는 옵니다. 내가 오간다라면 다시 마을로 돌아갔을까요? 둘 중 하나를 골라 이어질 이야기를 써 봅시다.

☐ 마을로 돌아간다.

☐ 마을로 돌아가지 않는다.

다르게 읽기

❹ "오늘 비 문제를 해결하지 못하면 족장은 끝장이에요."라는 마을 사람들의 분위기, 하나뿐인 딸을 사랑하지만 한편으로는 굶주린 부족을 책임져야만 하는 족장이라는 책임감, 아래의 선택 중 하나를 골라 족장의 시점으로 이어질 이야기를 예측해 봅시다.

(ㄱ) 딸에게 미안하지만 '대(大)'를 위해 '소(小)'를 희생한다.

(ㄴ) 깊은 밤, 딸과 가족을 데리고 몰래 마을을 떠난다.

(ㄷ) 주술사를 몰래 구슬려 다른 젊은 여자를 제물로 바치게 한다.

 작품 해설

희생을 거부하지만, 비는 내립니다

「강우」는 아프리카 '케냐'의 소설입니다. 이 작품의 주된 갈등은 '인신 공양'이라는 의식에서 비롯됩니다. 인신 공양은 사람을 신에게 제물로 바치는 주술적인 풍습입니다. 이 풍습을 담은 이야기는 케냐만이 아니라 전 세계적으로 발견됩니다. 우리나라도 예외는 아니어서 '지네 장터 설화'에서는 마을의 재앙신인 지네에게 처녀를 제물로 바칩니다. 「심청전」에서는 인당수의 위험한 뱃길을 진정시키기 위해 심청을 제물로 바치고요.

지금은 누구나 인신 공양이 미신에 불과함을 잘 알 것입니다. 그런데 이 소설의 주인공 오간다는 인신 공양이라는 비인간적인 행위에 부당함을 느끼면서도 스스로 죽음의 호수를 향해 걸어갑니다. 다행히도 마지막에는 오신다의 도움으로 인신 공양을 거부하고 달아납니다. 잘못된 전통, 비인간적인 풍습에 순응할 줄만 알던 주인공이 주어진 현실을 비판하고 새로운 삶을 개척해 나가는 존재로 다시 태어나는 순간입니다. 부족의 전통에 순응하는 삶과 주체적으로 개척하는 삶 사이에서 갈등하는 오간다의 모습은, 제국주의 물결이 밀려드는 시기에 태어나 케냐 루오족의 전통적인 삶과 근대 서양 문명의 개인적인 삶 사이에서 갈등하며 성장한, 작가 오고트의 삶이 투영된 것이겠지요.

또한 이 소설은 다수를 위한 소수의 희생은 정당한지에 대해서도 묻고 있습니다. 과거에는 전통이라는 이름으로 행해졌던 소수의 희생에 대한 정당화는 전체주의 시대를 지나 오늘날에도 여전히 남아 있습니다. 물론 과거만큼은 아니겠지만 지금도 우리는 때때로 희생을 강요받기도 하고, 타인에게 강요하기도 합니다. 그럴 때 오간다처럼 용기 내어 박차고 나올 수 있으면 좋겠습니다. 오신다처럼 도움의 손길을 내밀어 줄 수 있다면 더욱 좋고요. 그래도 언젠가 때가 되면 비는 내릴 테니까요.

엮어 읽기

프레드릭 배크만, 『베어타운』

아이스하키에 열광하는 작은 마을. 마을 사람들은 내일 결승전에서 청소년 아이스하키 팀이 승리하면 학교와 쇼핑몰이 지어지고 마을이 재개발될 거란 꿈을 꿉니다. 그런데 팀의 에이스가 결승 직전 체포되고 맙니다. 그를 신고한 피해자는 마을 사람들의 비난을 받게 되지요. 「강우」와 이 작품을 읽으며 다수를 위해 희생하지 않은 소수는 비난받아야 하는지 생각해 보길 바랍니다.

북한
교과서
소설

느티나무박물관

최낙서

최낙서 작가는 북한의 아동 문학가입니다. 동화집 「막내 두꺼비의 갑옷」, 「보물산의 장수 형제」와 중편 동화 「열매 주렁지는 땅」, 조선 민화집 「달미바람」을 펴냈습니다.

　우리나라 거의 모든 지역에서 자라는 느티나무는 마을 어귀마다 심어져 있어 그 동네 사람들과 생사고락을 같이하는 나무에요. 어른들에게는 그늘에 앉아 즐거운 이야기를 나누는 공간으로, 아이들에게는 나무도 타고 놀이도 하는 공간으로 말이지요. 그런데 도시화로 인해 이제는 이런 풍경을 볼 수 있는 지역이 점점 더 줄어들고, 마을의 모습도 점점 변해 가고 있어 아쉬워요.
　락원동이라는 마을에도 동네 한복판에 느티나무가 서 있는데, 그 안에 박물관이 있다고 하네요. 느티나무에 박물관이 있다니! 나무에 어떻게 박물관이 있다는 걸까요? 느티나무 속의 박물관에는 과연 어떤 유물이나 예술품이 전시되어 있을까요?

 우리 마을의 역사를 기록하는 박물관이 생긴다면 어떤 사람과 어떤 사건을 기록하고 싶은가요?

느티나무박물관

• 최낙서 •

락원동이라는 아름다운 마을에 새로 이사온 철남이는 어느날 그물을 가지고 물고기잡이를 나갔습니다.

그러나 손가락만한 버들치 몇마리밖에 잡지 못했습니다.

"에이, 재수가 없는데. 겨우 이걸 잡다니…"

양어장기슭으로 터벅터벅 걸어오며 중얼거리던 철남이는 문득 걸음을 멈췄습니다.

팔뚝만한 잉어랑 백련어랑이 무리를 지어 헤염치고있었던것입니다.

'가만, 저것을 몇마리 잡아가지고 가야지!'

철남이는 사방을 두리번두리번 살폈습니다.

아무도 보는 사람이 없었습니다.

바지가랭이를 척척 걷어올린 철남이는 그물을 가지고 못에 들어섰습니다.

철남이가 그물을 한창 끌고갈 때였지요.

그물안에서 무엇이 자꾸만 푸들쩍거렸습니다.

제꺽 그물을 들어올린 철남이는 너무 좋아 환성을 올렸습니다.

"야, 잉어다!"

자기 종아리만한 잉어가 그물에 걸렸던것입니다.

철남이는 얼른 밖으로 뛰여나왔습니다.

이때 "양어장에서 물고기잡이를 하는 애가 누구냐?" 하고 웨치는● 소리가 들려왔습니다.

돌아보니 양어장 관리원할아버지였습니다.

더럭 겁이 난 철남이는 죽겠노라 푸들쩍거리는 잉어를 부여안고 냅다 뛰기 시작했습니다.

"서라, 어서 서지 못하겠니?"

양어장 관리원할아버지는 계속 다그쳐왔습니다.

'할아버지두, 정말 끈덕지겐 따라오네.'

급해난 철남이는 물고기와 그물을 내동댕이치고 뛰다가 마을 한복판에 서있는 백년묵은 느티나무밑에 이르렀습니다.

'숨을데가 없으니 이젠 꼭 잡혔구나.'

철남이가 숨을 헐떡거리고있을 때였습니다.

갑자기 느티나무가 와슬렁와슬렁 설레이더니● "쩡!" 하고 요란한 소리를 냈습니다.

철남이는 깜짝 놀라 한걸음 뒤로 물러섰습니다.

순간 느티나무의 한쪽에서 문이 활짝 열리며 수염이 한발이나 되는 웬 할아버지 한분이 척척 걸어나오는것이 아닙니까.

철남이는 너무도 놀라와 그자리에 말뚝처럼 굳어지고말았습니다.

머리칼과 수염이 모두 풀색인 할아버지는 느티나무껍질처럼 누

● 웨치는 '외치는'의 북한어.
● 설레이더니 가만히 있지 아니하고 자꾸만 움직이더니. 남한 표기로는 '설레더니'이다.

런 옷을 입고있었습니다.

할아버지는 철남이의 팔을 잡아끌면서 말했습니다.

"얘, 철남아, 숨을곳이 없으면 어서 이리 들어오너라."

"예?"

철남이는 다시한번 놀랐습니다.

그 할아버지가 자기의 이름까지 알고있지 않겠어요.

저도 모르게 느티나무안으로 끌려들어간 철남이는 겁이 나서 벌벌 떨었습니다.

"철남아, 무서워할건 없어. 여기는 참으로 재미나는곳이란다!"

할아버지가 철남이를 안심시켜주었지요.

철남이는 한결 마음이 놓여 느티나무안을 찬찬히 살펴보았습니다.

마치도 학교복도에 들어선 기분이였습니다.

복도를 따라 안으로 방들이 쭉 늘어서있는데 문마다 호실번호가 붙어있었습니다.

번호는 안으로 들어가면서 100. 99. 98. 97… 이렇게 점점 작아지는것이였지요.

학교에 오고갈 때 매일 보는 느티나무안이 이렇게 굉장하리라고는 꿈에도 생각치 못했습니다.

어리벙벙해서 맞은편 바람벽•을 올려다보던 철남이는 두눈이 휘둥그래졌습니다.

그곳에는 '느티나무박물관'이라고 쓴 큼직한 간판이 붙어있었습니다.

• **바람벽** 방이나 칸살의 옆을 둘러막은 둘레의 벽.

'참, 별난 박물관도 다 있네.'

철남이는 할아버지에게 물었습니다.

"할아버지는 누구인데 내 이름까지 아시나요?"

그러자 할아버지는 한참 웃고나서 대답했습니다.

"나말이냐? 난 느티나무할아버지라고 한다. 한평생을 여기에 살며 너의 마을을 내려다보았는데 왜 네 이름을 모르겠냐. 락원동 일이야 손금보듯 잘 알지."

"그래요?!"

할아버지의 말은 들을수록 희한하였습니다.

그래서 이 느티나무박물관은 무엇을 하는곳인가고 또 물었습니다.

"너의 마을에서 해마다 벌어지는 일들을 하나도 빠짐없이 새겨둔단다."

"그런데 웬 방이 이리 많아요?"

"느티나무가 자라기 시작해서부터 해마다 한개호실씩 늘어나니까 많아질수밖에 있느냐. 100년 묵은 이 느티나무에는 100호실까지 있단다."

"오, 알겠어요. 해마다 늘어나는 년륜●이 호실의 바람벽이 되였구만요!"

"옳다. 네가 참 잘 알아맞추는구나. 이 박물관 매 호실의 바람벽에는 너의 마을에서 그해에 있은 일들이 모두 그림처럼 새겨진단다."

"그렇군요."

● **년륜** 나이테. 남한 표기로는 '연륜'이다

철남이는 그때에야 머리를 끄덕이였습니다.

"할아버지, 박물관을 좀 구경시켜주세요."

"그렇다면 어서 날 따라오너라!"

느티나무할아버지는 저벅저벅 앞서 걸었습니다.

철남이가 느티나무할아버지를 따라 한참 안으로 들어갈 때였습니다.

어느 방에서 아이들이 왁작 떠드는 소리가 들려왔습니다.

바라다보니 문이 방싯하니 열려있는 호실 하나가 있었습니다.

"저 방에는 누가 있어요?"

"너의 마을 영수와 광식일게다!"

"예?"

철남이는 놀랐습니다.

"어델 갔다 오다가 이 느티나무아래서 쉬고있길래 구경이나 하고 가라고 문을 열어주었다."

"그래요? 할아버지, 그럼 그 방을 구경시켜주세요."

"그렇게 하자꾸나!"

느티나무할아버지는 철남이를 데리고 방으로 들어갔습니다.

문안에 들어선 철남이는 너무 희한해서 멍하니 바람벽을 바라보았습니다.

벽에는 크고작은 그림들이 수많이 새겨져있는데 빈틈이라고는 조금도 없었습니다.

나무들이 쏴—쏴—바람에 설레이고 사람들의 웃음소리, 뭇새들의 아름다운 노래소리가 들려왔습니다.

벽에 새겨진 그림은 모두 살아움직이는 모습이였습니다.

넋을 잃고 서있는 철남이를 발견한 영수와 광식이가 반색을 하며 달려왔습니다.

"철남아, 너도 왔구나. 마침 잘됐다. 여기는 옛날부터 오늘까지의 우리 마을이 다 있단다. 어서 저기로 가보자!"

광식이가 다짜고짜로 철남이의 팔소매를 잡아끌었습니다.

철남이는 무슨 영문인지 모르고 끌려갔습니다.

"저 그림 맨 앞에 몽둥이를 들고 왜놈들을 때려부시는 아저씨가 누군지 아니?"

"글쎄?"

철남이는 머리를 기웃거렸습니다.

"그 아저씨가 바로 영수의 증조할아버지란다!"

곡괭이와 쇠스랑●을 둘러멘 수많은 농민들이 머리에 수건을 질끈 동이고 '조선독립 만세!'라고 쓴 구호를 들고 파도처럼 밀려가고 있었습니다.

그속에서 영수의 증조할아버지 모습은 장수처럼 돋보였습니다.

"광식이 말이 옳다. 그 아저씨는 젊은 때 영수의 증조할아버지란다."

느티나무할아버지는 철남이의 어깨를 가볍게 짚으며 말을 이었습니다.

"그 옛날, 우리 나라에 기여든 일본놈들을 제 나라로 쫓아버리기 위하여 온 나라 인민들이 모두 일어나 싸웠단다. 그때 여기 락원동 사람들도 만세를 부르며 목숨을 걸고 싸웠지. 저 사람들속에는 광식이의 큰할아버지도 있단다. 그 싸움에서 제일 용감한 사람

● **쇠스랑** 땅을 파헤쳐 고르거나 두엄, 풀 무덤 따위를 쳐내는 데 쓰는 갈퀴 모양의 농기구.

이 영수의 중조할아버지였단다. 그다음부터 마을사람들은 영수의 중조할아버지를 얼마나 존경했는지 모른단다."

"히야! 너의 중조할아버지는 참 훌륭한분이였구나!"

철남이는 영수의 손목을 잡고 부러움을 금치 못해했습니다.

"얘들아, 이젠 다른 호실로 가보자!"

느티나무할아버지가 문을 열고 나가자 모두 따라나갔습니다.

한참 걸어가던 느티나무할아버지는 100호실앞에서 걸음을 멈췄지요.

그것은 이 박물관의 맨 마지막 호실이였습니다.

그 호실문도 훌륭한 할아버지들의 모습이 새겨져있는 호실의 문과 꼭같이 금빛이 번쩍거리는 현란한 문이였습니다.

'여기에도 굉장히 훌륭한 그림들이 새겨져있는 모양이구나!'

철남이는 100호실문을 호기심있게 바라보았습니다.

"자, 여기로 들어가자. 시간이 없으니 다른 방들은 다음에 구경하기로 하구…"

느티나무할아버지는 문을 활짝 열어제꼈습니다.

새로 생긴 호실이여서인지 깨끗하고 대낮처럼 환했습니다.

"돌돌돌…" 정가로운 시내물이 흐르는 소리가 들려오고 "통통통…" 뜨락또르●들이 밭을 가는 발동소리도 울려나왔습니다.

"삐쭁 삐쬬르…" 뭇새들의 아름다운 노래소리를 들으며 방안에 들어선 철남이는 이상한 생각이 들었습니다.

그 방에는 그림이 벽에 절반만 새겨져있었습니다.

● **뜨락또르** '트랙터'의 북한어.

"할아버지, 이 방에는 그림이 왜 절반밖에 없나요?"

"음, 그건 이해가 아직 반년밖에 지나가지 않아서이다. 이제 12월이 되면 가득차겠지."

"그렇구만요."

철남이는 머리를 끄덕이였습니다.

벽에 새겨진 그림을 구경하며 저쪽으로 걸어가던 철남이가 소리쳤습니다.

"여기에 광식이와 영수가 있다."

"뭐라구?"

모두 그리로 달려갔습니다.

"저것 봐라. 넘어진 가로수를 일쿼세우고있지 않니."

철남이는 발돋움을 하며 그림을 가리켰습니다.

바라다보니 영수와 광식이가 땀을 뻘뻘 흘리며 삽질을 하고있었습니다.

"옳다. 방금 장마비에 뿌리가 드러나서 넘어진 가로수를 바로세워주고 온 영수와 광식이의 모습이다. 마을을 사랑하는 그 마음이 얼마나 자랑스러우냐!"

느티나무할아버지의 말을 들은 광식이가 점직해서● 머리를 긁적거리며 중얼거렸습니다.

"별걸 다 새겨두었네…"

"별거라니, 저 모습은 천년이고 만년이고 이 박물관에 새겨져있을것이다. 박물관을 찾아오는 사람들은 너희들의 모습을 바라보

● **점직해서** 부끄럽고 미안해서.

며 감탄을 금치 못할것이구…"

너무 추어주는˙바람에 어색해진 영수가 어정어정 저쪽으로 걸어가다가 환성을 올렸습니다.

"얘들아, 여기에 철남이도 있어."

"뭐 내가?"

철남이는 급히 달려갔습니다.

"히야! 철남이가 굉장히 큰 잉어를 잡았구나!"

광식이가 입을 딱 벌렸습니다.

그림속에서는 잉어가 퍼들쩍거리는 소리까지 들려왔습니다.

"너 언제 저렇게 큰 물고기를 잡았댔니?"

광식이가 물었으나 철남이는 대답을 하지 못하고 얼굴만 붉혔습니다.

그옆에는 물고기를 안고 내빼는 철남이를 따라가는 웬 할아버지의 모습이 새겨져있었습니다.

그것을 본 철남이는 그만 두눈을 꼭 감고말았습니다.

양어장 관리원할아버지에게 쫓기는 부끄러운 모습이였기때문이였습니다.

아무말도 하지 못하는 철남이를 대신해서 느티나무할아버지가 말했습니다.

"이것은 철남이가 방금전에 농장의 양어장에서 물고기를 잡아낸 모습이다. 저 할아버지는 양어장 관리원할아버지구."

"옳아요. 양어장할아버지가 옳아요!"

˙추어주는 실제보다 과장되게 칭찬하는.

영수와 광식이가 왁작 떠들었습니다.

그 순간 철남이는 쥐구멍이라도 있으면 들어가고싶었습니다.

얼굴이 불덩이처럼 달아오르고 진땀이 빠질빠질 돌았습니다.

'야, 저런것을 왜 새겨놓았을가?'

철남이는 부끄러워 얼굴을 들수 없었습니다.

그리하여 느티나무할아버지에게 사정했습니다.

"할아버지, 제발 저것만은 지워주세요. 네."

"지워달라, 하하하…"

느티나무할아버지는 한참 웃고나서 말했습니다.

"글쎄 그랬으면 얼마나 좋겠냐만 내 힘으로는 할수가 없구나. 이 박물관에 한번 새겨진 다음에는 절대로 지울수가 없단다. 땅에 물을 쏟아놓았다가 다시 주어담을수 없듯이…"

철남이는 머리를 푹 숙인채 깊은 생각에 잠겼습니다.

'이걸 어쩌면 좋아. 백년 이백년, 아니 세월이 끝없이 흘러도 저 모습은 이 박물관에 오래오래 새겨져있으면서 사람들의 웃음거리가 될테지. 얼마나 부끄러운 일이야.'

허나 누구의 탓이 아니였습니다.

모든것이 자기의 잘못이였습니다.

철남이의 어깨를 가볍게 어루만지면서 느티나무할아버지가 천천히 입을 열었습니다.

"됐다. 이왕 그렇게 됐으니 어찌겠나. 여기에 새겨진 모습은 지울수 없다고 해도 이제부터는 여기에 아름다운 모습만을 새기며 무럭무럭 자라서 마을을 사랑하는 훌륭한 사람이 되여라. 사람은 지나온 나날이 부끄럽지 않게 살아야 한단다. 영수야, 너희들이 좀

도와주어라."

"알겠어요. 할아버지!"

철남이는 다시는 남들의 손가락질을 받는 사람이 되지 않으리라 결심하였습니다.

"자, 이젠 시간도 많이 흘렀는데 집에 가서 숙제공부를 하자!"

영수와 광식이가 철남이의 팔을 잡아끌었습니다.

"응!"

그들은 느티나무박물관을 나섰습니다.

양어장 관리원할아버지는 보이지 않고 찬란한 해빛만이 아름다운 락원마을을 전과 다름없이 비쳐주고있었습니다.

"그럼 잘들 가거라. 앞으로도 종종 구경오라구."

"예, 안녕히 계세요. 느티나무할아버지."

영수와 광식이는 집으로 척척 걸어갔습니다.

그러나 철남이는 반대로 양어장을 향하여 동뚝•길을 가고있었습니다.

관리원할아버지를 찾아가서 잘못을 빌려는것이랍니다.

아마 그 모습도 느티나무박물관에 꼭 새겨질거야요.

• **동뚝** 크게 쌓은 둑. 남한 표기로는 '둥둑'이다.

❶ 장소의 변화에 따른 인물의 행동을 정리하며 작품의 내용을 파악해 봅시다.

❷ 다음 부분에서 작가가 독자에게 전하려는 의미가 무엇인지 써 봅시다.

> 느티나무할아버지는 한참 웃고나서 말했습니다.
> "글쎄 그랬으면 얼마나 좋겠냐만 내 힘으로는 할수가 없구나. 이 박물관에 한번 새겨진 다음에는 절대로 지울수가 없단다. 땅에 물을 쏟아놓았다가 다시 주어담을수 없듯이…"

❸ 우리 동네에 '느티나무 박물관'과 같은 것이 생긴다면 나의 행동은 어떤 모습으로 기록될까요? 내 삶의 기록을 세 가지만 골라 적어 봅시다.

연월일	박물관에 그림으로 기록될 나의 행동

📖 북한 교과서 활동 보기

❹ 이야기에서 주인공의 역할을 파악해 봅시다.

(1) 이 동화의 내용을 다음과 같이 되게 하려면 어느 인물을 주인공으로 하여야 하겠는지 선택해봅시다.

자라나는 후대들을 고향을 사랑하는 훌륭한 사람들로 키우는 이야기			
영수	느티나무 할아버지	광식	철남

(2) 선택한 인물을 주인공으로 설정하려는 리유(남한어: 이유)를 말해봅시다.

 작품 해설

마을 사람들의 작은 일상도 모두 기록하는 박물관

여러분은 일기를 쓰고 있나요? 일기는 나 혼자만의 기록이니 어떤 내용의 글을 쓰더라도 혼자만 보고 간직할 수 있겠지요. 그런데 내가 잘한 일, 잘못한 일이 모두 어딘가에 기록되어 다른 사람들도 볼 수 있게 된다면 어떨까요?

이 작품은 우리나라의 중학교 3학년에 해당하는 북한 학생들이 교과서에서 배우는 소설입니다. 우리가 읽는 청소년 소설에 가끔 판타지적인 요소가 등장하듯 이 작품도 느티나무 안에 박물관이 있다는 기발한 상상력을 보여 줍니다. 마냥 환상 속에서 이야기가 전개되는 것이 아니라, 이러한 상상은 역사와 현실을 바탕으로 하고 있어요. 우리 역사에서 굵직굵직한 사건들을 다룬 뒤, 이러한 역사는 현재까지 이어지고 있으며 바로 오늘의 역사도 기록되고 있다는 것을 보여 줍니다. 일제 강점기에 독립 만세를 외쳤던 사람이 생판 모르는 사람이 아니라 바로 우리의 증조할아버지처럼 가까이에 존재하는 실제라는 것을 말하고 있지요.

또한 우리의 작은 일상 하나하나도 모두 역사로 기록된다는 설정도 재미있어요. 철남이가 자신이 양어장의 물고기를 훔치다 달아나는 장면을 지워 달라고 하지만 느티나무 할아버지는 한번 새겨진 것은 지울 수 없다고 말해요. 실수라 해도 이미 벌어진 일은 돌이킬 수 없는 것이지요.

자, 여러분이 철남이가 사는 마을에 산다면 어떨 것 같나요? 나의 행동이 모두 기록된다고 생각하면 모든 행동을 더욱 신중하고 조심스럽게 할 것 같지 않나요? 이런 상상으로 자신의 행동을 되돌아보는 것도 의미 있는 일입니다.

엮어 읽기

실렌 에드가르·폴 베오른, 『수상한 우체통』
100년 전 과거와 현재를 연결시키는 수상한 우체통이 있습니다. 1차 세계 대전이 일어났던 1914년과 2014년, 하드리앵과 아드리엥이라는 두 소년의 일상이 서로 주고받는 편지로 교차됩니다. 역사에 전혀 관심이 없던 2014년의 소년 아드리엥은 하드리앵과의 편지 교환을 통해 역사를 대하는 인식이 매우 달라지고, 둘은 시간을 초월한 우정을 나누게 됩니다.

작품 출처

- 윤흥길, 「기억 속의 들꽃」: 『장마』, 민음사(2005)
- 전광용, 「꺼삐딴 리」: 『꺼삐딴 리 외』, 동아출판사(1995)
- 최일남, 「노새 두 마리」: 『꿈길과 말길 외』, 동아출판사(1995)
- 이효석, 「메밀꽃 필 무렵」: 『메밀꽃 필 무렵』, 문학과지성사(2007)
- 작자 미상 / 정출헌 풀이, 「심청전_어두운 눈을 뜨니 온 세상이 장관이라」
  : 『심청전_어두운 눈을 뜨니 온 세상이 장관이라』, 휴머니스트(2013)
- 박지원 / 박희병·정길수 옮김, 「허생전」: 『기인과 협객』, 돌베개(2010)

교과서 밖 소설

- 김동식, 「무인도의 부자 노인」: 『회색 인간』, 요다(2017)
- 그레이스 A. 오고트 / 송무 옮김, 「강우」: 『국어 시간에 세계 단편 소설 읽기 1』, 휴머니스트(2012)

북한 교과서 소설

- 최낙서, 「느티나무박물관」: 『초급중학교 국어 3』, 북한, 교육도서출판사(2015)

작품 수록 교과서

- 윤흥길, 「기억 속의 들꽃」: 동아출판사 3-2, 천재교육(노미숙) 3-2
- 전광용, 「꺼삐딴 리」: 창비 3-2, 천재교육(박영목) 3-2
- 최일남, 「노새 두 마리」: 미래엔 3-1, 비상교육 3-2
- 이효석, 「메밀꽃 필 무렵」: 지학사 3-1
- 작자 미상 / 정출헌 풀이, 「심청전_어두운 눈을 뜨니 온 세상이 장관이라」
  : 지학사 3-2
- 박지원 / 박희병·정길수 옮김, 「허생전」: 미래엔 3-2

활동 예시 답안

윤흥길, 「기억 속의 들꽃」 34~35쪽

1 ① 남장을 함(남자아이 행세를 함).
② 어머니의 시신 밑에 깔렸던 기억
③ 금반지
④ 비행기

2 ① 쫓아내려던 태도를 바꿔 우리 집에 머물게 함.
② 금반지를 더 가지고 있을 것
③ 금반지는 명선이의 생존 수단으로, 자신이 가진 금반지를 다 내놓았다면 명선이는 우리 집에서 쫓겨났을 것이다.

3 생략

다르게 읽기

4 • 서로 싸우지 않고 협력해서 함께할 수 있는 방법을 생각한다.
• 주변 국가들과 협력해서 외교적으로 전쟁을 억제하고 평화로운 분위기를 만든다.
• 침범할 생각을 못하도록 압도적인 군사력을 기르고, 전쟁은 파멸을 가져온다고 경고한다.

전광용, 「꺼삐딴 리」 78~79쪽

1 ① 병원에서 내쫓음.
② '친일파, 민족반역자를 타도하자'
③ 불안해하고 두려움을 느낌.
④ 노어(러시아어)
⑤ 꺼삐딴 리
⑥ 모스크바
⑦ 미국으로 유학 보냄.
⑧ 골동품(고려청자 화병)을 줌.

2 주도권을 잡은 자가 바뀔 때마다 자신의 색깔을 바꿔 강한 자에게 빌붙으며 살아가는 기회주의자이다.

3 이회영 선생은 자신의 재산을 다 바쳐 가며 민족의 미래를 위해 살아갔는데 반해, 이인국 박사는 자신의 생존과 이익을 위해서는 민족의 앞날 같은 것에는 아랑곳하지 않고 친일 활동을 하였으며, 소련과 미국으로 대상에 따라 자신의 색깔을 바꿔 가며 강자에게 빌붙어 살아갔다. 이런 이인국의 삶은 옳지 않다. 모두가 이회영 선생처럼 독립운동을 할 수는 없겠지만, 적어도 이인국처럼 살아서는 안 될 것이다.

다르게 읽기

4 나의 선택
– 나는 독립운동을 할 것이다. 내가 독립운동을 하면 가족들이 힘들 수 있겠지만, 이해해 줄 것이라 믿는다.
– 독립운동을 할 자신은 없지만 적어도 이완용 같은 친일은 하지 않을 것이다.
• 아픈 역사가 되풀이되지 않기 위해 해야 할 일: 이인국과 같은 친일파는 여전히 기회주의적인 모습으로 부와 권력을 이어 가고 있고, 나라를 위해 몸 바친 독립운동가의 후손들은 오히려 지원이 부족하여 어렵게 살아가고 있다. 친일파 청산이 제대로 이루어져야 한다.

최일남, 「노새 두 마리」 108~109쪽

1 구동네 사람들은 노새를 익숙하게 알고 있어서 거들떠보지 않았던 것이고, 새 동네 사람들은 노새를 처음 보았기 때문에 신기해하고 관심을 나타내었다.

2 ① 마부 일
② 연탄 배달
③ 소외된 도시 빈민
④ 신임
⑤ 책임감
⑥ 연탄 배달 능력
⑦ 배려
⑧ 긍정적

3 이 작품에서 '노새 두 마리'는 변화하는 도시 환경에 적응하지 못하는 실제 노새와, 대도시의 삶에 적응하지 못하는 아버지를 각각 의미한다. 동물 노새와 아버지를 하나인 것처럼 표현하고 있는데, 작가는 이처럼 환경에서 밀려나는 '노새'라는 모습을 통해 산업화, 도시화에서 소외된 소시민의 힘겹고 불행한 삶을 드러내고 있다.

다르게 읽기

4 생략

이효석, 「메밀꽃 필 무렵」 126~127쪽

1 ㉠ ○
㉡ 메밀꽃
㉢ 왼손잡이
㉣ ×

2 ① 질투심
② 고마움, 미안함
③ 그리움
④ 놀라움, 당황함

3 ㉢

다르게 읽기

4 당시의 사회적 윤리에서 보면 성 서방네 처녀는 핍박을 받을 수밖에 없는 상황이었다. 허 생원은 성 서방네 처녀의 현실과 그 미래가 암울할 것임을 잘 알면서도 이에 대해 적극적으로 책임지지 않는 모습을 보이고 있다. 나아가 나이가 든 지금에도 성 서방네 처녀의 현재 상황이나 생각을 모르면서 만나면 같이 살겠다는 자기 중심적인 말만 내뱉고 있다.

작자 미상 / 정출헌 풀이, 「심청전_어두운 눈을 뜨니 온 세상이 장관이라」 156~157쪽

1 ① 아버지의 은덕
② 수양딸
③ 거절
④ 공양미 삼백 석
⑤ 공양미 삼백 석
⑥ 장 승상 부인
⑦ 뱃사람과의 약속
⑧ 맹인 잔치

2 • 아버지가 눈을 뜰 수 있다는 말에 시주를 하는 것 → 불교를 믿었다.
• 상인이 풍랑을 잠재우려고 사람을 제물로 바치는 것 → 인신 공양의 풍습이 남아 있었다.
• 마을 사람들이 심 봉사의 재산을 돌봐 주는 것 → 마을 공동체 문화가 있었다.

3 홀로 고생을 하며 심청을 키우는 것에서는 딸에 대한 사랑이 드러나지만, 공양미 삼백 석을 시주하겠다거나 심청이 죽는 줄도 모르고 좋아하는 것, 뺑덕 어미에게 빠져 살림이 거덜 나는 것도 모르는 것 등에서는 무책임하고 이기적인 성격을 지닌 인물임을 알 수 있다.

다르게 읽기

4 ① 아버지가 가장 바라는 것이 눈을 뜨는 것이고, 아버지가 눈을 뜬다면 자신이 없어도 행복하게 사실 수 있을 거라고 생각했기 때문이다. 아버지가 가장 바라는 것을 해 드리는 것이 진정한 효도일 것이다.
② 자식이 죽으면 가슴에 묻는다고 할 만큼 자식의 죽음은 부모에게 큰 고통이 되기 때문이다. 심청은 아버지 스스로도 경솔한 행동이었다고 생각하는 공양미 삼백 석 때문에 죽게 된 것이다. 결국 아버지는 자기 때문에 자식이 죽었다고 평생 한탄하며 사실 것이다. 그런 죄책감을 주는 행동은 효의 실천이 아니다.

박지원 / 박희병·정길수 옮김, 「허생전」 176~177쪽

1 허생 – ㉢, 허생의 처 – ㉣, 변 씨 – ㉠, 이완 – ㉡

2 ① 가난한 백성을 구하고
② 정신적
③ 양반 사대부

④ 계급 의식

❸ 이완은 허생의 세 가지 제안에 대해 모두 어렵다고 이야기하고 있다. 이로 보면 당시 지배 계층은 명분만 앞세우고 새로운 변화를 거부하는 무능한 모습을 보여 주고 있음을 알 수 있다.

📖 다르게 읽기

❹ 생략

김동식, 「무인도의 부자 노인」 192~193쪽

❶ ㉠ ○
㉡ ×
㉢ ×
㉣ ×

❷ • 노트에 돈의 거래 내역을 적고 사회에 나갔을 때 그 돈을 받을 수 있다는 기대와 희망이 있으면 사람들은 무인도에서 절망에 빠지지 않게 된다.
• 지금 당장은 돈을 받을 수 없지만 나중에 대가를 지불받는다고 생각하면 무인도에서 힘든 일을 할 때, 기분이 좋아서 더 열심히 일한다.
• 노트 덕분에 꼭 생존에 필요한 일뿐만이 아니라 내기 바둑이나 소설 들려주기 같은 일도 할 수 있게 되어 생존을 위한 짐승의 삶 대신 문화를 즐기는 인간의 삶을 잊어버리지 않을 수 있었다.

❸ • 나는 과학을 잘하니까 사람들에게 과학을 가르쳐 주고 강의료를 받겠다.
• 나는 게임을 잘하니까 무인도의 나무와 돌을 이용해서 할 수 있는 보드 게임을 개발하여 돈을 걸고 게임을 하겠다.

📖 다르게 읽기

❹ • 결국 사회로 돌아가지 못할 거라는 절망에 빠지게 되어 돈을 적은 장부는 쓸모없어지고 노인은 버림받을 것이며, 물고기를 잡을 능력이 없는 사람들은 비참하게 되는 약육강식의 삶이 시작될 것이다.
• 젊은 사람들끼리 결혼하여 가정을 이루고 무인도 안에서 다시 새로운 사회가 만들어질 것이다. 외부 사회의 돈을 적은 장부는 버려지고 무인도 사회 안에서 유통되는 새로운 화폐가 만들어질 것이다.

그레이스 A. 오고트 / 송무 옮김, 「강우」 214~215쪽

❶ • 상황: 비가 내리지 않아 들판에 가축들이 죽어 가고 있었고, 사람들도 목숨을 잃을 상황이었다.
• 해결책: 주술사는 꿈에 나타난 조상님의 말에 따라 족장의 딸을 호수 괴물에게 바쳐야 한다고 했다.

❷ 조상님들의 눈을 피해 불행과 괴물로부터 도망가고 싶지만 운명을 거역하지 못한다는 마음

❸ • 마을로 돌아간다.: 마을로 돌아가서 사람을 제물로 바치지 않아도 비가 온다고 외치고, 주술사가 거짓말을 했다며 쫓아낸다.
• 마을로 돌아가지 않는다.: 마을로 돌아가면 가족들에게 피해가 갈 수도 있으니 돌아가지 않고 오신다와 다른 곳으로 떠나 행복한 가정을 꾸린다.

📖 다르게 읽기

❹ (ㄱ) 딸을 죽인 죄책감으로 남은 평생 괴로워하며 살아간다.
(ㄴ) 마을을 떠나면 더 척박한 환경이라 모두 힘들게 고생하다 죽는다.
(ㄷ) 내 딸은 살았지만 죄 없는 다른 젊은 처녀를 희생시킨 죄책감으로 괴로워하고, 그 처녀의 가족들은 족장에게 복수를 한다.

최낙서, 「느티나무박물관」 230~231쪽

❶ ① 마을의 양어장에서 몰래 잉어를 잡음.
② 철남이를 발견하고 도망가는 철남이를 쫓아감.
③ 느티나무 안에 마을의 역사를 기록한 박물관이 있다는 것을 알게 됨. 자신의 잘못을 깨닫고 다시는 잘못된 행동을 하지 않겠다고 다짐함.
④ 철남이와 함께 박물관을 구경하며 현재의 역사가 기록된 방에서 넘어진 가로수를 세운 행동이 기록된 것을 알게 됨.
⑤ 쫓기는 철남이를 느티나무 안으로 들어오게 하여 박물관을 소개함.
⑥ 양어장 관리원 할아버지에게 잘못을 빌러 감.
⑦ 집으로 돌아감.

❷ 한 번 저지른 잘못은 돌이킬 수 없으므로 잘못을 저지르지 않으려는 생각과 태도가 중요하다는 교훈을 주려 하였다.

❸ 생략

📖 북한 교과서 활동 보기

❹ • 철남이: 자신의 잘못을 반성한 후 고향을 위해 헌신하고 봉사하는 사람으로 거듭난다는 줄거리로 만들려고
• 느티나무할아버지: 마을의 많은 아이들을 느티나무 박물관으로 초대하여 박물관의 존재에 대해 알려 주며 마을을 사랑하는 마음을 고취시키는 역할을 하게 하기 위해